源氏物語入門

〈桐壺巻〉を読む

吉[illegible]

角川文庫
22572

はじめに

桐壺巻（きりつぼのまき）は『源氏物語』冒頭の第一巻である。主人公である光源氏（ひかるげんじ）の出生から元服（十二歳）にいたる少年期が描かれ、長編物語における前史（序奏）に位置付けられる。だが、桐壺巻は主人公の出自を明らかにするために置かれたのではない。血のつながりを超えた、人間の生き方こそを描きたいらしい。

つまり、主人公の系譜によって光源氏の人生が支配・拘束されるのではなく、両親の果たせなかった愛の課題を継承する物語として、光源氏が登場させられているのである。

そのため、両親の紹介や光源氏の誕生といった安易な記述（形式）だけでは、この前史は終了しない。むしろ自立した短編（桐壺物語）として十分読めるところに、桐壺巻の面白さと複雑さが混在しているといえる。

天皇制（＝藤原（ふじわら）摂関制）という厳しい掟（おきて）の前に、無惨にも敗北せざるをえなかった両親の愛の課題を、光源氏は生まれながらにして担わされた。光源氏は、男女間の愛情問題を体験する前に、無意識のうちに相続させられているのである。光源氏の周辺の女性たちの多くは、桐壺帝後宮の延長線上に位置していた。たとえば、弘徽殿（こきでん）→朧（おぼろ）

月夜、藤壺→紫の上、桐壺更衣→明石の君、麗景殿→花散里のように繋がっている。遅れて物語に登場する女三の宮にしても藤壺の再来であり、そのため紫の上は弘徽殿的な立場に変えられている。

宇治十帖に登場する八宮も桐壺院の皇子であり、冷泉帝と皇位を争って宇治に隠遁した敗北の親王だった。物語の善悪も勝敗も絶対ではなく、容易に転換されるものだったのだ。それは桐壺帝自身の体験でもあった。

果たして光源氏は愛の勝利者になりうるのだろうか。

『源氏物語』の本編に入る前に、『無名草子』の作者から「桐壺に過ぎたる巻やは侍るべき」と絶賛された桐壺巻をじっくりと味わってみよう。単にあらすじを追うだけではなく、言葉の一つひとつに注目して読んでみたい。

『源氏物語』には、この物語独特の用語や表現がちりばめられている。それらに出合い理解ができれば、物語の読みがより深まるだろう。

本書はできるだけ歴史資料を提示し、物語とつきあわせるように心掛けた。物語の背景や準拠を求めるためだけではなく、物語と歴史をつきあわせることによって、この物語がいかに歴史離れしているかを実証したいからである。そのような営みを通して、はじめて『源氏物語』の面白さの秘密が紡ぎ出されることになる。

目次

はじめに …… 3
凡例 …… 11
人物略系図 …… 13
桐壺巻あらすじ …… 14
原文を読むということ …… 16

【注釈篇】

第一部　桐壺更衣物語

一章　冒頭　いづれの御時にか …… 20
二章　後宮　はじめよりわれはと …… 26
三章　世の乱れ　かんだちめ、うへ人なども …… 31
四章　出自　ちちの大納言は …… 36
五章　皇子誕生　〽さきの世にも …… 39

六章　秘蔵っ子　一のみこは……42
七章　寵　愛　はじめよりをしなべての……46
八章　立坊問題　ある時には……49
九章　前渡り　かしこき御かげをば……〈内裏図〉……53
一〇章　上　局　又ある時は……〈絵1〉……65
一一章　袴　着　このみこみつになり給……69
一二章　死の予感　そのとしの夏……72
一三章　衰　弱　かぎりあればさのみも……74
一四章　辞　世　てぐるまのせんじ……77
一五章　死　去　御むねのみつとふたがりて……82
一六章　皇子退出　きこしめす御心まどひ……84
一七章　葬　儀　かぎりあればれいのさほうに……86
一八章　三位追贈　うちより御つかひ……90
一九章　法　要　はかなく日比すぎて……94
二〇章　弘徽殿　なきあとまで……98

第二部　桐壺更衣の鎮魂

二一章　幻　影　野分だちて……103
二二章　葎の宿　命婦かしこに……〈絵2〉……108
二三章　勅　書　まいりてはいとど……112
二四章　小萩がもと　めもみえ侍らぬに……115
二五章　逆　縁　いのちながさの……117
二六章　眠れる皇子　宮はおほとのごもり……121
二七章　心の闇　くれまどふ〳〵心のやみ……122
二八章　更衣の宿世　むまれし時より……123
二九章　帝の宿世　うへもしかなん……126
三〇章　形　見　月は入がたの……128
三一章　参内希望　わかき人々……133
三二章　長恨歌絵　命婦はまだおほとのごもらせ……134
三三章　返　歌　いとこまやかに……〈絵3〉……137
三四章　述　懐　いとかうしも……139
三五章　長恨の人　かのをくりもの……142
三六章　観月の宴　風のをと虫のね……147
三七章　独　詠　月もいりぬ……150

三八章　不　食　右近のつかさの……151
三九章　廃　朝　すべてちかうさぶらふ……154

第三部　光源氏の臣籍降下（賜姓源氏の物語）

四〇章　若宮参内　月日へてわか宮……155
四一章　立太子　あくるとしのはる……157
四二章　祖母の死　かの御おば北のかた……160
四三章　七　歳　いまはうちにのみ……162
四四章　母なし子　今はたれもたれも……163
四五章　美と才　御かたがたも……166
四六章　高麗の相人　そのころこまうどの……〈絵4〉……167
四七章　観　相　相人おどろきて……171
四八章　相人帰国　ふみなどつくりかはして……173
四九章　倭　相　みかどかしこき御心に……176
五〇章　臣籍降下　きはことにかしこくて……178
五一章　四の宮　年月にそへて……180
五二章　典　侍　ははぎさきよになく……183

五三章 母　后　ははぎさきのあなおそろしや……187
五四章 入　内　心ぼそきさまにて……192
五五章 藤　壺　ふぢつぼときこゆ……193
五六章 代　償　源氏の君は御あたり……197
五七章 幼な心　うへもかぎりなき御思ひどち……199
五八章 輝く日の宮　世にたぐひなしと……202
五九章 元　服　このきみの御わらはすがた……204
六〇章 髪上げ　さるの時にて源氏……〈絵5〉……206
六一章 左大臣　ひきいれの大臣の……210
六二章 引入れ役　おまへより内侍……214
六三章 禄　ひだりのつかさの御むま……215
六四章 添臥し　その夜おとどの御さとに……218
六五章 蔵人少将　御子どもあまた……224
六六章 思　慕　源氏の君は、うへの……229
六七章 合　奏　おとなになり給てのちは……231
六八章 後　見　五六日さぶらひ給ひて……234
六九章 二条邸　内にはもとのしげいさを……236

七〇章　光る君　ひかるきみといふ名は……239
参考文献……243
紫式部について（基礎知識1）……244
『源氏物語』の成立（基礎知識2）……247
【現代語訳篇】……251
引歌一覧
底本に指摘されているもの……277
参考歌……280
参考漢詩文
長恨歌……283
おわりに……289

凡例

一、本文には、承応三年刊の『絵入源氏物語』桐壺巻を用いた。

二、本文作成にあたっては、原文を忠実に翻刻した。ただし清濁に関しては、読みやすいように改めたところもある。本文に付された傍注に関しては、該当箇所に（　）で挿入した。

三、本文を七〇章に分け、その部分に関する注釈書や論文を踏まえながら、筆者の読み方を提起した。桐壺巻以外の『源氏物語』の本文は、すべて小学館新編日本古典文学全集に依って巻名・頁を付した。

四、底本にある桐壺巻の挿絵五図は、〈　〉によってその場所を指摘し、縮小して掲載した。鑑賞の一助にしていただきたい。

五、底本の本文中に〽（歌記号）で引歌（含本歌取）の指摘がなされているもの、及び引歌・本歌取らしき参考歌は、「引歌一覧」として末尾に一括掲載し、出典等を明示した。

六、本文鑑賞の便を考え、漢詩文として特に関係の深い長恨歌を全文掲載し、書き下し文を付けた。

人物略系図

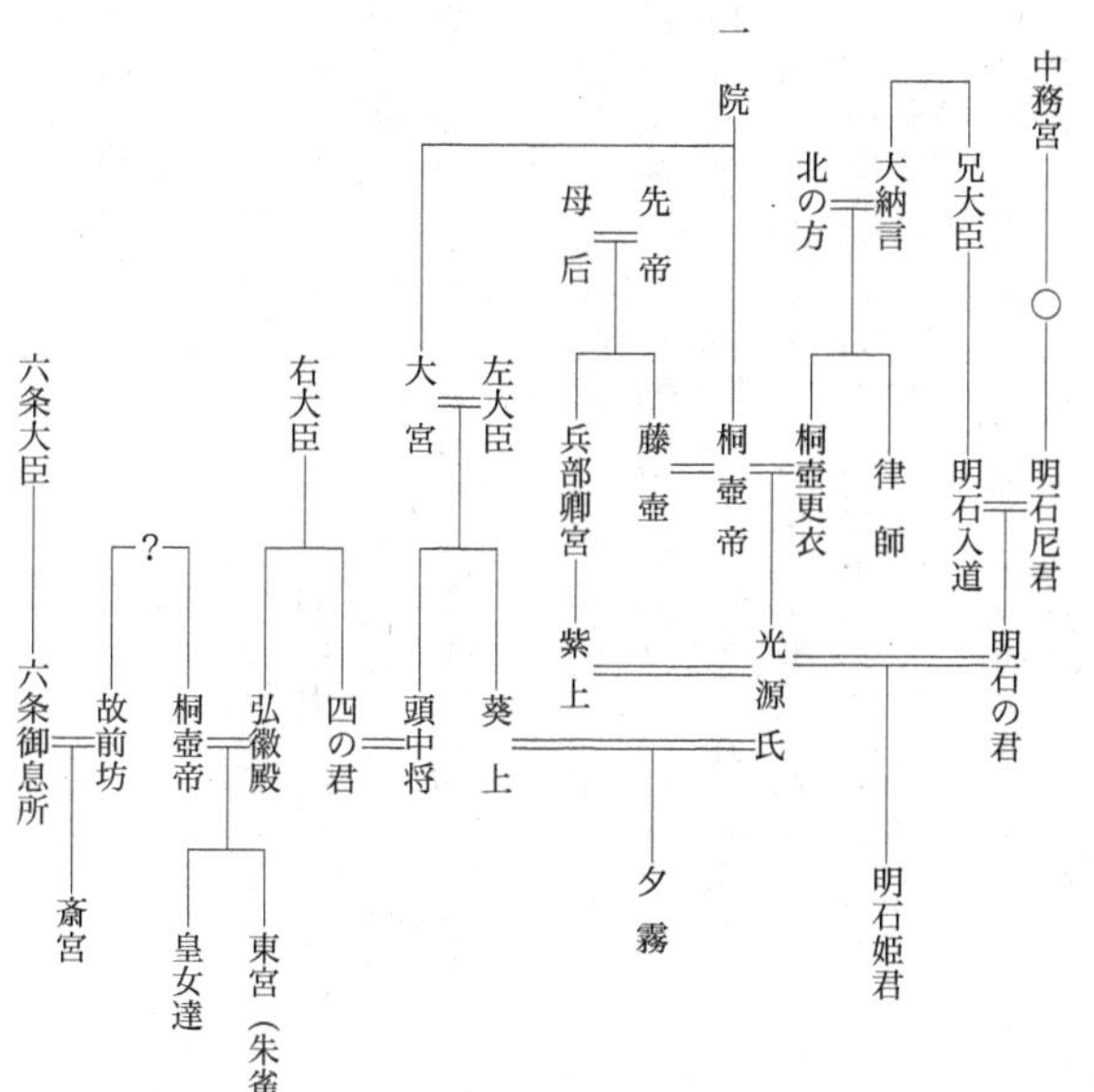

中務宮
兄大臣
大納言
北の方
明石尼君
明石入道
律師
桐壺更衣
一院
先帝
母后
桐壺帝
藤壺
兵部卿宮
左大臣
大宮
右大臣
六条大臣
明石の君
光源氏
紫上
葵上
頭中将
四の君
弘徽殿
桐壺帝
故前坊
六条御息所
?
明石姫君
夕霧
東宮（朱雀帝）
皇女達
斎宮

桐壺巻あらすじ

桐壺巻は全体を大きく三つに分けることができる。

第一部〔一章～二〇章〕――桐壺更衣物語（壺前栽）
第二部〔二一章～三九章〕――桐壺更衣鎮魂（月の物語）
第三部〔四〇章～七〇章〕――光源氏物語（かがやく日の宮）

第一部は、光源氏物語の前史として、出生にまつわる両親の物語が描かれている。光源氏の父は時の帝（桐壺帝）であり、母は後宮に入内した桐壺更衣である。さして高い身分ではない更衣が、帝の寵愛を一身に集めたことから、後宮を巻き込む事件に発展する。やがて誕生した皇子（光源氏）が比類ない美しさと資質を兼ね備えていたことで、皇位継承問題まで勃発する。そのような中、光源氏三歳の夏、桐壺更衣はあっけなく病死してしまった。

第二部は、亡くなった桐壺更衣の鎮魂として野分章段が挿入される。これはたった一夜のできごとなのだが、巻の三分の一を費やして描かれている。その分量の多さから、前後の部分に比べていかに時間が停滞しているかを読み取らなければならない。

これだけの分量、これだけじっくりと時間をかけて、ようやく亡き更衣の後日譚（鎮魂譜）が完了し、新たな物語が展開できるのだ。

第三部は、宮中に戻った光源氏の成長、そして元服・葵の上との結婚がテンポよく描かれる。天皇になる資質を持つ光源氏だが、世の乱れを憂慮した帝は、光源氏を臣籍に降下させる。ここから「源氏の物語」が始まるのである。母を失った光源氏は、最愛の妻を亡くした桐壺帝が迎えた藤壺を、母代わりに慕う。それがいつしか恋心に変わり、後の密通への伏線となる。

源氏物語は、いわば喪失を埋める物語であり、だからこそ代償（ゆかり）が要請される。しかしゆかりであることが、さらに新たな物語を紡ぎ出していくのである。

原文を読むということ

源氏物語千年紀の折、この機会に源氏物語を読んでみようと思った人がたくさんいた。長くて難解であることは知られており、そのため読みやすいものが求められた。それが現代語訳であり漫画版であった。

どの現代語訳がよいかと著者もしばしば尋ねられた。原文を読むのがよいと答えたが、原文で読んだ人は周りに一人もいなかった。

もちろん現代語訳が悪いといいたいのではない。あらすじを知り、話の種にするだけなら現代語訳で十分である。しかし現代語訳では、源氏物語の神髄に触れることはできない。現代語訳をそのまま理解するだけでは、ただ読んだつもりになっているだけである。

源氏物語の本文は聞き手に語りかけるスタイルなので、読者は作者の語りに耳を傾けながら、時には疑問をぶつけ対話をしてみてはどうだろうか。これができれば、源氏物語の魅力にとりつかれるにちがいない。

しかし、源氏物語は、本当に知りたいことは書いてくれない作品である。だから研究者は、書かれている本文から言葉や表現の裏を読み、さらにその行間を読むことで、ようやく見えてくるものを発見する作業を何十年もかけて行っている。みなさんに源氏物語の魅力を伝えるため、これまで研究して蓄積してきたことをここでお伝えしたい。

原文を読むことが現代語訳を読むのとどれほど違うのか、ぜひ実感していただきたい。

［注釈篇］

きりつほ（詞を名とせり）

第一部　桐壺更衣物語

一章　冒頭

いづれの御時にか（源氏誕生より十二才まで有）、女御更衣あまたさぶらひ給けるなかに、いとやむごとなききはにはあらぬが、すぐれてときめき給ふ（桐壺更衣）ありけり。

【鑑賞】 有名な桐壺巻冒頭の一節である。しかし読者の多くは、この特異な冒頭表現を見ても驚かず、先へ進もうとする。

さて、どこが特異なのか。

物語の伝統的な冒頭は、原則として、「昔」あるいは「今は昔」であり（「昔」の方が古態・原形。「今は昔」はそれよりも新しい表現か）、そして必ず文末に助動詞「けり」（伝承的過去）が用いられていた。たとえば以下のようになっている。

・今は昔、竹取の翁といふ者ありけり。　（『竹取物語』）
・むかし、藤原の君ときこゆる一世の源氏おはしましけり。　（『うつほ物語』藤原の君巻）
・昔、男、うひかうぶりして、奈良の京春日の里にしるよしして、狩にいにけり。　（『伊勢物語』初段）
・昔、中納言にて、左衛門督かけたる人おはしけり。　（『住吉物語』）

ほとんど例外なく、平安前期の物語は語り出しの伝統（物語の古代性）を踏襲している。もちろんこの「昔」は、決してある特定の個人の過去ではない。むしろ時間と空間を越えて、日常空間から物語の幻想世界へと誘うキーワード、あるいは語り手と聞き手の暗黙の約束事（了解事項）といった方がわかりやすいだろう。それを近代的に〈話型〉と定義してもかまわない。だからこそ読者は、この語り出しによって、安心して物語世界にのめり込むことができたのだ。

ところが『源氏物語』はその伝統パターンを用いず、「どの帝の御代であったろうか」と、歴史的な天皇の御代から語り出している。おそらく当時（平安時代）の読者は、これを聞いて非常に驚き、不安に思ったことだろう。加えて「いづれ」（疑問）

という設定によって、一種の〈謎解き〉の興味も付与されている。物語が展開されるなかで、これは光孝帝なのか醍醐帝なのか、それとも一条帝をモデルにしているのかなど、さまざまに想像することになる。

光孝―宇多―醍醐―┬朱雀
　　　　　　　　└村上―┬冷泉―花山
　　　　　　　　　　　└円融―一条

この『源氏物語』の特異な冒頭表現に関しては、「長恨歌」冒頭の「漢皇色を重んじ傾国を思ふ」からの引用だとか、流布本『伊勢集』冒頭の「いづれの御時にかありけむ、大御息所と聞こえける御局に」の模倣だとかいわれているが、これが物語における新しい試み（挑戦）であることを認識しておきたい（秋山虔氏「いづれの御時にか」『伊勢―炎、秘めたり』集英社）。物語文学史において『源氏物語』は明らかに異端児（突然変異）であった。

冒頭の時代設定の基本は、聖代と呼ばれた第六十代醍醐天皇〈延喜帝〉らしい（三二章に「亭子院」、四六章に「宇多の帝」が過去形で登場）。

南北朝時代の『源氏』の注釈書『河海抄』巻一「料簡」には「物語の時代は醍醐・朱雀・村上三代に准ずる歟。桐壺御門は延喜、朱雀院は天慶、冷泉院は天暦、光源氏は西宮左大臣。此の如く相当する也」と出ている。

『源氏物語』に初めて接した人は、その異質な冒頭表現に驚き、続いて語られる後宮における秩序の乱れに、またしても不安を増大させるに違いない。後宮にあまたの女性がいたとあることについて、『河海抄』では「醍醐天皇後宮ノ事」として皇太后以下二十七人の名をあげている。対する「桐壺帝後宮」としては薄雲女院（先帝第四皇女、冷泉院御母）・弘徽殿太后（二条太政大臣女、朱雀院一品宮、前斎院母）・承香殿（じょうきょうでん）女御（四宮母）・麗景殿女御（花散里上姉）・女御（宇治八宮母、大臣女）・桐壺更衣（贈従三位按察大納言女、六条院母）・後涼殿（こうりょうでん）更衣・前尚侍（賢木巻に出家）の八名をあげている。また『古系図』類では、それに蛍兵部卿宮母・帥宮母・蜻蛉式部卿宮母を加えている。

その中の一人が帝の寵愛を独占していた。それだけなら一夫多妻制の平安朝後宮においては日常茶飯事であり、取り立てて論じることもなさそうである（「さぶらふ」は仕える意味以上に性的関係を象徴している）。問題は、その「時めき給ふ」女性の身分がさほど高くない点にあった（読者には身分当ての興味もある）。

「時めく（ときめく）」は、寵愛（ちょうあい）を得ると訳されることが多い。原義的には権勢を得るとか時流に乗って栄えることなのだが、桐壺更衣の悲劇性と矛盾しないように、精神面・愛情面のみが強調されている。すでにそこには先入観があるようだ。しかし後宮は個人単位ではないので、桐壺更衣が寵愛を独占すれば、更衣に仕えている女房たちはそれを喜び、そして他者に誇示するであろう。更衣自身にとっても、それは後宮における力関係にプラスとして大きく作用するはずである。

ただし、本来「時めく」身分でない女性が「時めく」ことで、物語は秩序回復の方向へと展開する。夕顔も源氏の寵愛を受けたことで怪死せざるをえなかった（吉海『源氏物語』「時めく」考」同志社女子大学日本語日本文学28参照）。

天皇制における後宮とは統治の象徴であり、後宮の女性達の後ろには、政治に関与しうる実力を持つ男性たちが常に存在している。そのため天皇はその女性たちの背後を配慮しつつ、ヒエラルキーに応じて愛を分かち与え、彼女たちを巧みに管理しなければならない。

その場合、天皇の寵愛が最も実力のある女性に集中しているのなら、それは仕方のないことであり、むしろ国家は安泰となる。しかしここではそうではないらしい（第一文の文末に敬語が付けられていない）ので、波乱含みの始まりということになる。後宮に「あまた」の女御・更衣が存在すること自体、強大な権力者の不在という不安定な社会状況をも現わしているわけである。こうなると読者は、語り手に対してただ相槌を打つだけでは許されず、最初から〈なぜ？〉という疑問を抱かざるをえなくなる（三谷邦明氏「源氏物語の方法」『物語文学の方法Ⅱ』有精堂出版）。

『源氏物語』は冒頭から大きく揺れていたのである。そしてこの女性こそが、光源氏の母桐壺更衣であり、彼女にとっての後宮生活は、愛と苦悩と受難の日々であった。新しい、それ以上になんと重苦しい語り出しであることか。

●不在を探そう

物語を面白く読むためには、書いてあることをそのまま受け取るだけではだめなようだ。何が書かれているかとともに、何が書かれていないか（隠されているか）を考えてみたらどうだろうか。

私は『源氏物語』を推理小説の犯人捜しのように読むことを勧めている。推理小説には必ず犯人捜しの布石が打たれているからである。それに気づかず素通りしていては、犯人にも行きつかないし、物語も面白く読めないと思うからである。

冒頭の本文を読んでみてほしい。何が書かれていないかわかるだろうか。書いてあるのは「女御更衣あまたさぶらひ給ひける」である。これで後宮に大勢の女性たちがいることはわかる。しかし、肝心なのは誰が「いないか」なのだ。まずは、何が書かれていないかを考えて読み進めてもらいたい。

後宮に、女御・更衣以外にどんな人がいるのか考えてほしい。するともっと重要な人物、つまり后（きさき）（中宮・皇后）が描かれていないことに気づく。おそらくまだ公式に皇后を立てていないのだろう。だからこそ、この中の誰が后になるのかという興味が湧いてくる。

本命は弘徽殿女御である。ところが一介の桐壺更衣が「すぐれて時めき給ふ」とあって、弘徽殿と張り合っていることがわかる。そうなると更衣による下克上までが想定されるのだ。

二章　後　宮

はじめよりわれはと思ひあがり給へる御かたがた、めざましきものにおとしめそねみ給。おなしほど、それより下らうの更衣たちは、ましてやすからず。あさゆふのみやづかへにつけても、人のこころをうごかし、うらみをおふつもりにやありけむ、(桐壺更衣)いとあつしくなりゆき、もの心ぼそげにさとがちなるを、(御門心)いよいよあかずあはれなるものにおぼほして、人のそしりをもえはばからせ給はず、世のためしにもなり」(1オ)ぬべき御もてなしなり。

【鑑賞】「めざまし」とは、稀に良い意味で用いられることもあるが(進藤義治氏「源氏物語・夕顔の「かみのさがりばめざましくもとみ給ふ」をめぐって」中古文学12)、大抵は目上の人が目下の人に用いる言葉である(石川徹氏「平安文学語意考証(その二)」平安文学研究18)。紫の上も、「上はうつくしと見たまへば、をちかた人のめざましさもこよなく思しゆるされにたり」（薄雲巻439頁）のように、明石の君に対してしばしば用いていた。ここでは女御達の言動として使われており、これによって帝の寵愛を受けている女性の地位が自ずと察せられる。身分不相応に「時めく」から「めざまし」なのである。

同様のことは、敬語の使用状態によっても指摘することができる。原則として女御クラスには尊敬語が付いているが、更衣レベルには付いていないからである（ただし形容詞には敬語を添えない）。冒頭（第一章）の文末も「おはしましけり」や「おはしけり」ではなかった。それが不自然でない語り手としては、上臈の女房（典侍・乳母クラスか）が想定される。桐壺更衣は主人公光源氏の母君でもあり、桐壺巻ではヒロイン的な存在であるので、例外的に尊敬語を付けられる場合もある。しかし愛は弱く、ヒエラルキーの前ではまったく無力であった。だからこそ美しいのだ。

身分高き女御は、入内以前からの一族（男性官僚）の期待もあり、寵愛を受けて当然というプライドもあるだろう。それなのに、自分より身分低き更衣が帝の寵愛を一身に受けているのだから、心中穏やかではいられない。しかも未だ皇后（中宮）も定まっていないらしいので、誰が后の椅子を獲得するかという興味も湧く（皇后不在という重要な指摘は、玉上琢弥氏（「桐壺巻と長恨歌と伊勢の御」国語国文24―4）によってなされている）。

他の更衣達は最初から寵愛の望みは少なく、後見の勢力によって帝を引き寄せることもできない。桐壺更衣のために自分達のわずかな懐妊の確率さえも奪われるとしたら、しかもその相手が自分達と同じ身分の更衣だとしたら、なおさら平静ではいられまい。彼女達にここで寛容を望むのは酷であろう。なおここに「めざましきもの」「あはれなるもの」と、「もの」が二度用いられていることにも留意したい。この「もの」は軽蔑や見下しの意味を含んでいる（上から目線）。このような表現に注意すれば、後宮における更衣の身分の低さが読み取れることになる。

帝が自制、つまり愛を平等に分配できない以上、好むと好まざるとにかかわらず、多くの女性達の犠牲（愛の渇き）の上にしか、一人の女性の寵愛は成り立たない。その女性達にしても、帝の寵愛が得られないからといって、潔く敗北宣言できる立場ではありえなかった。そこには個人的な女の嫉妬というだけでは済まされない一家の将来が託されているからである（もともと彼女達は愛情だけで入内したのではない）。後見人である父兄（政治家）の面目も丸潰れであった。

したがって帝の破格な寵愛と引き替えに後宮全体の恨みを買った更衣は、必然的に有形無形のさまざまないやがらせを受けざるをえないのである。一見、物語は政治とはかけ離れた純愛物語のようでありながら、その実情はうんざりするほど政治漬けにされており、それを基盤として物語は成り立っているのである。

こうして更衣は精神的に圧迫され、ストレスが溜まって病となり（「あつし」は清濁両用）、やがて頻繁に里下がりするようになった。里下がりは、病気以外に生理や出産のたびごとに行われる（あるいはこの時懐妊していたのかもしれない）。しかしその結果、病気が回復するどころか、自由に逢えないことによって、かえって帝の寵愛は一層深まり、だからこそ迫害もいよいよ激しさを増していく。この救いようのない〈愛の悪循環〉はとどまるところを知らず、更衣の肉体（生命）だけが次第に蝕まれていく。明石入道（桐壺更衣の従兄弟）の「国王すぐれて時めかしたまふこと並びなかりけるほどに、人のそねみ重くて亡せたまひにしか」（須磨巻２１１頁）という述懐を参考にしていただきたい。

「恨みを負う積もり」は、二九章でも「人の恨みを負ひし」と繰り返されているが、それを継承した源氏は「人の恨み負はじ」（紅葉賀巻３３３頁）・「人の恨みも負ふまじかりけり」（葵巻76頁）と述懐している。しかし皮肉なことに、恨みを負う人物こそが主人公性を付与されているのである。必然的に源氏は多くの恨みを負い続けなければならなかった。なお陽明文庫本では、この「うらみ」が「なげき」になっている。この方が「あしかれと思はぬ山のみねにだにおふなるものを人のなげきは」（詞花集三三三番・和泉式部）という引歌［有名な古歌を引用して情趣を高める表現方法］と整合する。

この桐壺更衣のモデルの一人として、村上天皇の尚侍藤原登子（九条師輔二女、元

重明親王室）があげられている。『栄花物語』月の宴巻には、

> 登花殿にぞ御局したる。それよりとして御宿直しきりて、こと御方々あへて立ち出で給はず。故宮の女房、宮たちの乳母など安からぬことに思へり。「かかることのいつしかとあること。ただ今かくおはしますべきことかは」など、ことしものろひなどしたまひつらんやうに聞えなすも、いといとかたはらいたし。御方々には、宮の御心のあはれなりしことを恋ひしのびきこえたまふに、かかることさへあれば、いと心づきなきことにすげなくそしりそねみ、やすからぬことに聞えたまふ。参りたまひて後、すべて夜昼臥し起きむつれさせたまひて、世の政を知らせたまはぬさまなれば、ただ今のそしりぐさには、この御事ぞありける。
>
> （新編全集51頁）

と出ており、なるほど桐壺更衣との類似表現も目立つ（もちろん『源氏物語』からの引用も十分考えられる）。もっともこれは登子の寵愛のみならず、故中宮安子（弘徽殿）の嫉妬深い性格とセットになっての引用となっている（一〇章参照）。他に宣耀殿女御などもいるので、複数のモデルの寄せ集めとして考えた方が良さそうである。楊貴妃との関連からすれば、再婚である点などむしろ桐壺更衣以上にこちらの方がピッタリしており、『栄花物語』の引用の問題として処理すべきかもしれない。

三章　世の乱れ

かんだちめ、うへ人なども、あひなくめをそばめつつ、いとまばゆき人の御覚えなり。もろこしにもかかることのをご（こ）りにこそ、世もみだれあしかりけれと、やうやうあめのしたにもあぢきなう、人のもてなやみぐさになりて、楊貴妃のためしもひきいでつべうなりゆくに、いと〳〵はしたなきことおほかれど、（桐壺更衣心）かたじけなき御心ばへのたぐひなきをたのみにてまじらひ給。

【鑑賞】更衣の寵愛問題は、もはや後宮だけでは済まなくなった。女御・更衣の父兄が上達部（公卿）・上人（殿上人）であり、一般的には女御は皇族や大臣家の娘、更衣は大納言以下参議クラスまでの娘であった（ただし大納言の娘でも女御となる例はある）。

彼女達は実家の繁栄を代表して後宮に入内（じゅだい）しているのである。入内はその根源において私的感情の表れではありえないのだ。だからこそ更衣への偏愛（一対願望）が国家の禍（わざわい）となり、唐（とう）の安史（あんし）の乱（安禄山（あんろくざん）の乱）（七五五年）の二の舞になりはしないかと懸念される（白楽天（はくらくてん）の「長恨歌」及び陳鴻（ちんこう）の「長恨歌伝」、あるいは日本に伝来し和風化した楊貴妃説話・絵物語からの引用）。

なお底本は「をごり」と濁音にしているが、おそらく「起こり」ではなく「驕り」と解釈しているのであろう（『孟津抄』は「起」と「驕」の両義の存在を提示し、その上的な理由を語ろうとはしない。

で「起」をよしとしている）。もしそうならば、桐壺更衣像も微妙に変容（修正）せざるをえないことになる。しかし物語は、なぜ桐壺更衣が寵愛を受けるのか、その具体的な理由を語ろうとはしない。

現実的な背景として、社会情勢への不安もあったようだ。それは先帝と桐壺帝間の皇位継承事件、東宮の廃太子事件（六章参照）、六条大臣一家及び明石大臣一家の没落、新左大臣一派と右大臣一派の確執などである。明石大臣に関しては、後に「かの先祖の大臣は、いと賢くありがたき心ざしを尽くして朝廷に仕うまつりたまひけるほどに、ものの違い目ありて、その報いにかく末はなきなり」（若菜上巻128頁）と述懐されており、何らかのいまわしい事件が想像される。第一、「長恨歌」の引用ということからして、この時代の社会が相当に混乱していたであろうことが想像されるはずである。それにもかかわらず、物語は桐壺帝の偏愛をのみ強調し、実際には因果関係のないはずの社会の乱れと強引に結び付けている点こそが問題なのである。まさに後宮は社会の〈喩〉であった。この仕掛けには留意しておきたい。

ところで「あひなく」は非常に難解な語である。そもそも「あいなし」か「あひなし」かが未詳であるし、表記も「愛・合・間」などの漢字が当てられている。当然意味も複雑で、諸注様々な解釈を施している（石川徹氏「あいなし〈源氏物語語彙辞典〉」『源氏物語必携』学燈社参照）。

『源氏物語』はあまりにも有名なので、もはや問題など残っていないように思われがちであるが、実はこういった未解決の難解語に溢れている。「まばゆし」は、プラスとマイナスの意味を持つ両義的な言葉であった。桐壺更衣にしてみれば光栄だろうが、周囲の人には見てはいられないもてなしということになる。

「目をそばめつつ」は、「長恨歌伝」の一節「京師の長吏之が為に目を側む」を踏まえた表現であろう。「世の例」がここで「楊貴妃の例」にスライドされ、以後「長恨歌」を踏まえた表現が続出してくることになる。「長恨歌」に精通していない読者は、その教養のなさを鼻であしらわれる（紫式部は単なる宮廷女房ではなく、漢学者の娘という特殊な家柄の女性である）。

ここに「つべし」とあるのは、決して世の人が楊貴妃を例にして桐壺更衣の悪口をいったのではない。これは語り手が〈草子地〉としてそう規定しているのであり、むしろ戦略的な〈たとえ〉であることにも留意してほしい。

また、桐壺更衣と楊貴妃をストレートに結び付けることも注意が必要である。確かに更衣のなかに楊貴妃の物語が引用されてはいるが、更衣の場合は後見の不在が強調されている点、また源氏を出産している点など、自ずから「長恨歌」の方向とは違っているからである。

もともと六十歳を過ぎた玄宗と三十近い楊貴妃との話であるから、それをストレートに桐壺帝と更衣に当てはめることは無理であろう（もちろん老いた桐壺帝を幻想することは可能だが）。同じく白楽天の「上陽白髪人」中の「已に楊貴妃に遥かに目を側めらる。妬みて潜かに上陽宮に配せしめ、一生遂に空房に向いて宿す」が示すように、楊貴妃はただ美しくかよわい女性ではなかった。彼女は玄宗の寵愛を守るために、様々の手段を使ってライバル達を蹴落としていた。

また先住の寵妃である梅妃までも上陽宮に移させており、その恐ろしいまでの資質は、桐壺更衣ではなくむしろ弘徽殿女御に継承されているとも考えられる。更衣のイメージは、迫害されている上陽白髪人、あるいは梅妃側にこそあるとも言える。島津久基氏は「貴妃の乱倫と驕慢の性格は、其の一部を却って弘徽殿の方へ譲って、桐壺の更衣をば飽くまで温良貞淑な姿に写した」（『対訳源氏物語講話一』中興館）と指摘しておられる。

玉上琢弥氏も「楊貴妃の身分と性格は、弘徽殿の女御に比すべきであろう。どちらも皇后のいない時期でもあった。楊貴妃は「才智明慧、善巧便佞」、老齢に及んだ皇帝をまるめこんだばかりでなく、宮廷の陰謀によく対処し、後宮の嫉妬を粉砕した。その強引なゆき方は弘徽殿に似ている」（「桐壺巻と長恨歌と伊勢の御」『源氏物語研究』角川書店）と述べておられる。

つまり『源氏物語』では楊貴妃の役割が二分され、更衣と弘徽殿という対照的な二人として再生しているわけである（弘徽殿の人物像には、呂后本紀（『史記』）の影響も認められるが、その場合桐壺更衣は戚夫人となる）。それだけではなく、楊貴妃の描かれざる内面的な悪の要素すらも更衣に投影されているという読みも可能であろう。そうなると更衣は、ただ苛められるだけの美しくかよわい悲劇の主人公ではなくなる。そのような文学と歴史の二層的引用の読みも一興ではある。あるいは上達部・上人は「悪」としての楊貴妃を想定し、帝は「美」としての楊貴妃を幻想しているのかもしれない。

さて桐壺更衣は、帝の寵愛ゆえに他者から「もて悩み草」とされるのであるが、それはつまり自己の「はしたなきこと」と表裏一体となる。後宮は、帝と二人だけの愛情関係ではいられない社会なのである。ここに用いられた「まじらひ給ふ」という表現に留意していただきたい。入内といってもそれは宮仕えであり、どうしても他の女性達と秩序だった交わり（共同生活）を続けなければならないからである。そのため帝の溺愛は、すなわち後宮における秩序の乱れであり、同時に更衣の孤立（村八分）という〈二律背反〉として、更衣の上に否応無く、そして重苦しく覆いかぶさってくる。

更衣が本当に「まじらふ」つもりであれば、できるだけ後宮の秩序を保つことを心掛けねばなるまい。むしろ更衣は後宮の一員であるよりも、最初から帝との一対一の男女関係を切望しているように思える（まさしく楊貴妃の引用）。これは更衣の一対願望と後宮制度のせめぎあいなのだ。

その結果がどうなるのか。すでに「長恨歌」の引用がその答えを暗示しているのだから、賢明な読者にはその悲劇的な末路がほの見えているはずである。つまり秩序の混乱は、最終的に安定を回復する方向に進む。仮に更衣が女御へ昇格し、ついに后になるというのも一つの解決策ではあるが、残念ながらその道は実父大納言の死去によって、さらには光源氏の物語であることによって、最初から閉ざされていた。

また花山天皇は、寵愛した弘徽殿女御（藤原為光女忯子、やはり桐壺更衣のモデルの一人）の死を契機として出家（退位）している。それも一つの秩序の回復であるが、しかしこの場合は花山天皇と違って、左右の大臣が厳しく帝の行動を監視しているはずである。

四章　出自

ちちの大納言はなくなりて、はは北の方なん、いにしへの人のよしあるにて、おやうちぐしさしあたりて、世の覚え花やかなる御かたがたにもおとらず、何事のぎしき」（1ウ）をもてなし給けれど、とりたててはかばかしき御うしろみしなければ、ことある時はなをより所なく心ぼそげなり。

【鑑賞】「後見(うしろみ)」には、物理的（財政面）なものと精神的（教養面）なものの二つがある。前者が親兄弟・祖父母などであり、後者は乳母や信頼のおける同族の女房などである。桐壺更衣の場合は父がすでに亡くなっており、物理的な第一の後見人は不在だった（一族の繁栄を担う兄弟も不在であるとすれば、本来この入内(じゅだい)そのものが後ろ向きであったことになる）。朱雀院(すざくいん)の藤壺女御（藤壺の姪(めい)、女三の宮の母）も「とりたてたる御後見もおはせず、母方もその筋となくものはかなき更衣腹」（若菜上巻18頁）とあった（女三の宮の設定に関しては、桐壺巻における源氏の焼き直し的要素が認められる）。

また玉鬘大君の冷泉院入内に際しても、「はかばかしう後見なき人のまじらひはなかなか見苦しきを」（竹河巻66頁）と同様の記述がなされている（『大鏡』師尹伝の「はかばかしき御後見なければ、東宮に当代をたてたてまつるなり」（１２５頁）も参考になる）。

なお大納言は正三位相当であるから、本来は「亡くなる」ではなく「薨(こう)ず」というべきであろう。同様に四位・五位は「卒(しゅっ)す」、天皇は「崩御」と称した。更衣の父が大納言であれば、それほど低い身分ではあるまい。物語は、いかにも更衣の身分が低いように誤読させているようだ。そうではなく、父がすでに亡くなっていることこそが問題だったのである。その後見不在という致命的な穴を、北の方（皇族？）が孤軍奮闘してどうにか埋めている。

後者としての更衣の乳母も、まったく登場しない。乳母こそは母北の方以上に更衣の世話を焼き、後宮においても庇ってくれる頼もしい存在である。もしこの一文が乳母の不在をも含んでいるとすると、更衣には物理的（父）にも精神的（乳母）にも後見がいないことになり、後宮における孤立が、必然的に悲劇の道を歩ませることになる。もっとも三条天皇女御の娍子など、父藤原済時は大納言で亡くなっているにもかかわらず、女御どころか立后までしている。その際、父は贈右大臣となっている。

さて「何事の儀式」とは恒例の年中行事であり、「ことある時」とは臨時の行事を指す。定例の場合はあらかじめ準備もできるが、臨時の場合は、政治家である父が不在のために宮中からの通達などが遅くなり、準備に費やす時間的な余裕がない。しかも、里方は、行事の折ごとに更衣の衣装を準備するだけでなく、更衣に仕えている女房達の衣装や調度品なども新調しなければならない。

こうして徐々に桐壺更衣の出自が明かされ、輪郭が浮かび上がってきた。しかし最も肝心な彼女の美点や性格に関しては、ほとんど何も語られていないことに気付く。更衣の思考や実態は厚いベールに包まれており、想像することすら難しい。物語は、更衣を具体的に描写しないことにより、最も効果的に更衣の理想美を表出（幻視）しているようである。ただし母の素性が「いにしへの人のよしある」と語られている点、旧家名門の筋という予測はつく。それをさらに押し進めて皇族の血筋と見ておきたい。

そうすると桐壺更衣のなかにも、高貴な皇族の血が流れていることになり、ただの身分低き更衣ではなくなってくる。ただし岩波の古語辞典「ゆゑ」項には、「平安女流文学では、由緒正しいこと、一流の血統であること、また、それらの人にのみ見られる一流の風情・趣味・教養などをいい、二流のものはヨシ（由・縁）といって区別した」とあり、「よし」を二流のものと説明している。これを信じれば祖母の血統は二流ということになる。

五章　皇子誕生

〽さきの世にも御ちぎりやふかかりけん、世になくきよらなる、たまのおのこみこ（源氏）さへむまれ給ぬ。（御門心）いつしかと心もとながらせ給て、いそぎまいらせて御覧ずるに、めづらかなるちごの御かたちなり。

【鑑賞】「前の世」の因縁（宿世）によって、二人の間には皇子が誕生した（宿世に関しては、重松信弘氏「宿世と宿命」『源氏物語の主題と構造』風間書房、中田武司氏「源氏物語の「宿世」観」『源氏物語の探究七』風間書房参照）。その光源氏の誕生に「さへ」という副助詞が添えられている。一見何でもなさそうであるが（評釈では「み子が生まれただけでも結構なことだのに、男御子であり、玉のようにきれいなのである」と解釈しておられる）、この言葉に特別の重みを持たせると、読みが一変する（益田勝実氏「日知りの裔の物語――『源氏物語』の発端の構造――」『火山列島の思想』筑摩書房参照）。副助詞「さへ」は添え物の意味であり、必ずしも決して中心ではないからだ。皇子誕生は、二人の愛の結実・帰結ではあるが、必ずしも周囲から望まれていたわけではない。むしろ二人は自分達の愛を貫くことに精一杯であった。

ここで考えるべきは、一体誰が光源氏の誕生を祝福してくれたか、ということである。更衣に対する後宮や政治家達の冷たい視線を思い出していただきたい。ごく少数の身内以外には、誰も祝福していないだろうことにはっとする。身内にしても後見なき第二皇子では、立太子の可能性なしではないにせよ、さほど大きな期待は抱かないだろう。また一つ禍の種がふえただけである。

また「おのこみこ」という表現も特異であった。「おとこみこ」と普通にいうけれども、「おのこみこ」は用例的にも当時非常に珍しいものである（『源氏物語』にもこの一例のみ）。「おのこ」はやや低い身分を指すことが多いので、更衣腹の皇子であることを暗示しているようにも考えられる（福田智子氏「「をのこみこ」考」国語国文65―6、吉海「光源氏の「をのこみこ」をめぐって」解釈60―3、4参照）。もしそうならこの表現によっても、皇位継承とは無縁の更衣腹の皇子誕生が明確に読みとれることになる。陽明本のみ「をとこみこ」と改訂しているのは、おそらくその表現の意味を敏感に感じとったからであろう（陽明本は全般に桐壺更衣側に視点がある）。

繰り返すが、光源氏は決して多くの人々の祝福の中で産声をあげたのではないのだ。その証拠に、更衣の懐妊や出産の場面、北の方邸の喜びの声すらも捨象されているではないか。「清ら」という第一級の美質を持つ『源氏物語』の主人公としては、異常ともいうべき誕生シーンであった。

もっとも桐壺更衣が入内（じゅだい）した目的からすれば、皇子誕生は寵愛（ちょうあい）の結果であり必然である。物語の描写としては添え物風に描かれているものの、これによって迫害が一層激化される点、逆にいえば源氏が無視できぬ存在であることを証明していることになる。ここにおいて桐壺更衣は、強大な力となる〈如意宝珠〉を手にしたのである。ここから彼女は次第に女としてではなく、母としてのしたたかさをほの見せはじめる。

ところで光源氏の誕生日はいつであろうか。残念ながらそれに関しては何も明記されていない。しかし物語には特定の月日——十月及び二十三日——が頻出しており、それによって玉上氏は源氏の誕生日を十月二十三日と想定しておられる（「女のために女が書いた女の世界の物語」季刊大林34参照）。そのヒントは『細流抄』に「玉かつらも廿三日に御賀あり。源の御身にとりて子細ある日なるべし。自然誕生日などなる歟」であろう。

なお宮中は神域なので、血の穢（けが）れ・死の穢れを嫌う。めでたいはずの出産も、明らかに血の穢れであった。そのため更衣は里に下がってお産をしなければならない。出産後に参内するのは、早くても五十日以降、普通は三ヶ月位（百日）先のことであった。言い換えれば当時の天皇には、生まれたばかりの赤ん坊を見る機会はなかったのである。

ただし『源氏綱目』では『弄花抄』の説として、「禁中に産屋をかまへたる歟」と注している。後の『とりかへばや物語』の女東宮は、秘密保持のために宮中で出産しており、宮中のタブーが破られているが、ここではそう解釈する必要はあるまい。

六章　秘蔵っ子

一のみこ（朱雀院）は右大臣の女御の御はらにて、よせおもくうたがひなきまうけのきみと、世にもてかしづき聞ゆれど、こ（源氏）の御にほひにはならび給べくもあらざりければ、おほかたのやんごとなき御おもひにて、このきみ（源氏）をばわたくしものにおぼほし」（2オ）かしづき給事かぎりなし。

【鑑賞】源氏誕生が語られた直後に、突然一の皇子との比較がなされていることに留意しておきたい。男皇子（第二皇子？）の誕生は、それだけで政治性を持っているから、今まで漠然としていた後宮も変容し、右大臣の女御という個人が具体的に設定される。さほど年齢差のない書きぶりで両者（異母兄弟）は対比され、それによって相対的に源氏の優位が浮き彫りにされていくことになる。源氏の美質である「匂ひ」は、おそらく母からの遺伝であろう（一三章参照）。もちろんここでは出自の差が強調され、その一点で東宮候補の座は制度的にはまったく揺るぎないものであった。

しかしながら愛情面に関しては、源氏のたぐいまれな美貌（びぼう）と相俟（あいま）って、一の皇子には公的な愛情（尊重――母弘徽殿も同様に「やんごとなき御思ひ」（八章）と記されている）、源氏には私的な愛情（秘蔵っ子）と区別される。

この「私物」は用例の少ない語であるが、『うつほ物語』には二例見られる。また『栄花物語』月の宴巻にも「宣耀殿の女御は、いみじううつくしげにおはしましければ、みかどもわが御私物にぞいみじう思ひきこえたまへりける」（29頁）と見えている（多くは愛人もしくは愛子（あいし）に対して用いられている）。

どちらの愛情が勝っているか、あえていうまでもあるまい。しかし源氏はその美質ゆえに、危うい生活を強いられることになる。帝（みかど）は後宮における過ちを、皇子達の処遇においても再び繰り返した。若き――かどうかは断定できないが――桐壺帝は、天皇制の枠からはみだした問題児なのである。否、あるいは桐壺更衣や光源氏に対する帝の異常な愛情は、実は意図的政治的な演技なのかもしれない。それが右大臣家への反抗（あてつけ）だとすると、帝も案外したたかな人間であることになる。

なお「儲けの君」とは皇太子のことであるが、漢語「儲君（ちょくん）」の和訓であり、他に「いとかしこき末の世のまうけの君と、天の下の頼み所に仰ぎきこえさする」（若菜上巻36頁）という例がある（全二例）。『栄花物語』歌合に「春宮の一宮は、内に御子もおはしまさねば、疑ひなき儲君と思申たり」（242頁）とあるのは、桐壺巻の引用であろう。『大鏡』師輔伝にも「元方の民部卿の御孫、儲の君にておはする」とあるが、広平（ひろひら）親王は東宮にはなっていない。

●儲けの君

ここに右大臣が登場しているが、そこに書かれていないものがある。おわかりだろうか。そう、右大臣の上席にいる左大臣の不在である。また「疑ひなき儲けの君」も曲者（くせもの）である（吉海「『源氏物語』「疑ひなき儲けの君」考」國學院雑誌120―4）。というのも、これによって桐壺帝の御代に東宮が不在であることもわかるからである。

これについて『細流抄』には「朱雀院の御事也。醍醐御代には東宮文彦太子（保明）葬之後、其子慶頼王立坊。又早世。其後朱雀院立坊也」と注されている。物語の描かれざる部分において、東宮の廃太子事件が想定されるらしい。

桐壺巻にはないが、後の賢木巻に六条御息所（ろくじょうみやすんどころ）のことが、

十六にて故宮に参りたまひて、二十にて後（おく）れたてまつりたまふ。（93頁）

と記されている点、現行の年立とも完全に矛盾する（坂本昇氏「御息所の年齢」『源氏物語構想論』明治書院参照）。もちろん最初の構想が十年ほどずれたのかもしれない（藤村潔氏「前坊の姫君考」『源氏物語の構造二』赤尾照文堂参照）。

また葵巻に故前坊が登場している。現年立では、前坊の娘である秋好中宮と源氏の年齢差は九歳なので、理論的に前坊は源氏九歳までは生存していたことになる。つまり東宮が重複して存在していることになるのだ。それを合理的に説明するには、東宮は病死しているのではなく、生存しているものの廃太子させられたことになる。

基本的に新東宮は、退位を条件として前帝が擁立する。おそらく桐壺帝も、退位を条件に冷泉帝を東宮にしたのであろう。また前東宮は、自らの即位と引き換えにそれをしぶしぶ了承する。この場合、東宮は必ずしも帝の実子というわけではないので、桐壺帝は我が子を皇太子として立てたくなり、そこで忌まわしい皇位継承事件が生じることになる（三条帝と藤原道長の確執がその好例）。

描かれざる廃太子事件によって、六条の大臣や明石入道の父大臣が政界から消え、代わりに左大臣が勝者として内覧（氏長者）を受けたのではないだろうか。物語は桐壺更衣と源氏を中心に描写しているが、宮廷は政争の真只中だったのかもしれない。少なくとも二人の大臣が更迭されているのであるから、桐壺巻の読みはそれだけでも大きく変容するであろう（吉海「桐壺帝即位前史」日本文學論究52）。

七章　寵　愛

（更衣）はじめよりをしなべてのうへ宮づかへし給べききはにはあらざりき。おぼえいとやむごとなく上ずめかしけれど、わりなくまつはさせ給あまりに、さるべき御あそびのおりおり、なに事にもゆへあることのふしぶしには、まづまうのぼらせ給ふ。

【鑑賞】「上宮仕へし給ふべき際」は、一章の「いとやむごとなき際」と対をなす。最初は上でないと規定し、ここでは下でもないと新たに注記している。このやや矛盾した据え直しによって、更衣はどっちつかずの境界線にランク付けされることになる（再度の規定は、更衣自身よりも誕生した皇子の出自上昇に重点があるのかもしれない）。

また文末に助動詞「き」が用いられていることにも注目したい。冒頭（一章）で説明した「けり」もこの「き」も共に過去の助動詞なので、時制に問題はないという人は、やはり『源氏物語』の読者としては失格である。実は冒頭表現の説明で、『落窪物語』をあえて載せなかったのだが、それはここで問題にしたかったからである。

・いまはむかし、中納言なる人の、むすめあまた持たまへるおはしき。

（『落窪物語』巻一）

こちらも、文末が「けり」でなく「き」になっていることに留意したい。これは伝承的過去の物語ではなく、語り手自身の体験した事実であり、話の信憑性を語り手が保証していることになる。継子譚である『落窪物語』はフィクションではなく、実際にあった話という体裁で語られているわけである。桐壺巻においては、ここで「けり」から「き」に移行しており、また事情が少し異なる。当初、語り手は物語を淡々と、そして冷静に語り始めた。ところが語っているうちに次第に興に乗り、いつしか物語の登場人物に同化し始めたのである（それは、無意識の推移というより、意図的な方法であろう）。時制が「けり」から現在形に変化し、そしてさらに「き」が用いられたとき、それに対して不審を申し立てたとしたら、やはり聞き手としては失格となる。むしろそのような語り手の自然な推移に同調してこそ、物語世界に浸ることができるのだ。語り手は更衣に同情し、かつ親しみを込めて、あるいは物語の内容を自ら保証する意識で「き」と口にした。

　本来語り手は第三者的であるべきなのだが、ここでは積極的に物語に介入（口出し）しているのである。こういった表現を、中世の源氏学者は『源氏物語』の一手法と考え、〈草子地〉と定義した。あるいは「けり」は公的な語りで、「き」は私的な語りと規定できるかもしれない。

「上衆めかし」という語は「下衆」（宇治十帖に用例多し）の反対語であるが、単独で「上衆」とは使われていない。これは動詞が形容詞化したものであるが、他に「あまり上衆めかしと思したり」(松風巻416頁)という例が見られる(全二例)。また自動詞「めく」の例として、「やむごとなき人にいたう劣るまじう上衆めきたり」(明石巻250頁)・「忍びやかに調べたるほどいと上衆めきたり」(同266頁)もある(全五例、『平中物語』『紫式部日記』にもあり)。「めかす」「めく」を合わせた全七例中四例が明石の君、二例が桐壺更衣に関するものである。

いくら上衆めかしても、二人には根本的に上衆ではありえないという悲しい現実(身分差)があった。こう考えると、明石の君こそが桐壺更衣の正当なゆかり(血縁)であることになる。だからこそ再び身分差で苦しめられるのである。藤壺のゆかりたる紫の上と、桐壺更衣のゆかりである明石の君の対比は、実はゆかりの二分化によって生じたものともいえるのだ(吉海『源氏物語』「上衆めく・上衆めかし」考―明石の君論として―」同志社女子大学大学院文学研究科紀要14参照)

さて、身分の高い女性は、たとえ相手が愛する夫であろうとも、自ら身の回りの世話などはしなかったらしい。限りなく人形に近いのがお姫様の証明なのである。女御・更衣も同様であり、仕えている帝(みかど)(夫)の身の回りの世話は、もっと身分の低い女官のやる仕事であった。

ところが帝がいつも更衣を傍にいさせるので、やむなく更衣は字義通り帝の世話をしなければならなくなる。そのため周りからは侍女のようにも見られ、更衣にとっては帝の寵愛ゆえに、却って自らを卑しめなければならない状態が続いていた。

これに関して藤原克己氏は「「おのづから軽き方にも見えし」ほど「わりなくまつはさせ給ふ」帝の寵愛ぶりも、実は父のいない更衣なればこそではなかったか」と述べておられる（「桐壺更衣」『源氏物語必携II』学燈社）。なるほど更衣の場合は、後見に気がねしなくてもよかった。とすると更衣の身分を最も低めているのは、他の女御達以上に帝自身だったことになる。もともと「まつはす」は差別語であろうが、その距離の近さがプラスにもマイナスにも働く。特に寵愛の場合は独り占めになるので周囲の反感を買うことになる。

八章　立坊問題

ある時にはおほとのごもりすぐして、やがてさふらはせ給など、あながちにおまへさらずもてなさせ給し程に、をのづからかろきかたにもみえしを、このみこ（源氏）むまれ給てのちは、いと心ことにおもほしおきてたれば、坊にもようせずは、このみこ（源氏）のゐ給べきなめりと、一の」（2ウ）みこ（朱雀院）の女御はおぼしうたがへり。

（弘徽殿女御）人よりさきにまいり給て、やむごとなき御思ひなべてならず、みこたちなどもおはしませば、此御かたの御いさめをのみぞ、なをわづらはしく心ぐるしう思ひ聞えさせ給ける。

【鑑賞】 寵愛のあまり更衣は「御前さらず」の状態であった。ところが源氏が誕生した途端、更衣の処遇は一変し、愛する女としてだけではなく、源氏の母として尊重するようになった（といっても帝と更衣と源氏という親子三人の一家団欒場面は皆無である）。それは更衣にとってはいささかの期待ともなる事態であった。しかしながら更衣の立場は一向に好転せず、今度はそのことによってついに弘徽殿女御の疑心暗鬼を生むことになる。

おそらく弘徽殿は帝より年上の女性であり、元服か立坊の折に添臥しとして入内したと思われる（林田孝和氏「弘徽殿女御私論―悪のイメージをめぐって―」国語と国文学61―11参照。なおこの枠組みは源氏と葵の上も同じ）。それはずっと後の光源氏の述懐のなかに「故院の御時に、大后の、坊のはじめの女御にていきまきたまひしかど」（若菜上巻41頁）とあることからも察せられる。最初は夫婦仲もさほど悪くはなかったようで、すでに御子も何人か出産している。

しかし帝が成長すると、悲しいことにその分だけ弘徽殿は年増になっていく。そしてもはや床避り（床離れ）の時期となり、更年期障害と相俟って、女性特有のヒステリックな状態に陥っていたとしたら、それは決して弘徽殿が悪者なのではなく、一夫多妻制の生み出した悲劇ともいえる。結局、弘徽殿は一首も和歌を読まない人物であった。それは桐壺帝との間に贈答（愛の交流）がなかったことを暗示する。

ところで床離れに関して、折口信夫は「昔の女は、三十以上になると夫を避ける。さうでないのはいけなかった。さうして、今度は若い女に譲るのである」と述べている（「伊勢物語私記」『折口信夫全集十』中公文庫参照）。もちろんこの時の弘徽殿女御の年齢は未詳である。実際にはもっと若いのかもしれないが、ここでは読みの可能性としてこのように押さえておきたい。ただし道長の妻源倫子など四十歳を過ぎてから出産しており、必ずしも折口説が認められるわけではない（吉海「『御堂関白記』における「女方」について」解釈38―2参照）。

これだけの強力な後見がありながら、なかなか皇后になれない弘徽殿の焦りといらだちを思いやってほしい（三后の定員が塞がっているのか、あるいは左大臣側の抵抗か）。今の弘徽殿にとって唯一の楽しみは、遠ざかった帝の愛を取り戻すことではなく、せめて自分の産んだ一の皇子が立坊・即位することであった（それが家の繁栄にも直結する）。その望みまでもが更衣によって脅かされたとしたら、弘徽殿でなくとも幸せを守るために反撃（排除）するだろう。

面白いことに皇位継承に関しては源氏だけが相手であり、第三皇子以下は問題にもされない。もっとも天皇の第一皇子だからといって、必ずしも安易に皇太子にしない政策は、むしろ藤原氏の常套であったはずだ。右大臣家は藤原一族の押し進めてきたやり方によって、自らの危機感・不安を強めているわけである（吉海「右大臣の再検討―桐壺巻の政治構造―」『源氏物語桐壺巻研究』竹林舎参照）。

またここに、余裕や思いやりに欠けた帝の、理性を失い分別を欠く姿も見ておきたい。現時点における帝は、聖天子とはほど遠い存在であった。これは玄宗皇帝のパロディであり、聖天子玄宗が晩年に楊貴妃への寵愛ゆえに国を乱すのに対し、桐壺帝には専制君主としての権力もなく、むしろ更衣を失って以後、徐々に聖天子の道を歩むことになる。もっとも、こういった帝の姿勢はあくまで表面的な擬装であり、実は天皇親政をめざす賢帝の計画的な反抗・抵抗なのかもしれないのだが。

玄宗には武恵妃という寵妃がいて、その間に寿王という皇太子候補の子供まで存した。その武恵妃の死後、玄宗は嘆き悲しむが、その後楊貴妃を得てこれを寵愛したのである。この楊貴妃は何と息子寿王の妃であり、そのため寿王の立太子も実現しなかった。この枠組みは、まさに桐壺帝の桐壺更衣から藤壺への移行と共通しており、息子源氏の立太子問題や、藤壺との密通までも見通すことができることに留意しておきたい。

なお弘徽殿腹の「みこたち」は、普通には「皇子」と書かれている。しかし朱雀帝以外に男皇子が存在するという記述は見られないので、全集本では「皇女」をあて、朱雀帝の同母姉妹と限定解釈している。これは後に「女皇子たちふた所、この御腹におはしませど」と出ている（四四章）ことや、玉上評釈の「この「皇子たち」は皇女方と考えるべきだ」に依ったものであろう。

ただし本田義彦氏は「源氏物語存疑「御子たち」考」（九州大谷国文14）において、通説通り一の皇子（朱雀帝）を含めた皇子達と解す方が妥当であると述べておられる。解釈の揺れを含めて、弘徽殿腹の皇女達（源氏の姉宮）にはいささか成立構想上の問題がありそうだ（吉海「弘徽殿女御の皇女達」『源氏物語の視角—桐壺巻新解—』翰林書房参照）。

九章　前渡り

（更衣心）かしこき御かげをばたのみきこえながら、おとしめ〳〵きずをもとめ給ふ人はおほく、わが身はかよはく、ものはかなきありさまにて、なかなかなるものおもひをぞし給ふ。

御つぼねはきりつぼなり。あまたの御かたがたをすぎさせ給つつ、ひまなき御まへわたりに、人の御こころをつくし給もげにことはりとみえたり。まうのぼり給にも、あまりうちしきる」（3オ）おりおりは、うちはしわた殿、ここかしこのみちに、あやしきわざをしつつ、御をくりむかへの人のきぬのすそたへがたう、まさなきことどもあり。

【鑑賞】引歌の指摘はないが、「御かげ」には「筑波ねのこのもかのもにかげはあれど君がみかげにますかげはなし」(『古今集』一〇九五番)が踏まえられているのかもしれない。また「疵を求め」とは、「有司毛を吹き疵を求む」(『漢書』中山靖王伝)の引用であり、「直き木に曲がれる枝もあるものを毛を吹き疵をいふがわりなさ」(『後撰集』一一五六番)の引歌とも考えられる。言葉の一つひとつに何かしら引用があることには驚かされる。

なお桐壺更衣の疵として、そこに東宮との密通を読み取る説(島内景二氏「光源氏の〈玉の瑕〉をめぐって―もう一つの『源氏物語』を読む―」『源氏物語の探究十三』風間書房参照)もあるが、いかがであろうか。

さて「わが身」とは、一体誰のことなのか。このような疑問を持つようになったら、かなり『源氏物語』の読み方がわかってきた証拠である。ここが会話文であれば問題ないが、地の文であるからには語り手が主語とならざるをえない。しかし内容的には明らかに更衣が主語となるはずである。その更衣が自分のことを「わが身はか弱く」というのも妙である。これをどう考えたらいいのだろうか。

語り手は、ここに至ってついに登場人物(更衣)と一体化(同化)してしまったようだ。自己の体験談に留まらず、今や〈よりまし〉そのものであろう。それだけ物語は高潮し芝居がかっているのだ。ただしこのような感情移入でさえ、作者の意図的な方法であったとしたら、背筋が冷たくなる。

ここで初めて更衣の居所が桐壺であったと明かされる。桐壺は禁中五舎〈昭陽舎（梨壺）・淑景舎（桐壺）・飛香舎（藤壺）・凝華舎（梅壺）・襲芳舎（雷鳴壺）〉の一つである（淑景北舎については未詳）。その他七殿〈弘徽殿・登花殿・常寧殿・貞観殿（御匣殿）・麗景殿・宣耀殿・承香殿〉を加えると、後宮には計十二箇所の舎殿があることになる（もっとも必ずしも後宮の舎殿がすべて塞がっているとは限らない）。すぐに内裏図で位置を確認しておこう。そうすれば桐壺が、帝の御座所である清（後）涼殿から最も遠い場所であることがわかるだろう。居所の位置によって、その主人の身分・権力をうかがい知ることができるわけだ。

もちろん後宮における不動産的な一等地は、清（後）涼殿に最も近い弘徽殿と藤壺である。本来ならば時の権力者の娘がそこを占有するはずであるが、面白いことに『源氏物語』正篇では、弘徽殿は代々藤原氏出身の女御が占め、藤壺は皇族出身者が踏襲している。ただし藤壺入内以前は空いている。その点、藤壺は必ずしも昔から一等地というわけではなかったようで、両者のイメージが固定するのは、むしろ『源氏物語』の享受によってである。また時期的には彰子が藤壺に入居した後ではないだろうか（増田繁夫氏「弘徽殿と藤壺―源氏物語の後宮―」国語と国文学61―11参照）。しかもそれは必ずしも歴史的に証明できるわけではなく、むしろ『源氏物語』独自の価値観であると考えた方がよさそうだ。

更衣とて父は大納言であるから、身分そのものはそれほど低くはないのだが、その父がすでに亡くなっているのだから、下位の更衣にいい場所を占められてもやむをえない。またおそらく入内も遅かったので、すでにいい場所は塞がっていたのであろう（桐壺更衣が一番若いのかもしれない）。その意味では桐壺更衣も被害者だったのだ。

後宮は決して華やかなだけの場所ではなく、女の戦場でもあるのだから。ここで意図的に明かされた「御局は桐壺なり」という一文の重み（巻名にもなっている）を十分味わっておきたい。

更衣はしっかりした後見人がいないために疎外され、最も条件の悪い局（舎）がまわってきた。普通ならば、そんな力のない更衣に帝の寵愛があるなどとは到底考えられない。だからこそまた新たな問題が生じてしまうことになる。

つまり帝が更衣の局を訪れるためには、最も長い距離を通過しなければならず、その間にいやでも宣耀殿・麗景殿・弘徽殿など最低でも三人以上の女性の舎殿を素通りするわけである。下へおりて迂回して通うことはできないらしい。これを〈前渡り〉という（今井源衛氏「「前渡り」について」『紫林照径』角川書店参照）。『蜻蛉日記』の藤原兼家など、わざわざ道綱の母の家の前を素通りして、これ見よがしに近江という女の元

内裏図

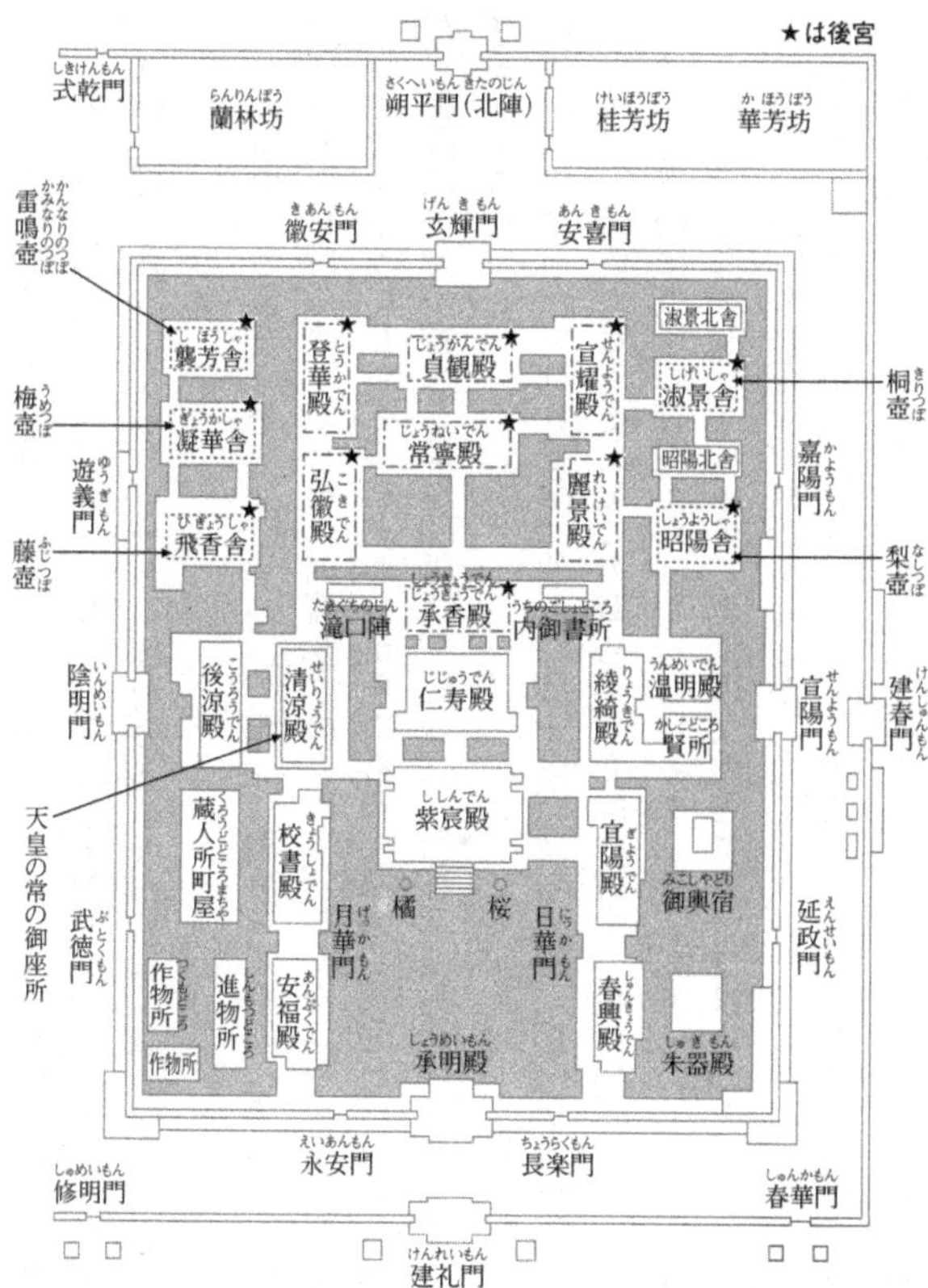

★は後宮
式乾門
蘭林坊
朔平門(北陣)
桂芳坊
華芳坊
雷鳴壺
徽安門
玄輝門
安喜門
淑景北舎
襲芳舎
登華殿
貞観殿
宣耀殿
淑景舎
桐壺
梅壺
凝華舎
常寧殿
嘉陽門
昭陽北舎
遊義門
弘徽殿
麗景殿
飛香舎
昭陽舎
藤壺
梨壺
承香殿
滝口陣
内御書所
後涼殿
清涼殿
仁寿殿
綾綺殿
温明殿
陰明門
宣陽門
建春門
賢所
紫宸殿
天皇の常の御座所
蔵人所町屋
校書殿
宜陽殿
御輿宿
橘
桜
武徳門
月華門
日華門
延政門
作物所
進物所
安福殿
春興殿
作物所
承明殿
朱器殿
永安門
長楽門
修明門
春華門
建礼門

に通っている。帝の場合は無意識であろうが、素通りされた女の恨みは深い。初めから帝の訪れがないのなら、それはそれで悲しいけれども諦めもつく。また帝が清涼殿から最も近い舎殿に渡るのなら、自分より権力のある人だからと納得できるし、「前渡り」もされないで済む。

　ところが桐壺更衣の場合はそうはいかない。桐壺（淑景舎）の前にあるすべての女性達に一縷の期待を持たせ、それを「前渡り」によって、しかも「ひまなき前渡り」によって容赦なく踏みにじらざるをえないからである。期待した分だけ恨みも深くなるわけだ。更衣は自分の意志とは無関係に、その存在自体が後宮の秩序を乱す大悪人とならざるをえない。

　物語に描かれてはいないけれども、他の女御や更衣達も、それ相応に苦悩し煩悶し続けていたに違いないのだ。そしてこの苛めが、光源氏誕生の後に描かれている点に留意すれば、必然的に皇子の存在が苛めを過激にしていると読めるだろう。皇子は二人の愛にとって添え物かもしれないが、後宮の女性達にとってはゆゆしい存在だからである。益田氏の読みも修正すべきであろうか。

　ここで留意すべきは、それにもかかわらず、帝と更衣の愛は源氏抜きで続けられる反面、なぜか更衣の源氏に対する愛がまったく描き出されていない点である。帝の源氏に対する感情は描かれているのに、更衣の母性は最後まで切り捨てられているのだ。

これは貴族の生活として、源氏の養育はすべて乳母達に任されているので当然なのかもしれない。もしそうなら源氏の藤壺思慕は、必ずしも更衣思慕の代償ではないことになる。

ところで局とは、一般には女房に与えられた仕切部屋を指すようだが、従来の説では後宮における一殿舎のこととして問題にもされてこなかった。しかし本当にそれでいいのかどうか、きちんと証拠をあげて説明した人はいない。更衣を殿舎名で呼んだ例が見当たらないことから、更衣という身分では殿舎一つなどもらえないという意見がある（増田繁夫氏「女御・更衣・御息所の呼称―源氏物語の後宮の背景―」『平安時代の歴史と文学　文学編』吉川弘文館参照）。そうすると「御局は桐壺なり」という読みも自ずから変更を迫られる。

つまり、それがたとえ桐壺という最悪の条件であろうとも、仮に更衣の分際で殿舎を占めているとすれば、歴史的に見ても破格の厚遇（四位であれば女御待遇）ということになり、むしろ家柄の良さ・身分の高さや寵愛の深さを表出している証拠にもなりうる（あるいは源氏出産後に御息所として賜わったのかもしれない）。また仮に他の更衣と同様、殿舎一つではなくその一部を局として与えられているだけだとしたら、読者は何百年もの間、誤読を繰り返していたことになる（河内本及び別本の麦生本は「御局」ではなく「御さうし」とあり、また別本の国冬本は「きりつぼにありけり」となっている）。

なお『狭衣物語』に、桐壺巻を踏まえた「御局、昔の弘徽殿なり」（161頁）や「御局は藤壺なり」（359頁）がある。前者は嵯峨院の女一の宮、後者は式部卿の姫君（後に立后）の例であるから、身分的にも殿舎と見て間違いあるまい。

後に源氏は、ここを自らの曹司として与えられ（六九章）、さらに梅枝巻において「この御方は、昔の御宿直所、淑景舎を改めしつらひて」（414頁）と、自分の娘（明石中宮）をわざわざこの桐壺（淑景舎）に入内させている点、やはり更衣も殿舎全体を占有していたのであろう。源氏にとっては、桐壺こそが最も思い出深い所だからであり、明石姫君にとっても祖母のいた場所を継承することになる。そのため後には「桐壺の御方」（若菜上巻102頁）と称されている。もちろんこの場合は権勢家出身の女御ということで、更衣のような迫害を受けることはなかった。桐壺のマイナス面を承知の上で、むしろそれを逆手にとって、源氏の権勢を誇示しようとしたとも考えられる。

「桐壺」に関しては『日本紀略』永延元年（九八七年）正月五日条に「摂政直廬淑景舎に於て、叙位議」とあり、また『玉葉』承安二年正月三日条に「当時ノ直廬ハ淑景舎也」という興味深い記事が出ており、それを証拠として『国史大辞典』では「女御・更衣らの住したところで、また摂政らの直廬となり、内宴の行われたこともあった」（福山敏男氏執筆）と説明している。

内宴に関しては『日本紀略』寛和二年（九八六年）十月二十一日条に「右大臣（藤原兼家）ノ息男（道信）淑景舎ノ御前ニ於テ元服ヲ加フ、摂政ノ養子也、従五位上ヲ授ク。饗宴有リ」とある。その他「淑景舎ニ於テ除目」（『日本紀略』天禄元年（九七〇年）八月五日条）、「諸卿陣ノ座ヲ起チ、淑景舎ノ座ニ著ス、除目之事行ハル」（『本朝世紀』正暦元年（九九〇年）七月二十八日条）の如く除目も行われている。そうすると後宮女性の殿舎としては最低かもしれないが、男性の利用地としては最高の場所という表裏の実態が見えてくる。

桐壺を源氏が曹司として用いていることも、単に亡き母の思い出の場所（感傷的意味）というだけでなく、政治的な意味を読み取るべきであろう。本文にも「この大臣の御宿直所は昔の淑景舎なり。梨壺に東宮はおはしませば、近隣の御心寄せに、何ごとも聞こえ通ひて、宮をも後見たてまつりたまふ」（澪標巻300頁）とあるように、桐壺は梨壺に居住する東宮からはむしろ最も近い（条件のいい）位置になるのである。

こうして明石姫君は、帝ならぬ東宮に女御として入内（亡き祖母桐壺更衣の悲願を継承？）するのである。もちろん帝の後宮に東宮が居住することもある（一条帝の後宮にいる東宮（三条帝）の女御藤原原子（淑景舎）がまさに好例である。また物語では『とりかへばや物語』の東宮の例などもある）。この時の東宮は朱雀院の皇子であるが、前述の如く冷泉帝の後宮（梨壺）に住んでいると考えて間違いあるまい（東宮御所入内ではなさそうだ）。東宮の住居・後宮についてどのように把握すればいいのか、現在のところ不明な部分が多いので、早急なる研究の進展を望みたい。それに連動して、「東宮女御」が正式な地位を有しているかどうかも未詳であることを付け加えておきたい。

　帝の訪れであれば、後宮の女性達も無力であった。更衣が帝に呼ばれて夜のおとどに参上するとなると、それが「あまりうちしきる」と、黙って見過ごすわけにはいかなくなる。「馬道」が具体的にどこかは描かれていないけれども、弘徽殿が積極的に動いているという読みは可能であろう。

　もちろん実際に動いているのは乳母や女房達である。本人はそれを知っているのかはわからない。ただ、直接本人が命令していなくても、責任は主人が負うことになる。葵巻における車争いなどその好例であった。

　ここでいう「あやしきわざ」とは一体何だろうか。『源氏物語』には朧化表現が多く、いま一つ明確に理解できないことが多い。この場面を歌舞伎で見ると、何と魚の内臓をばらまいていた。これは柳亭種彦の『偽紫田舎源氏』（パロディ）を踏襲しているのであろう。

　しかし実際はそうではなく、やはり糞尿（汚物）なのだ。このモデルとしては、藤原朝光女・姫子（花山帝女御）に対する後妻のいやがらせ事件があげられる。『栄花物語』花山たづぬる中納言巻には「御継母の北の方のいかにしたまひ給つるにかとまで、世人申し思へり。みかどの渡らせたまふ打橋などに人のいかなるわざをしたりけるにか、我ものぼらせたまはず、上も渡らせたまはず」（124頁）とだけ記されている。衣の裾を汚す前に掃除でもしたらいいのにと思うのだが、更衣付きの高級な女房は、そんな卑しい仕事はしないのであろう。

　これは神聖なる宮中を汚す行為でもあり、それを行う方もただでは済むまい。となるとこれは単なるいやがらせではなく、呪咀として読める行為ではないだろうか。本居宣長も「不浄をまきちらすは、人を咀ふしわざなり」（『源氏物語玉の小櫛』）と述べている（ただし積極的に肯定しているわけではない）。それほどに後宮が緊張・切迫していることをこそ読み取っておきたい。

　なお「まさなき」（青表紙本・別本）とは、予想もしていないという意味だが、河内本ではそれを「さがなき」としており、積極的に悪いイメージを強化している（五三章では弘徽殿の評価に使用）。この「まさなき」は、『源氏物語』に三例（他は紅葉賀巻と絵合巻）ある以外、『竹取物語』『うつほ物語』『落窪物語』『枕草子』『紫式部日記』『栄花物語』『大鏡』などにもわずかながら用例がある。

●桐壺更衣のモデルは原子

これだけ桐壺巻で活躍しているのだから、桐壺更衣にはモデルとなるべき人がいるに違いない。そう考えて探してみると、真っ先に楊貴妃が候補にあがってくる。確かに桐壺巻には「長恨歌」がちりばめられており、下敷きにしていることは間違いない。ただし楊貴妃と桐壺更衣では類似点よりも相違点の方が多い。

そこで日本の例を探すと、仁明天皇女御藤原沢子が投影されていることがわかる。ただしさほどの活躍が認められないので、発展的なモデル論は展開できそうもない。第一、楊貴妃にしても沢子にしても、肝心の桐壺とは無縁なので、そこが満足できない。

桐壺をキーワードに探してみたが、桐壺に入内した女性の記録は皆無であるし、桐壺と呼ばれた人も見つけられなかった。そうなると桐壺の設定は、『源氏物語』上の特殊空間ということになる。

あらためて近くに目を向けてみた。桐壺を別称の淑景舎に置き換えて探したところ、すぐに一条帝の中宮定子の妹原子が見つかった。原子は一条天皇の東宮（後の三条天皇）に入内し淑景舎に居住していた。『枕草子』にも『栄花物語』にも出ているのだから、今までモデルとして名前があがってこなかったことの方が不思議である。灯台下暗しとはこのことである。

しかも原子は、若くして横死している。その点まで桐壺更衣と一致していたことから、モデルと見て間違いあるまい。しかも原子が亡くなった後、遠からずして桐壺巻が書かれたとすると、当時の読者の脳裏には原子の死がまだ記憶されていたはずである。桐壺更衣と原子を二重写しにしたことだろう（吉海「桐壺更衣論の誤謬―人物論の再検討―」國學院雑誌92―5参照）。

一〇章　上　局

又ある時は、えさらぬめだうのとをさしこめ、こなたかなた心をあはせて、はしたなめわづらはせ給時もおほかり。ことにふれてかずしらずくるしきことのみまされば、いといたう思ひわびたるを、（御門）いとどあはれと御覧じて、後涼殿に、もとよりさぶらひ給更衣のざうしを、ほかにうつさせ給て、うへつぼねにたまはす。そのうらみましてやらんかたなし。」（3ウ）〈絵1〉

【鑑賞】「多かり」とは、一般的には形容詞の補助活用であるが、『源氏物語』では終止形が独立して多用されている。むしろ漢文訓読調の「多し」という用例は少なく、形としては形容動詞カリ活用であった。おそらく「多かり」は女性語なのであろう。

本来は敵同士であるはずの女御達が、桐壺更衣を苛めるために巧妙な連携プレーを行った。敬語が用いられていることから、女御クラスの女性が主語となるわけだが、協力し合ったのは弘徽殿と麗景殿（花散里の姉）であろうか、それとも麗景殿と宣耀殿であろうか。ただし弘徽殿以外の存在は桐壺巻では確定できない。「あてにらうたげ」（花散里巻２０５頁）な麗景殿は、むしろ更衣死後の入内であろうか。

　これに対して桐壺更衣は、意識していたかどうかは別にして、女の弱さを最大の武器にして戦った。少なくとも更衣は決して身をひいてはいないのである。この辺りの文の時制は不明瞭で、源氏誕生以前の事件なのか以後のことなのかよくわからない。もし源氏誕生後だとすると、更衣は女ではなく母として強く生きようとしているのかもしれない。といっても、子である源氏は更衣と一緒にはまったく描かれていない。

　また後涼殿の上局を与えられたことに対して、決してそれを拒否してはいないし、相手の更衣に対する同情も描かれていない。むしろ喜んで堂々とそれを利用して逢瀬を重ねているのではないだろうか。一方、曹司を取り上げられた更衣は、おそらく帝の寵愛はすでになく、ただそこを所有していること（女御昇格の可能性）が唯一のプライドだったろう。

　もちろんただの更衣であるから上局ではなく、まさしくそこが与えられた局そのものだったのかもしれない。当然今度はより立地条件の悪い局に移るのである。この更

絵1　光源氏参内

衣の生きがいは、もはや桐壺更衣に対する憎しみしかない。

それにしても、なぜこれほどまでに帝自身が後宮の秩序を乱そうとするのだろうか。もしかすると更衣の小悪魔的な魅力が、帝の理性・自制心を奪っているのかもしれない。もしそうなら、我々は更衣に対する従来の見方を、根本的に改めなければならなくなる。また桐壺帝自身、古代の英雄の一面を持っている最も天皇らしい天皇なのかもしれない。

しかし摂関体制が確立している時代においては、天皇制そのものが天皇の行動を規制しているので、問題児とならざるをえないことになる。ここでは天皇と藤原氏の緊張関係を読み取っておきたい。

ちなみに、上の御局とは、普通には天皇の御座所近くにある弘徽殿と藤壺の局をいう。もしこれが藤壺の局なら、嫉妬(しっと)深い弘徽殿のモデルとして、村上天皇の后(きさき)安子が浮上してくる。『大鏡』師輔伝には、

藤壺・弘徽殿、上の御局は程もなく近きに、藤壺の方には小一条の女御（芳子）、弘徽殿にはこの后（安子）上りておはしましあへるを、いとやすからずおぼしめして、えやしづめ難くおはしましけむ、中へだての壁に穴をあけてのぞかせたまひけるに、女御の御容貌(かたち)のいと美しうめでたうおはしましければ、うべ時めくにこそありけれと御覧ずるに、いとど心やましくならせたまひて、穴よりとほるば

かりのかはらけの割れして打たせたまへりければ、（149頁）

とあり、髪長く美人の誉高い宣耀殿を苛めているからである（ただし両者の殿舎と上の御局は不一致）。桐壺更衣から藤壺への移行も、殿舎そのものは違っても、上の御局が一致しているとすれば、その方がむしろ理解しやすい。ただしここは後涼殿の上局（場所不明）であるから、残念ながら両者は相違する（上の御局と上局も別物か）。

一一章　袴着

このみこ（源氏）みつになり給とし、御はかまぎのこと、一の宮（朱雀院）にたてまつりしにをとらず、くらづかさ、おさめどののものをつくして、いみじうせさせ給ふ。それにつけても世のそしりのみおほかれど、このみこ（源氏）のをよすけもておはする、御かたち心ばへありがたくめづらしきまでみえ給を、えそねみあへ給はず。ものの心しり給人は、かかる人も世にいでおはするものなりけりと、あさましきまでめをおどろかし給ふ。

【鑑賞】源氏三歳の時、盛大に袴着（はかまぎ）の儀式が行われた。これは乳幼児から少年に移る人生（通過）儀礼であるが、ここまで育てば幼児の死亡率も低下し、将来の計画も立てられる。

物語は今、一つの転機にさしかかろうとしているようである。「を（お）よすけ」（四〇章にもあり）とは、成長するという意味だが、清濁も「す」と「つ」の区別もわからない非常にやっかいな言葉であった（宮田千恵氏「「およすげ」の意義―源氏物語を中心にして―」古典語と古典文学の研究2参照）。帚木巻にも「いとおよすけたまふ」（78頁）とあるが、そもそも連用形以外の活用形すら発見されていない奇妙な言葉である。

三歳着袴の先例としては、冷泉院（東宮時）・円融院（親王時）・花山院（東宮時）・一条院（親王時）があげられており（『河海抄』）、源氏の袴着も政治的に大きな意味を持っていることは疑えない。だからこそ再び一の宮と比較され、むしろそれ以上に盛大に、しかも内蔵寮（中務所轄）や納殿（宜陽殿）といった皇室財産を費やして催されることになる（一の宮の場合には右大臣が費用を負担したであろう）。

しかし次期東宮と張り合うことは、そのこと自体政治的には大変な危険性をはらんでいた。源氏の美貌や才能を賞賛することには何の問題もない。だがそれを一の宮と比べ、兄にもまさると公言したとしたら、暗に源氏の方が東宮にふさわしいと言いふらしているようなものである。それを他ならぬ帝（父）自身がやっているのだから始末が悪い。これでは一の宮の母弘徽殿女御や外祖父右大臣も安心してはいられない。「人のそしり」（二章）が「世のそしり」に拡大する所以である。かろうじて源氏の愛くるしさが救いとなっているものの、源氏の美質はそのすばらしさゆえに、世を乱し自らをも傷つける〈諸刃の剣〉であった。

なお袴着には着袴親の役があって、血縁者の長（光源氏の後見人）が務めるはずであるが、誰が担ったのか描かれていない。左大臣の出番はまだだし、帝が自身でやったとも思えない。まして祖母や母親ではあるまいから、不明といわざるをえない。あるいは後に後見として登場する右大弁（四六章参照）であろうか。また奇妙なことに、この目出度い場面に母親の桐壺更衣や祖母北の方の姿が見えない。彼女達は袴着に臨席できないのだろうか。それとも単に省筆しているだけなのだろうか。これのみならず源氏誕生以後、更衣と源氏の親子の情愛がまったく描かれていない点には留意しなければなるまい。

あるいはすでに左大臣が、描かれざる部分で暗躍しているのかもしれない。物語は光源氏の容貌や才能のみをクローズアップしているが、そんなものは立太子の条件とは無縁のはずである。後見のない美貌の皇子など、一の宮の敵ではあるまい。右大臣家が恐れるのは、その皇子と左大臣が結託することなのだ。だが物語は、真の政治的緊張を隠蔽しつつ、あくまで源氏の資質を賞賛し続ける。

ここでは、「ものの心しり給人」にも留意しておきたい。これは一八章の「物おもひしり給ふ」と同類のようにも考えられているが、桐壺更衣をめぐる状況の中でその具体像を想定することはなかなか難しい。

一二章　死の予感

そのとしの夏、みやす所（桐壺更衣）はかなきここちにわづらひて、まかでなむとし給を、（御門）いとまさらにゆるさせ給はず。としごろつねのあつしさになり」（4ウ）給へれば、御めなれて猶しばしこころみよとのたまはするに、（更衣）日々にをもり給て、ただ五六日のほどにいとよはうなれば、ははぎみなくなくそうして、まかでさせたてまつり給ふ。かかるおりにもあるまじきはぢもこそと、こころづかひして、みこ（源氏）をばとどめたてまつりて忍びて出給ふ。

【鑑賞】「その年」とは、当然源氏三歳の春のこと。袴着が終わった途端、待ってましたとばかりに更衣の死が描かれる。源氏の誕生日が十月二十三日であったとすれば（五章参照）、生まれた時点で一歳になり、一ヶ月余りで新年を迎えて二歳、その翌年が三歳であるから、満でいうと一歳半位になる。これが母の記憶を持ちえないぎりぎりの年齢設定であろうか。作者はいよいよ光源氏を主人公とする物語を意識し始めたようだ。

その証拠に、更衣の呼称が「御息所」に変化している。これまで帝(みかど)の妻として設定されていたのに、ここでは源氏の母という二次的な呼び方がなされているのである。

しかし、そう簡単に更衣を葬りはしない。あくまで美しく、印象深く、死の場面をドラマチックに盛り上げていく。この更衣の印象が、これからの物語を方向付けていくのだから。

更衣は病弱（結核性疾患ではなく胃癌らしい）であり、それがまた帝の愛を一層深めたともいえる。帝はそれをいつものことと安易に考え、宮中での療養を命じた（あるいは妊娠していたか？）。最愛の女性を里下がりさせたくなかったのだ。

ところが今回は日一日と体力も消耗し、一週間も経たないうちに回復の見込みもない危篤状態になってしまった。夏の暑さも追い撃ちをかけたに違いない。更衣は帝に愛されたために死ななければならないのだ。帝の寵愛は、ある意味では殺人的行為ということになる。もっとも更衣の死は物語の必然として用意されたものだから、どのような理由付けも空虚に響く。むしろ更衣は死ぬことによって物語の中で永遠の生を得たと考えたい。

ここでいう「あるまじきはぢ」とは、具体的には何を意味するのだろうか。益田氏は死によって宮中を穢すことと考えておられる（「人死限三十日」『延喜式』）。皇子が一緒なら、こっそりと退出することなど不可能であり、行列などを整えたり、吉日を選んだりしなければならないはずである。しかしそんなことをしている余裕など、今の更衣にはまったくなかった。

また本文では「心づかひ」したのは更衣のように受け取れるが、瀕死の更衣がそこまで気をつかうことはできないだろうから、ここでは更衣の母が代行していると考えておきたい。ただしこの臨終場面では、帝と更衣の別離の悲しみが主題となっており、最愛の子源氏の存在感は薄い。もとより、更衣と源氏との親子の別れに関しては、何一つ触れられていない。源氏は、まさに添え物でしかなかったのである。

ところで文末に「出給ふ」とある点、ここで更衣がすんなりと退出したのかと思ったら大間違いであり、次章を読むとまだ宮中にいることがわかる。文章の構成・時間の流れとしては少々おかしい気もするが、決して下手な文章なのではなく、『源氏物語』に多く見られる文体の一つと考えられる。つまりあらかじめ結論（予定）を述べ、その後であらためてそこにいたる過程を詳しく述べるという仕切直しの手法である。ここは一種のクライマックスなのだ。

源氏の須磨下向の折にも、やはり同じ手法が用いられていた。また叙述の視点も移動しており、最初は更衣側の論理で書かれていたものが、次に帝側の立場から再度時間を重複させて叙述され、それによって事の真相が肉付けされることになる。

一三章　衰弱

（御門）かぎりあればさのみもえとどめさせ給はず。御覧じだにをくらぬおぼつかなさを、いふかたなくおぼさる。（更衣）いとにほひやかにうつくしげなる人の、いたうおもやせて、いとあはれと物を思ひしみながら、〳ことにいでても聞えやらず、あるかなきか」（5オ）にきえいりつつものし給を御らんずるに、（御門）きしかた行末おぼしめされず、よろづのことをなくなくちぎりのたまはすれど、（更衣）御いらへもえきこえ給はず、まみなどもいとたゆげにて、いとどなよなよと〳われかのけしきにてふしたれば、（御門心）いかさまにかとおぼしめしまどはる。

【鑑賞】 一読してわかるように、「限り」という言葉が重要な意味を帯びている。もちろんこのあたりに何度も使われているから、キーワードだというのではない。言葉の重みを含めてのことである。当然この「限り」は、今でいう「限度」などといった一般的な意味ではない。もっと正式な、緊張感のある言葉であり、「規則」とか「掟（おきて）」、あるいは「法律」とか「タブー」と置き換えた方がわかりやすいだろう。

天皇は天皇であるがゆえに、天皇制によって厳しく規制される。最愛の女性がまさに死んでいこうとしているのに、神聖な宮中にある以上、死の穢（けが）れは絶対に忌避せねばならないから、天皇はその臨終を看取（みと）ってやれないのだ。もちろん更衣の里に一緒に行幸することも許されない。掟は愛よりもはるかに強大であった。

「ことに出でても聞えやらず」は、やはり「言に出でていはぬばかりぞ水無瀬川下に通ひて恋しきものを」(『古今集』六〇七番)の引歌であろう。「我かの気色」とは意識不明という段階ではなく、もはや死の前兆であった。夕顔怪死の場面においても、同様に「我かの気色なり」(夕顔巻164頁)と用いられている。

ここで注意しておきたいのは「にほひやか」である。これは美的形容であるが、仮面の役割もしており、内側の本心が読めないものでもあった(松井佳子氏「『源氏物語』「にほひやか」考」同志社女子大学大学院文学研究科紀要18参照)。桐壺帝には更衣の本心が読めていないのである。

また更衣の様子が「うつくしげなる人」「たゆげにて」と、帝の目を通して主観的に描かれている点にも留意したい。続く一四章にも、「聞こえまほしげ」「ありげ」「苦しげ」「たゆげ」と多用されている。これはすでに萩原広道の『源氏物語評釈』に「聞えまほしげ・ありげ・くるしげ・たゆげなど、殊更に四つのけもじを重ねたるは、皆他より推量りたる更衣のありさまなればなり」と注記されている。その他、一二章に「もの心細げに」、四章に「心細げなり」とあり、三五章にも「らうたげなりし」と回想されていることを付け加えておきたい。

桐壺更衣は一貫して「——げ」な女として描かれており(三田村雅子氏「語りとテクスト」國文學36—10参照)、決してその本質が暴露されることはなかった。ただし「たゆげ」は葵の上にも二度用いられており、二人ともその後で亡くなっている。

なお原則として、今上天皇は「帝」であって、特別の呼び名はないのが普通である。諡は天皇の崩御後に付けられるものだから、むしろ生存中の天皇に呼び名がある方がおかしい。もちろん物語のなかでも、「桐壺帝」などと呼ばれたことは一度もなかった。この帝は桐壺更衣を深く愛されたがために、その愛の証として、後世の読者から「桐壺帝」と呼ばれるようになったのだ。その呼称が用いられる点に、自ずから読者の願望が反映されているわけである。

一四章　辞　世

てぐるまのせんじなどの給はせても、又いらせ給てはさらにゆるさせ給はず。かぎりあらんみちにも、をくれさきだたじとちぎらせ給けるを、さりともうちすててはえゆきやらじとの給はするを、女（更衣）もいといみじとみたてまつりて、」（5ウ）

（更衣）かぎりとてわかるる道のかなしきにいかまほしきは命成けり

いとかく思ふ給へましかばと、いきもたえつつきこえまほしげなることはありげなれど、いとくるしげにたゆげなれば、（御門心）かくながらともかくもならんを御らんじはてんとおぼしめすに、けふはじむべきいのりどもさるべき人々うけたまはれる、こよひよりと聞えいそかせば、わりなくおもほしながらまかでさせ給ひつ。

【鑑賞】退出（＝死別）を前提として、せめてもの思いやりから輦車［人の手で押す小型の車。こしぐるま］使用の許可が与えられる。これで桐壺更衣は女御待遇となった。自らの死と引き替えに授かったもののなんとちっぽけなことか。

なお輦車の宣旨に関して、『河海抄』では「仁明天皇女御藤原沢子（紀伊守贈左大臣総継女）病ニ依テ退出之時、輦車ヲ聴サル。卒逝之後、少納言ヲ以テ三位ヲ贈ラル云々」と注しており、贈三位を含めてこの藤原沢子を更衣の準拠と見ているようである（一八章参照）。

これが本当に最期だと思ってか、帝はいつになく冗舌（動）であった。まるで子供みたいに駄々をこね、無意味な約束ばかり並びたてている。動揺してはいるが、これも愛の表現には違いない。一方更衣は、終始無言（静）であった。これほどまでに愛し合っているのに、帝と更衣の心のズレが悲しい。帝は「えゆきやらじ」といい、退出が死出の旅なら退出させたくないと訴える。この部分、『狭衣物語』にも「まことに死出の山路も越えやるまじう」（196頁）と引用されている。

ところで、ここで更衣が突然「女」と呼称されていることに注目しておきたい。これは身分や地位を捨て、一個の女性という立場にあることを示しており、恋愛の高潮期などにしばしば用いられる呼称である。そうして最後の力を振り絞り、日常言語ではなく和歌（辞世）によって「いかまほしきは命なりけり」と、自らの生への執着を述べる。これが更衣の唯一の詠歌である点には留意しておかねばなるまい。おそらく更衣の混沌（こんとん）とした思いは、重層的な和歌的技法（掛詞）によってしか表白（凝縮）しえないものであったのだろう。

肯定と否定の相反する内容を、係助詞「は」を用いることによって、行きたくないのは身であり、生きたいのは命であると巧みに表現している。もっともこれは更衣の独自表現ではなく、すでに「別れ路はこれや限りの旅ならんさらにいくべき心地こそせね」（『道命阿闍梨集』）があり、これを本歌としているのかもしれない。

それに対して帝は、今まで帝という立場を越えて更衣一人を愛そうとしてきたけれども、この最も大事な場面においてついに一対、つまり「男」になれず、しかも歌によって更衣に答えることさえもできなかった（贈答不成立）。死を覚悟した更衣の精神的な強さと、対する帝の狼狽（ろうばい）・幼児性を読み取っておきたい。

もっとも桐壺更衣は決して後宮の敗北者ではない。もし更衣が敗北したとすれば、それは帝との愛が天皇制を越えられなかっただけである。そう考えると、更衣は死後怨霊（おんりょう）となる可能性を十分に内包しているのではないだろうか。だからこそこの後、更衣の鎮魂譜が長々と続けられるのであろう。

なおこの辺りは、白楽天の「李夫人」中の「夫人病みし時肯（あえ）て別れず、死後留め得たり生前の恩」という一節が下敷きになっているようである（その他に李夫人説話も関与しているらしい)。

更衣はここで帝に何か遺言したかったらしいが、結局「いとかく思ふ給へましかば」以外、何もいえずに絶句したまま去っていった。物語における更衣の発言は、この中途半端な反実仮想の一言だけであった(曖昧な表現であるがゆえに、解釈が多様化せざるをえない)。

普通なら遺言として遺児のことを託すはずだが、更衣と源氏の母子の愛情はまったく描かれていないのだから、ここで唐突に子供のことを持ち出すのは不自然ではないだろうか。まして「女」という呼称にこだわれば、あくまで男女の恋愛を貫いたことになるはずである。あるいは一二章の〈御息所〉という呼称を重視すれば、源氏の将来(立太子?)について託したかったけれども、もはや口もきけなくなったと読めなくもない。

そうすると更衣は、ついに馬脚を現わしたことになる。つまり更衣は純粋に帝との愛だけを貫きたかったのではなく、他の女御・更衣と同様に、我が子の立太子を望んでいたことになるからである。その目的を果たせなかった無念さはいかばかりであったろう。

しかし考えようによっては、むしろここで何も語らなかったことが、かえって帝に強い印象を与えたとも読める。時として目は口以上の伝達機能を果たすものだからである。無言で訴えかけた更衣のまなざしの効果は非常に大きかった。それが意図的な演技かどうかは別にして、この更衣の遺志は帝に了解されていたと考えられている（藤井貞和氏「神話の論理と物語の論理」『源氏物語の始原と現在』三一書房参照）。

しかし今後どのように具現されるかは保証できまい。ここで劇的に印象づけられた遺言（一家の遺志）だからといって、スムーズに実現していくはずはないのだから。

帝は掟と愛の葛藤のはざまで、諦めと執着のあわいに揺れながら、ついにタブーを破ってまでも自らの愛を貫こうと思った（これが実験的な桐壺物語の最大のテーマではないだろうか）。ここで帝が帝であることを捨て、一介の男性として更衣の死を看取っていたら、おそらく現在のような『源氏物語』にはならなかったであろう。そのタブーをギリギリの線で破らせなかったのは、つまり帝と更衣の純愛を引き裂いたのは、なんと最も良き理解者であるはずの更衣の母であった（やはり乳母の不在が気になる）。「聞えいそがせ」たのは里からであろうか。それとも娘に付き添って退出するために、現在宮中にいるのであろうか。いずれにしても、今さら娘を退出させてももはや回復の望みはないのだから、本当は加持祈禱などたいして意味がない。どうせなら愛する男の胸の中で息を引き取らせてやりたい。しかし母は私情に押し流されることなく、臣下としての道を厳守（天皇制に服従）して、死期の迫る更衣を無理やり退出させた。そこに貴族の誇りがあるとしたら、気丈な母の心根も悲しく哀れである（ただし河内本ではこれを母の行為ではなく、単なる地の文に改変している）。

ここで淑景舎の用例を調べたところ、「淑景舎ニ死穢有リ」（『江次第抄』延喜十年五月七日条）、「是淑景舎顚倒シテ七歳ノ童打殺ノ穢也」（『扶桑略記裏書』延喜十五年五月六日条）、「淑景舎ニ犬ノ死穢有リ」（『西宮記』延喜十八年六月十一日条）などの如く、物語の時代設定期には死穢のイメージが漂っており、その繰り返しの恐れが、北の方をして更衣を必死に退出させた理由の一つなのかもしれない（吉海「桐壺更衣論の誤謬―人物論の再検討―」國學院雑誌92―5参照）。

こうして冷酷非情に桐壺更衣の物語は終焉を迎えた。しかし敗北者の物語であるがゆえに、かえってそこに確かな真実が浮き彫りにされ、人の胸を熱くする抒情が漂っているともいえるのではないだろうか。

一五章　死　去

御むねのみつとふたがりて、つゆまどろまれずあかしかねさせ給。御つかひのゆきかふほどもなきに、なをいぶせさをかぎりなくの給はせつるを、夜なかうち」（6オ）すぐるほどになん、（更衣）たえはて給ぬるとてなきさはげば、御つかひもいとあへなくてかへりまいりぬ。

【鑑賞】更衣は夜陰に紛れてひっそりと退出した。このような行動（含入内）が夜に行われることも知っておかねばなるまい。物語における夜の時間は、恋愛も含めて昼間よりも何倍も重要なのである。

その後、帝は眠れぬ夜を過ごすことになる。「いぶせさ」は、「たらちねの母が飼う蚕の繭こもりいぶせくもあるか妹に会はずして」（『万葉集』二九九一番）の引歌であろうか。もちろん更衣の里にはすぐさま見舞いの使者を出している。その使者がまだ帰ってくる時間でもないのに、落ち着いて待っていることもできない帝であった。しかし可哀そうなのはむしろ使者の方である。縁起のいい勅使なら、たくさんの褒美にもありつけるだろうが、今度の場合は病気見舞いとはいえ、結果は目に見えている。

案の条、すでに更衣は絶命していた。実家では更衣の死でうろたえており、使者に応対している心の余裕もあるまい。また更衣死去の報告では、待っている帝が喜ぶはずもない。さてどのように奏上したらよいものやら。なんとも憂鬱な役目であった。

「桐」は生命力旺盛であるがゆえに、後宮舎殿に植えられているのであるが、その桐を名に負う桐壺更衣には、花の喩としての桐の特性は付与されていないのであろうか。この点についても考えるべきことは残されていよう。なお桐壺更衣の死は「絶えはて給」とされているが、これは異常な死に方であることを示す表現のようである。

面白いことに、最もオーソドックスな「死ぬ」表現は、実際の死に関して一例も用いられていない。用例が一番多いのは「失せ給ふ」であり、それに対して「絶えはて」は、桐壺更衣とそして夕顔の死の二例のみに用いられている。両者の共通点を考えると、急死というイメージが付与されているのではないだろうか（田中隆昭氏「源氏物語における死・葬送・服喪」『源氏物語歴史と虚構』勉誠社参照）。

一六章　皇子退出

（御門）きこしめす御心まどひ、なに事もおぼしめしわかれずこもりおはします。みこ（源氏）はかくてもいと御らんぜまほしけれど、かかるほどにさぶらひ給れいなきことなれば、まかで給なんとす。なにごとかあらん共おもほしたらず、さぶらふ人々のなきまどひ、うへ（御門）も御なみだのひまなくながれおはしますを、あやしとみたてまつり給へるを。よろしきことにだに、かかるわかれのかなしからぬはなきわざなるを、ましてあはれにいふかひなし。

【鑑賞】 非常事態に備えて、わざわざ宮中に留めた源氏であるが、母の死が確認された今は、喪に服すためすぐに実家に帰さなければならない（ただし『源語秘訣』によれば、延喜七年以降は幼児に服喪の義務はない）。おそらく乳母（大弐乳母？）などに付き添われて退出するのであろう。ここに「よろしきこと」とあるのは、もちろん「良い」ではなく「普通」という意味である。尋常の場合でもというのは、この更衣の死が尋常でない（寿命を全うしていない）ことを暗示しているようにも受け取れる（五三章参照）。

更衣を失った悲しみに加え、源氏とも別れねばならぬ帝の悲しみ。いや帝ばかりではない。源氏付きの女房達も皆泣き悲しんでいる。泣いていないのは、母の死ということが実感できぬ幼い源氏だけであった。そもそも源氏の養育に母はほとんど関与していないのだから、成長後の意識は別として、今の源氏にはなんの喪失感も悲愴感もない。年端もいかぬ源氏の不思議そうな顔が、一層周囲の人々の涙を誘う。

なお「あやしと見奉り給へるを」の「を」に関して、萩原広道の『源氏物語評釈』では「をもじ下に係る所なし。もしくは衍文か」と注している。確かに「を」が連続しており、ややくどい感じがする。しかしここは下へ続けるのではなく、ここで切れると解して間投助詞の「を」と見ておきたい。底本には「を」が多用されているようである。

真に源氏の物語を展開するためには、遅かれ早かれ二人の純愛物語に終止符を打たなければならなかった。必然的に更衣の退場（排除）が選択され、非情にもその死が語られる。だが読者は決して嘆いてはならない。登場人物の多くは、生死の判断もつかないまま、物語から静かに消え去っているのだから、その死をこのように描いてもらえただけでも有難いことなのだ。
こうして母のいない〈一人子〉光源氏の物語が、いよいよ始動する。母性欠如の精神的欠陥人間の源氏は、その心の穴（喪失感）を埋めるために、永遠に代償を求め続けなければならない。しかしその前に、しばし母更衣へのレクイエムに耳を傾けておこう。

一七章　葬　儀

かぎりあればれいの」（6ウ）さほうにおさめたてまつるを、ははは北の方おなじけぶりにものぼりなんとなきこがれ給て、御をくりの女房のくるまにしたひのり給て、をたぎといふ所に、いといかめしうそのさほうしたるに、おはしつきたるここち、いかばかりかはありけん。〽むなしき御からをみるみる、猶おはするものと思ふがいとかひなければ、〽はいになり給はんをみたてまつりて、今はなき人とひたぶるに思ひなりなんと、さかしうの給つれど、くるまよりおちぬべうまどひ給へは、さは思ひつかしと、人々もてわづらひ聞ゆ。

【鑑賞】 またしても「限り」とある。これを身分上の作法と見るか、遺体の安置期間ととるか、の二説が存在する。しかし「いといかめしうその作法したる」とある以上、更衣は分相応に手厚く葬られたと見る他あるまい。後者で考えると、亡くなってから吉日を選ばせたりしているうちに、すぐ数日が経過するであろう。蘇生の望みもたたれたとしたら、せめて美しいまま葬ってやりたい。季節が夏でもあり、早くしないと遺体も腐敗してしまうから。

本文に「煙」とあることによって、これが火葬であることがわかる。宇治大君の例「ひたぶるに煙にだになしはててむと思ほして、とかく例の作法どもするぞあさましかりける」（総角巻329頁）も参考になろう。なお火葬はインド仏教（中国仏教では必ずしも火葬ではない）との関係で日本に伝来しており、大化二年（六四六年）三月二十二日の詔にすでに詳しく規定されている。その初見は『続日本紀』文武天皇四年（七〇〇年）三月十日条の道昭卒伝に見える「粟原ニ於テ火葬ス。天下ノ火葬此従シテ始レリ」とされている。

天皇としては、大宝三年（七〇三年）十二月十七日に持統天皇が飛鳥岡で火葬されており、それ以降貴族達は次第に火葬に従ったらしい（ただし定子は土葬）。そのため本文中の「例の作法」を単純に火葬と見る説もあるが、それよりも格式に従ったものと見る方が妥当ではないだろうか。

火葬場として有名なのが「愛宕」（横笛巻70頁にも用例あり、珍皇寺か）であり、「鳥辺野」（夕顔巻178頁）という名称も知られている（ただしこの両者は同一場所ではなさそうである）。本来ならば北の方は邸に残り、野辺の送りには立ち合わない予定であったらしい（源氏が同行したかどうかも不明）。逆縁の場合、親は子の葬儀に同行しないのが規則である。

しかし北の方には娘の死がどうしても信じられないので、遺体が焼かれるところを確認することによって、本当に死んだのだと諦めたいからなどと理屈をいって（娘に敬語を用いていることに注意）、泣き惑いながらも葬送の場にやってきた。しかし実際は冷静ではいられず、悲しみのあまりに牛車から転がり落ちそうになる。もしこれが禁忌（タブー）を破る行為だとすれば、今までの冷静沈着な北の方との落差にも留意せねばなるまい。

なおこの辺りの描写は、御法巻における紫の上の葬送場面にそっくり再利用されている。それを作者の限界と見るよりも、むしろその類型（物語内本文引用）が桐壺巻との密接な関係を象徴していると見たい。

限りありける事なれば、骸を見つつもえ過ぐしたまふまじかりけるぞ、心憂き世の中なりける。はるばると広き野の所もなく立ちこみて、限りなくいかめしき作法なれど、いとはかなき煙にてはかなくのぼりたまひぬるも、例のことなれどあへなくいみじ。空を歩む心地して、人にかかりてぞおはしましけるを、見たてまつる人も、さばかりいつかしき御身をと、ものの心知らぬ下衆さへ泣かぬなかり

けり。御送りの女房は、まして夢路にまどふ心地して、車よりもまろび落ちぬべきをぞ、もてあつかひける。（御法巻511頁）

ところで「泣き焦がれ給て」という表現は、その前の「煙」の縁語である。「むなしき御からをみるみる」は「空蟬はからを見つつもなぐさめつ深草の山煙だにたて」（『古今集』八三一番）の引歌であろう。この歌は藤原基経が亡くなって深草に埋葬（火葬）した後に詠まれたものであるが、その折の葬儀を意識しているのであろうか。また「灰になり給はんを見奉て」という表現にも、『拾遺集』の「燃えはてて灰となりなむ時にこそ人を思ひのやまむ期にせめ」（九二九番）が下敷きになっているらしい。

いずれにせよ、このような悲しい場面にも和歌的技巧がふんだんにちりばめられている点、『源氏物語』の特徴的な一手法として留意しておきたい。高尚な物語においては、悲しみさえも文学的表現を要求されるのである。

さて娘の葬儀において、北の方はひどい醜態を晒した。見方によれば、それは葬式の「限り」（作法）を破る行為であったかもしれない。そのことによって心ある享受者は、北の方の悲しみの深さを知り、惜しみない同情を寄せる。しかしこの場面に、やや冷ややかな視線が存在することに注目したい。それは、慟哭する北の方をもてあます女房たちのまなざしであった。おそらく彼女達は更衣と共に宮中から退出した、更衣付きの女房ではないだろうか。彼女達にとって更衣の死は、取りも直さず職を失うことでもあり、泣いてばかりもいられぬという複雑な悲しみであったろう。その両者の対比と差異が見事である。

それにしても、ここにも更衣の乳母は登場していない。普通だったら乳母こそが更衣の一番の身内であるから、北の方以上の悲しみが描かれて当然なのだが、結局更衣の乳母は一度も姿を見せなかった。やはり「はかばかしき御後見しなければ」(四章)というのは、父の不在以上に乳母の不在をも意味していたのであろう。もしそうだとすると、更衣の後宮生活は本当に針の蓆(むしろ)だったことになる。そして北の方は父の代行だけでなく、乳母の役割をも担わされていたわけだ。本来ならば、最愛の女性の葬儀だから、天皇自らも葬儀に出席したかっただろう。

しかし天皇制という制度が、やはり天皇の行動を厳しく拘束する。天皇は天皇であるために、愛する人の臨終に立ち会えないばかりか、葬儀の場にも行幸することはできなかった。その悲しみはいかばかりであったろうか。

一八章　三位追贈

うち(内裏)より御つかひあり。三位のくらゐをくり給よし、勅使き」(7オ)て、その宣命よむなんかなしきことなりける。女御とだにいはせずなりぬるが、あかずく

ちおしうおぼさるれば、いまひときざみのくらゐをだにと、をくらせ給なりけり。是につけてもにくみ給人々おほかり。

物おもひしり給ふは、さまかたちなどのめでたかりしこと、心ばせのなだらかにめやすくにくみがたかりし事など、いまぞおぼしいづる。さまあしき御もてなしゆへこそ、すげなうそねみ給しか、人がらのあはれになさけありし御心を、うへ（御門）の女房なども恋しのびあへり。〽なくてぞとはかかるおりにやとみえたり。

【鑑賞】 この段落の置かれた位置により、勅使は葬儀の現場で宣命を読んだようにも受け取れるが、実はそうではなかった（高田信敬氏「桐壺外伝—三位のくらゐ贈りたまふ—」むらさき24参照）。宣命は北の方の邸（やしき）で読まれていたのである。その叙述順序の逆転・時間の引き戻しを、「なりけり」という草子地が如実に物語っていた。所謂（いわゆる）挟み込みの手法と考えればよかろう。そうすると更衣は、三位相当の作法によって葬られたことになる。三位に叙せられれば、「卒」ではなく「薨」と表記される（東宮女御の原子は「卒」とされていた）。

故大納言の娘を女御にすることは世間（右大臣一派？）が承知しないだろうからと、せめて女御に準じる待遇と位を与えた帝（みかど）であった。もっとも四位の女御もいるだろうから、三位（従三位？）の更衣はやはり破格である。

また今までも四位（正四位下？）の更衣であったことになり、必ずしも低い身分ではなかったことが明白になる。副助詞「だに」を重視すると、本当は后（皇太后）にしたかったのかもしれない（江戸時代に書かれた「源氏」の注釈書『湖月抄』には「この詞にて后にもなりぬべく思召しおかれし心見えたる也」と注されている）。

退出の際の「輦車の宣旨」といい、この「贈三位」といい、それが帝にできる精一杯の愛の証であった。更衣の排除か昇格かという問題は、更衣の死という策略によって同時に解決されたのである。しかしそれすらも後宮の多くの人々の反感を買う結果となる（「憎み給ふ人々」とは、弘徽殿や更衣達であろうか）。桐壺更衣に対する憎しみはそれほどに深かったのであり、女御の位というものもそれほどに重かったのである。

視点をずらせば、この贈三位は桐壺更衣への単純な愛情の発露ではないかもしれない。怨霊封じとも考えうるからである。いやそう見せかけながら、実は光源氏の出自を引き上げているのであろう。もしくはこれまで読者は、不当に更衣の身分を低く幻想させられていたのかもしれない。今や源氏は、三位の母から誕生した高貴な皇子となったのだ。このあたりの物語の仕掛けをも熟知しておきたい。

亡くなった更衣の準拠としては、前述（一四章）の仁明天皇女御沢子（故紀伊守従五位下藤原総継の娘）の卒伝があげられる。『続日本後紀』に「寵愛之隆。独リ後宮ニ冠ス。俄ニ病シテ困篤ス。小車ニ載セ。禁中ヨリ出ズ。纔ニ里第ニ到リ便絶。天皇之ヲ聞キ哀悼。中使ヲ遣リ従三位ヲ贈ル也」（承和六年六月三十日条）とあり、父の身分が低いこと・その父がすでに亡くなっていることをはじめとして、沢子の寵愛・急死・輦車（小車）・贈三位など類似点が多いからである（ただし沢子は四位ですでに女御であった）。

わざわざ『続日本後紀』にこう記されているのは、これが尋常のことではないからであろう。だからこそ更衣のモデルとして浮上しうるのだ。更に沢子腹の皇子には、将来天皇となる時康親王（光孝）がいるが、この時康と源氏にも性格や才能などに類似点が見られる（四八章参照）。

しかしながら亡き更衣のことを思いおこせば、その様・容貌はいうに及ばず、非の打ちどころのない女性であったことが、心ある少数の人々によって再評価（据え直し）される。

この人々とは、後宮の利害にかかわらない上の女房であろうか。「すげなうそねみ給」うと敬語が用いられていることから、「もの思ひしり給ふ」女御達とすべきであろうか。つまり更衣の死によって女御達の連合は解消し、ここからは弘徽殿のみの個人プレーとなるのである（弘徽殿が今度は後宮女性達の嫉妬の対象になる）。過去の助動詞「き」が多用されることによって、更衣に同情的な語りとなっている。これは狡猾な語り手の方法であり、自ら更衣を一面的に規定せず、複数の他者に語らせる中で、更衣像を複雑化しているのである（正解ナシ）。

ここに「なくてぞ」という引歌が登場する。これは『源氏釈』所引の「ある時はありのすさびに憎かりきなくてぞ人は恋しかりける」（出典未詳）を引用しているらしい。引歌とは韻文的技法であるが、やはり享受者の教養が問われる。つまり和歌の一部分を引用しているわけだが、引いているところに意味があるのではなく、むしろ引いていないところに真意が隠されているからである。

ここでは「なくてぞ」ではなく、「人は恋しかりける」が重要なのだ。これを理解するためには多くの古歌（特に『古今集』）を諳(そらん)じていなければならない。もちろん引歌など知らなくても、本文は一通り問題なく読める。しかしそれでは本当に物語を読んだことにはならない。真の享受者としては失格であろう。

『源氏物語』は読者自身を写し出す鏡であり、読む人の教養の違いによって千変万化するのである。だから同じ人であっても人生体験等によって、あるいは自覚的になることによって、読みは確実に深まっていく。ただ知識読みにも落し穴はある。引歌や出典を知っているから正しく読めたとうぬぼれていると、それが落し穴だったりすることもあるからだ（長恨歌などはその好例かもしれない）。

一九章　法　要

はかなく日比すぎて、後のわざなどにも」（7ウ）こまかにとぶらはせ給ふ。ほどふるままに、（御門心）せんかたなうかなしうおぼさるるに、御かたがたのとのゐなどもたえてし給はず。ただなみだにひぢてあかしくらさせ給へば、みたてまつる人さへ〳〵露けき秋なり。

【鑑賞】「後のわざ」とは七日毎の法要——四十九日（なななぬか）等——であり、早くも季節は秋になっていた。帝(みかど)は更衣を失った悲しみのあまり、他の女性を遠ざけてしまった。それが更衣への何よりの供養でもある。あるいはここに『竹取物語』のかぐや姫が投影されているのかもしれない。というのも、かぐや姫を連行できなかった帝は、その後「かぐや姫のみ御心にかかりて、ただ独り住みし給ふ。よしなくて御方々にも渡り給は」（63頁）ぬありさまだったからである。

　しかしそのままでは天皇制の危機であり、後宮も解体してしまう。『栄花物語』巻一にも中宮安子崩御後の村上天皇の様子として、「内はやがて御精進にて、このほどはすべて御戯れにも女御、御息所の御宿直絶えたり」（47頁）と類似記事が見られる。もっとも村上天皇は、その後登子（師輔娘、安子妹）を尚侍として入内(じゅだい)させて寵愛(ちょうあい)しているのであるが、それも桐壺から藤壺への代償行為と共通する。

　桐壺帝の場合はそこまで緊迫しなかった。物語に即して具体的にいうと、帝には源氏（第二皇子）から冷泉帝（十の宮）までに、少なくとも七人の男御子の存在が確認できるからである（皇女は女一の宮・女三の宮以外は未詳だが、同数程度は考えられる。ただし葵巻で六条御息所の娘が斎宮に、女三の宮が斎院になっている点、皇女は少なかったのかもしれない）。つまり極端にいえば、更衣死後藤壺入内までの間に、なんと十名近くの御子が誕生していることになる。

　これを後の付会と見るべきか、精神的には他の女性達を遠ざけても、天皇の職掌上止むを得ずと考えるべきか（もちろん桐壺更衣在世中でも、病気や生理のためにしばしば里下がりをしており、その間に他の女性が懐妊する可能性も否定できない）。あるいは桐壺更衣の代償を求めて、次々に新しい女性を参内させた結果なのであろうか（五一章参照）。しかし更衣喪失の穴は大きく、形代で埋めることは不可能であった（同様に源氏にしろ八宮にしろ薫にしろ、皆安易に形代を求めて失敗している）。

　ところで「とのゐ」とは宿直（差別語）のことであるから、当然「とのゐ」するのは臣下に決まっている。もちろん男性の場合が一般的であるが、女性の用例も決して少なくない。特に「御とのゐ」とある場合は女御・更衣を指す例が多いようだが、そうなると単なる宿直ではなく寝所を共にする意になる（それでも主従関係にあることは変わらない）。ここではその女御・更衣の「とのゐ」を帝が拒否しているわけである。

　ところが岩波の古語辞典では、「《比喩的に》帝が、女御・更衣の局に夜、出向いて泊まること」としてこの箇所を引用している。女御・更衣が後涼殿に参上する場合は問題ないけれども、帝自身が後宮の局に赴く場合は、帝が「とのゐ」しているようにも受け取れる。「し給はず」を重視すればなるほど帝が宿直しているように思われる。

しかしそれでは制度としての宿直という点で問題が生じてくる。そのため宿直ではなく「殿居」としているのだろうが、これはもっと広く「とのゐ」の用例を検討した上でないと簡単に答えは出せそうもない。

「ひぢ」とは濡れることだが、古くは清音だったらしい。ただし平安中期頃の清濁は未詳。「露けき秋なり」は「人はいさことぞともなきながめにぞわれは露けき秋も知らるる」（『後撰集』二八七番）の引歌であろうか。ただし内容的には恋の歌であるので、石川徹氏はむしろ「ひとり寝る床は草葉にあらねども秋来る宵は露けかりけり」（『古今集』一八八番）の方が独り寝の帝の傷心と一致すると見ておられる（「小学校恩師の訓えに導かれて」『源氏物語講座1』勉誠社）。

死の夏が過ぎ、悲しみの秋が訪れた。「露けき」は涙の喩（たとえ）であると同時に秋の縁語でもあった。やはり和歌的修辞法を物語（散文）に導入しているのである。さらには秋という物悲しい季節（悲秋）を、作中人物の背景として積極的に利用している点にも留意しておきたい。

つまり人間の感情をストレートに吐露しないで、植物とか気候とかに代弁させているわけだが、そのさりげない転換の技法は文学の極致ともいえる。これは自然と人事を一体化させた、あるいは自然を人事に奉仕させたもので、俗に〈情景一致〉の手法と呼ばれているものである。

二〇章　弘徽殿

なきあとまで人のむねあくまじかりける人の御おぼえかなとぞ、弘徽殿などには、猶ゆるしなうの給ける。（御門心）**一の宮をみたてまつらせ給ふにも、わかみや**（源氏）**の御恋しさのみおもほしいでつつ、したしき女房、御めのとなどをつかはしつつ、ありさまをきこしめす。**

【鑑賞】 ここで「弘徽殿」というおなじみの呼称が初めて登場する。彼女は最初に「右大臣の女御」として登場し（六章）、続いて「一の皇子の女御」と称され（八章）、今改めて「弘徽殿」と呼ばれる（五三章では更に「春宮の女御」と呼ばれている）。最初は父親の権力によって規定され、次は皇子の地位によって相対的に位置付けられており、もはや帝（みかど）との直接的な結び付きは読み取れない。この弘徽殿にしても、桐壺との対比の中で使用されており、決して〈女〉として描かれることはない。

弘徽殿は後宮で最も権威ある場所だから、桐壺更衣を苛（いじ）めた代表者として、必然的に憎まれ役を演じなければならないことになる（冷泉帝の後宮でも、頭中将の娘弘徽殿女御と源氏の養女梅壺女御との立后争いが生じている）。後宮には、右大臣の娘のライバルとなりうる皇族や左大臣の娘はいないらしい（皇族としては後に藤壺が入内することになる）。左大臣の姉妹も登場せず、太政大臣や内大臣（含前大臣）の存在も認められないとすると、女御であるべき存在はこの弘徽殿だけなのであろうか。

もしそうなら「女御（一人）、更衣あまた」であり、更衣の中から女御に昇格する見込みも十分考えられる。つまり皇子を生んだ桐壺更衣が女御になる可能性は非常に高かったわけで、だからこそ周囲の反発も強かったのであろう。

参考までに、桐壺帝の後宮の構成を調べてみたところ、①弘徽殿・②桐壺更衣・③藤壺以外に④承香殿女御（紅葉賀巻）・⑤麗景殿女御（花散里巻）・⑥蛍兵部卿宮母女御（花宴巻）・⑦帥親王母女御（蛍巻）・⑧八宮母女御（橋姫巻）・⑨蜻蛉式部卿宮母女御（東屋巻）・⑩後涼殿更衣（桐壺巻）・⑪前尚侍（賢木巻）・⑫同じ程の更衣・⑬下﨟（げろう）の更衣の存在が確認される（ただし女御達の家柄については不明）。中には登場している子供から類推しているのもあるので、重複（同腹の兄弟）もあるかもしれない。

ともかくこれら十三名を桐壺巻に引き戻すと、麗景殿女御など弘徽殿と共に更衣を苛めたメンバーということになる。少なくとも前渡りを味わっていたに違いない（村井利彦氏「花散里の位置」平安文学研究41参照）。しかし後の光源氏とのかかわりにはほとんど支障が生じていない。あるいは麗景殿女御の妹花散里等は、桐壺更衣に対する贖罪の意識があったのかもしれない。

もちろん桐壺巻以降の付会・補完であってもかまわないし、花散里巻に「女御の御けはひ、ねびにたれど、飽くまで用意あり、あてにらうたげなり。すぐれてはなやかなる御おぼへこそなかりしかど、睦ましうなつかしき方には思したりし」（１５６頁）とある点、まさに「らうたげ」な更衣の代償として、更衣の死後に入内したのかもしれない。

ところで左大臣の長女は後の葵の上であり、その年齢（源氏の四歳年上）から逆算すると当時左大臣は三十五歳位であろうか。これでは左大臣として、余りにも若すぎないだろうか（時平は三十前に任左大臣）。もちろんこの時点では、桐壺帝・左大臣・右大臣の年齢は一切提示されておらず、あくまで相対的な見方でしかない。

しかし右大臣の長女（弘徽殿）が桐壺帝に入内しており、しかも弘徽殿の方が桐壺帝よりも年上のように見えるから、右大臣と桐壺帝は親子以上の年齢差があると考えられる。一方の左大臣は、その娘が弘徽殿腹の第一皇子への入内を望まれているのだから、やはり右大臣よりずっと若いはずである。

また桐壺帝の同母姉妹（必ずしも妹とは限らない）と結婚している点、むしろ左大臣と桐壺帝は年齢的に近いのではないだろうか。もっとも頭中将と四の君が結婚し、源氏と六の君（朧月夜）が密通しているのだから、必ずしも年齢差が確定できるわけではない。

左大臣はどうやってその若さで親子ほども歳の離れた右大臣（五十歳位？）を飛び越え、現在の地位を獲得したのであろうか。最初から家柄が違っていたのであろうか。私には描かれざる部分における政情の不安が、一層強く感じられてならない。左大臣が桐壺帝の同腹宮を正妻にしている事実によって、大化の改新における中大兄皇子と中臣鎌足のような関係が想定できるのかもしれない。

もっとも左大臣の年齢は、澪標巻にはっきり「御年も六十三にぞなりたまふ」（283頁）と見えており、それを基準にして逆算すると、光源氏元服時には四十六歳になって、右大臣との開きがぐっと縮まってしまう。この両巻における矛盾ともいえる十歳の開きをどう考えるべきであろうか。六十三歳での任太政大臣は、藤原良房の例を模倣しているとの説がある。『河海抄』には「忠仁公、貞観八年八月十九日始摂政ノ詔ヲ蒙ル（六十三）此ノ例歟」（澪標巻注）とあり、それにひかれての設定とも考えられる（六四章参照）。

しかしこれは良房が摂政になった歳であって、決して太政大臣なのではない。そもそも良房が人臣初の太政大臣になったのは、それより十年前の天安元年（八五七年）二月のことなのである。むしろこの方がモデルの年齢としては都合がいいのではない

右大臣――弘徽殿
　　　　　‖――朱雀帝
　　　　桐壺帝
　　　　大宮
　　　　　‖――葵の上
　　　　左大臣

だろうか。

これに対して藤村潔氏は六十六歳で亡くなった太政大臣藤原頼忠(よりただ)をモデルとしてあげておられる(『古代物語研究序説』笠間書院)。つまり太政大臣就任の六十三歳という年齢表記ではなく、その三年後に六十六歳でなくなったことに意味を認めておられるのである。しかし十年単位構想論を主張しておられる藤村氏も、桐壺巻の左大臣の年齢には矛盾を感じておられないらしく、それについてはまったく言及されていない。やはりこれは矛盾ではなく、桐壺巻の描写が左大臣を若く幻想させているだけなのであろうか。

なお花宴巻で左大臣は、自ら「ここらの齢にて、明王の御代、四代をなむ見はべりぬれど」(361頁)と述べている。これが誇張表現でなければ、「ここらの齢」といっても五十四歳の時点であり、驚くことに彼は四代の帝に仕えていたわけである。しかも光源氏誕生時点で、左大臣は三十四、五歳になるから、それ以前の二十年近く

（そのうちの数年はやはり桐壺帝の御代）の間に三人の帝が交替したことになる。桐壺帝の御代がすでに二十余年の長期に亙（わた）っているのに比して、やはり桐壺前史は混乱期だったことがうかがえる。

また、「親しき女房」とある点、裏を返せば「親しからざる女房」の存在が想定される。例えば取り巻きのなかに、弘徽殿女御のスパイなどが交じっているのかもしれない。また「御乳母」について、これは一体誰の乳母であろうか。後の文によれば、「典侍」が使者に選ばれており、この乳母が典侍と同一人物だとすると、桐壺帝の乳母ということになる。立派に成人した帝の側近に、典侍などを兼任する老いた乳母の存在があることを忘れてはなるまい。

第二部　桐壺更衣の鎮魂

二一章　幻　影

野分だちて、にはかにはださむき夕暮のほど、（御門心）つねよりもおぼしいづること」（8オ）おほくて、ゆげひの命婦といふをつかはす。

夕づく夜のおかしきほどにいだしたてさせ給ふてやがてながめおはします。かうやうのおりは、御あそびなどをせさせ給しに、心ことなる物のねをかきならし、きこえ出ることの葉も、人よりはことなりしけはひかたちの、おもかげにつとそひておぼさるるにも、〽やみのうつつにはなををとりけり。

【鑑賞】 前章（二〇章）にあったように、帝は親しき女房や乳母を頻繁に派遣していたらしい。ここはその一例として、勒負命婦という、やや年配の女官を遣わしている。命婦というのは五位以上の女官を意味するが、必ずしも特定の仕事はなく、員外官のようなものであった。典侍に次いで乳母や乳母子が兼任する例が多い。また勒負の方は父兄や夫の官職名と説明されることが多いが、果たしてそれが妥当かどうかは未詳である。

なおこの勒負命婦に関しては、後藤祥子氏「源氏物語の女房像—勒負命婦の場合—」（むらさき13参照）に詳しい考察があり、そこでは桐壺帝の乳母子かとされている（私も賛成）。いずれにしても帝の勅使に任命されているのだから、帝の信頼を得ているのであろう。ただしここで勅使として桐壺更衣の里邸へ行くことは、右大臣側の反感を買うことになるので、決断が必要であった（四六章の右大弁参照）。

さて文頭の「野分」であるが、これを「野分立ちて」と澄んで読むか、「野分だちて」と濁って読むか、大きく二説に分かれている。これに関して北山谿太氏は、野分だちてと濁って読んではいけないとして源氏物語評釈は、「野分は、秋の風をいふ。たちては、その吹き立つなり。「た」をにごりよみて、野分めきてとやうに説ける注はひがごとなり。さては「ふく風」などの詞なくては聞えぬことなり。野分は、あながちに木を折り家を倒すばかりの大風をのみいふにはあらず。ただ強くふく風のことなれば、ここのけしきに論なし」と解説しているが、誠にその通りで、「風野分だちて吹く夕ぐれに、昔のことおぼしいでて」（御法巻）とあるような場合にこそ、野分だちてと濁るべきで、桐壺の文の場合の如き野分だちてと読んでは、下の膚寒きにつづかないのである。なおその七行ばかり後に、「草も高くなり野分にいとど荒れたる心地して」とあって、ここの「野分立ちて」に応じているのであるから、なおさらのことである。校異源氏物語によれば、陽明家本には「野分して」とあり、国冬本には「野あきして」とあるのも、たちてと澄んで読むべき傍証となろう。然るに、現今の注釈書になお濁って読ませているのが多く見受けられるのはなぜであろうか。

（『源氏物語のことばと語法』武蔵野書院82頁）

と論じておられる。本書の底本は明らかに濁って読ませており、そうすると「野分めいて」と解釈したのであろう。もっとも辞書によっては、「野分だちて」でも「野分の風が吹いて」（『角川古語辞典』）と説明しているものもあるので、必ずしも清濁によって差異があるとは断言できない。

しかしながら清濁に注目すると、物語の季節が微妙に違うことになる。つまり「野分だちて」だと野分の季節になる前の大風であり、「野分立ちて」だとまさに野分の季節にふさわしい激しい風となる。

更衣の死が夏のいつ頃か不明であるが、後のわざ（四十九日）が済んだ頃に秋になっているとすれば（一九章）、ちょうどお盆（七月十五日）なのかもしれない。そうすると更衣の魂が帝のもとに帰っているとも考えられる。それが幻覚の如く帝の前に現われたのであり、だからこそ命婦の訪問が促されたことにもなる。もっとも更衣の霊魂は未だにこの世に執着し、さまよっているのかもしれない。それなら「野分だちて」でもよかろう。

これを彼岸の頃と考えれば八月になり、ちょうど野分の時期とも重なるので、やはり「野分立ちて」が相応しくなる。その場合は一九章の「露けき秋」を二十四節気の「白露」と見たい。いずれにせよ人恋しい秋という季節、しかも夕暮れ・夕月夜の時刻は、亡き更衣を偲ばせる絶妙の設定であった。また高橋和夫氏は「にはかに肌寒き夕暮」に注目して、台風通過後に気温が急降下するという気象状況を提示され、むしろ「野分が吹き過ぎて」の意に解釈され、「野分立」を「春立つ」や「秋立つ」からの転用・造語と考えておられる（「源氏物語の歳時」『古典に歌われた風土』三省堂）。

この「肌寒し」は、あまり用例のない言葉である。『万葉集』に「肌し寒しも」（五二七番）・「なほ肌寒し」（四三七五番）の二例があり、『うつほ物語』菊宴巻に一例あるものの、それ以降は皆無に近い。この桐壺巻にいたってようやくまた登場したことになる。なお『源氏物語』には玉鬘巻・横笛巻にも各一例用いられている。

もう一点注意すべきは、この命婦の物語が夕月夜に始まって、月の入り（三七章）で終わっていることである。これはまさしく〈月の物語〉なのだ。宮中と北の方の邸（やしき）の二つを回り舞台としながら、その間を命婦が勅使として往復する。そしてその三者の上に、秋の夜の月が煌々と悲しく照っているのである。頭上の月はまた夜の時間を支配し、読者に時の経過を告げていく。中島敦（なかじまあつし）の『山月記』を思い浮かべるとわかりやすいかもしれない。

須磨巻の一節とともに名文の聞え高い「野分たちて」以下の文章を、是非丹念に鑑賞していただきたい（『平家物語』の小督もこの場面を下敷きにしていると思われる）。そして、できれば一緒に涙してほしい。読者の流す涙が、時代を超えて更衣への鎮魂となるであろうから。

命婦を送り出した帝は、そのまま前栽の方を見るとはなしに眺めながら、故更衣との思い出を一つ一つ嚙（か）み締めていた（この間に命婦は北の方の邸に到着する）。なお底本は単に「きこえ出る」となっているが、諸本はすべて「はかなくきこえ出る」とあるので、入木の際「はかなく」を彫り忘れたのではなかろうか。

もしこの場に更衣がいてくれたら、そう思っているうちに、なんとなく更衣が傍にいるような気がしてきた（更衣の霊魂は未だ成仏していない？）。しかしふと我にかえると、それは幻覚でしかない。ここですかさず語り手は「闇の現にはなほ劣りけり」とつぶやく。

これは『古今集』の「うばたまの闇の現はさだかなる夢にいくらもまさらざりけり」（六四七番）を引歌としたものである。ただし『古今集』では不明瞭な現実は、明瞭な夢にいくらも勝らないとするのに対して、ここではそれでも現実の方が幻影よりましだと切りかえしている。引歌にそのまま寄りかからず、一ひねりして用いているのである。

二三章　葎の宿

命婦かしこにまかでつきて、かどひきいるる（車也）よりけはひあはれなり。（命婦心）やもめずみなれど、人ひとり（更衣事）の御かしづきにとかくつくろひたてて、めやすきほどにてすぐし給つるを、〽やみにくれてふし給へる」（8ウ）ほどに、くさもたかくなり、野分にいとどあれたるここちして、月かげばかりぞ、〽やへむぐらにもさはらずさし入たる。

みなみおもてにおろして、ははぎみとみにえものもの給はず。（母君詞）いままでとまり侍るがいとうきを、かかる御つかひの、〽よもぎふのつゆわけ入給につけても、はづかしうなんとて、げにえたふまじくない給ふ。」（9オ）〈絵2〉

【鑑賞】 そうこうするうちに命婦は北の方の邸(やしき)に到着した。起点が宮中であるから、ここは「かしこ」なのである。この時命婦は歴(れっき)とした帝(みかど)の勅使だったので、堂々と邸の正門を通り、牛車で中まで乗り付ける。そして寝殿の南面で正客として北の方に対面する。「けはひ」とは、「けしき」が視覚によるものであるのに対し、感覚で感じるもの。あるいは「けしき」が静的固定的であるのに対して、動的雰囲気的な感覚である。一歩北の方の邸（異空間）に踏み込んだ途端、荒廃した前栽の様子に、娘を失って悲嘆にくれる母の気持が察せられたのであろう。

ここにおける自然は、まさに母君の〈心象風景〉であった。こういった〈遠近法〉的な奥行の深い文体が、すなわち『源氏物語』のすぐれた特質の一つなのである（清水好子氏「文体―その遠近法―」『源氏物語必携』学燈社参照）。これに類似する描写として、賢木巻の名文「はるけき野辺を分け入りたまふよりいとものあはれなり」（85頁）をあげておきたい。

「やもめ」（「やまめ」とも）は本来「やもを」の対であり、夫のいない女性を意味した。「かぐや姫のやもめなるを歎かしければ」（『竹取物語』40頁）などがその好例である。ところが「やもを」がほとんど使用されず、そのため妻のいない男性までも「やもめ」というようになった。『うつほ物語』藤原の君巻には、「やもめにて、えあるまじ。我もの食はざらん女得ん」（165頁）と出ている。また「やもめ住み」の例としては、柏木の「高き心ざし深くて、やもめにて過ぐしつつ」（若菜上巻36頁）等がある。なお底本は「ふし給へる」とあるが、多くの諸本は「ふししづみ給へる」としている。

ここでまた引歌が多用される。「闇にくれて」は、すぐ前の「闇の現」とも響き合っており、『後撰集』の「人の親の心は闇にあらねども子を思ふ道にまどひぬるかな」（一一〇三番）を踏まえている。もっとも〈闇〉とは娘を失った母の心の乱れを比喩的に表現したものであり、必ずしも本歌通りではない。この歌の作者藤原兼輔は紫式部の曾祖父であり、そのためか『源氏物語』中に最も多く用いられている引歌であった（『源氏物語引歌索引』によれば二十六回）。この近辺だけでもしばしば繰り返されており、一種の基調表現とも考えられる。

次の「八重葎にもさはらず」も、『古今六帖』の「とふ人もなき宿なれど来る春は八重葎にもさはらざりけり」の引歌である。新編国歌大観の『古今六帖』のみ「来る秋は」とするが、いかがであろうか（石川徹氏「源氏物語の引歌研究」むらさき29参照）。た

絵２　野分の訪問

だし季節を春から秋に変更し、季節の推移を月の光に替え、さらにそのなかに命婦の来訪をも込めている点、巧みな引用といえよう。あるいは『百人一首』にもとられている恵慶法師の「やへ葎しげれる宿の寂しきに人こそ見えね秋は来にけり」（『拾遺集』一四〇番）の具現でもあった。また続く「蓬生の露」は、「いかでかは尋ね来つらむ蓬生の人も通はぬ我が宿の道」（『拾遺集』一二〇三番）を引いている。なお「葎の宿」・「葎の門」という歌語は、普通には荒廃・没落を意味し、また思いがけぬ美女の住む邸の比喩的表出と考えられている。それとは別に、服喪のイメージが付きまとっているとも考えられる（大塚修二氏「葎の門の女の物語―帚木巻から末摘花巻までの構成―」國學院大学大学院紀要5参照）。それは徽子女王（斎宮女御）の「嘆きつつ雨も涙もふる里の葎の門のいでがたきかな」（『玉葉集』二三三六番）や、一条御息所（朱雀院更衣、落葉の宮母）の「露しげきむぐらの宿にいにしへの秋にかはらぬ虫の声かな」（横笛巻357頁）によっても首肯できるのではないだろうか。

果たして月ならぬ命婦は、一筋の光となって北の方の悲痛を慰めうるのであろうか。

二三章　勅　書

（命婦詞）まいりてはいとど心ぐるしう、心きももつくるやうになんと、内侍のすけのそうしたまひしを、もの思ひ給へしらぬここちにも、げにこそいとしのびがたう侍けれとて、ややためらひておほせごとつたえ聞ゆ。

しばしはゆめかとのみたどられしを、やうやうおもひしづまるにしも、さむべきかたなくたへがたきは、いかにすべきわざにかとも、とひあはすべき人だになきを、しのびてはまいり給なんや。わかみやのいとおぼつかなく露けきなかにすぐし給も、心ぐるしうおぼさるるを、とくまいり給へなど、はかばかしうものたま」(10オ)はせやらず、むせかへらせ給つつ、かつは人も心よはくみたてまつるらんと、おぼしつつまぬにしもあらぬ御けしきの心ぐるしさに、うけたまはりもはてぬやうにてなんまかで侍りぬるとて、御文たてまつる。

【鑑賞】対面してそのまま泣き崩れる北の方に対し、さすがに命婦はしっかりしている。一見、北の方に同情している風を装いながら、きちんと弔問の挨拶を述べ、続いて帝の仰せ言を伝え、さらに託された勅書を渡す手際は見事なものである。老獪な宮廷女房の面目躍如といったところであろう。「心肝も尽くる」とはなんとも大げさな表現である。因に浮舟巻では「いとど心肝もつぶれぬ」(167頁)と出ている。

ところでここに出てくる「内侍のすけ」とは典侍のことであるが(源典侍が有名)、後宮の中では命婦以上に重要なポストであり、天皇の乳母が任命されることが多い。おそらくこの典侍も桐壺帝の乳母ではないだろうか。いずれにせよこの一文によって、物語に描かれざる部分において、以前に典侍の見舞いがあったことがわかる（過去の補完）。

命婦は「ややためらひて」帝の仰せ言を伝えている。これは北の方が「ははぎみとみにえものもの給はず」と同様の絶妙な間であろうか。あるいはこの「ためらふ」は曲者（くせもの）で、命婦の演技なのかもしれない。そもそも命婦は帝の仰せ言をそのまま伝えているのだろうか。それとも命婦なりに言い換えているのだろうか。少なくとも「はかばかしうものたまはせやらず、むせかへらせ給ひつつ」には、命婦による感情移入がありそうだ。

帝は言葉巧みに北の方の参内を勧める。もちろん北の方だけでなく、源氏を連れてのことであるが、真の意図は決して祖母君ではない。帝の本当の狙いは源氏の参内なのである。しかしあまりストレートに切り出しては、北の方の機嫌を損ねることになりかねない。娘を亡くした北の方にとっても、源氏はかけがえのない孫なのだから。そこを巧みに朧化（ろうか）しつつ述べているのだが、祖母君が参内しないことは百も承知の上であった。

最終的にはせめて源氏だけでもという論法なのである。その意図が「忍びて」という言葉に如実に表われているのではないだろうか。もちろん現在は喪中であるから、宮中に参内などできるはずもない。

二四章　小萩がもと

（更衣母詞）めもみえ侍らぬに、かくかしこきおほせごとを、ひかりにてなんとてみ給。

（勅書）ほどへばすこしうちまぎるることもやと、まちすぐす月日にそへて、いとしのびがたきはわりなきわざになん。いはけなき人もいかにと思ひやりつつ、もろともにはぐくまぬおぼつかなさを、いまはなをむかしのかたみになずらへてものし給へなど、こまやかにかかせ給へり。」（10ウ）

（御門）みやぎののつゆふきむすぶ風のをとに小萩がもとを思ひこそやれとあれどえ見給はてず。

【鑑賞】帝の手紙を受け取った北の方は、子故の闇で目も見えません（引歌の延長）が、帝(みかど)の仰せ言を光として拝見しますと洒落(しゃれ)たことをいう。一体貴族というものは、こういった悲しい場面にも、いや悲しい場面であればあるほど、教養の高さを誇示しなければならないらしい。悲しみの深さが、言葉の一つ一つを文学的表現に昇華させているのであろうか。

同様の例として、「目も見えたまはねど、御返り聞こえたまふ」（夕霧巻４３９頁）

や、「涙にくれて目も見えたまはぬを」（御法巻５０９頁）等がある。残念ながらここでは、帝の仰せも命婦の来訪も、北の方の悲しみに追い撃ちをかける結果となる。

帝の手紙は、表現は柔らかいけれども勅命であった。もはや北の方に拒否することなどできはしない。だからこそ祖母は、その下心丸見えの手紙を最後まで見ることもできず、ただただ涙にむせぶばかりであった。

実はこの手は、後に源氏も使っている。明石の君に対して、姫君ともども引き取りの催促をするのだが、明石の君が拒否した途端、それではと姫君だけを連れ去ってしまう（薄雲巻40頁）。やはり親子のやることは似ているというべきか。

帝の歌は野分（台風）の風に触発されたものであろうが、『古今集』の「宮城野のもとあらの小萩露を重み風を待つごと君をこそ待て」（六九四番）を下敷きにもしている。野分巻にも「もとあらの小萩はしたなく待ちえたる風のけしきなり」（２６４頁）とある。「宮城野」と「小萩」と「露」と「風」を組み合わせた歌としては、「露払う風もやあると宮城野に生ふる小萩の下葉ともがな」（『和泉式部続集』）や、「荒く吹く風はいかにと宮城野の小萩が上を露も問へかし」（『赤染衛門集』）がある。

また「恋しくも思ほゆるかな宮城野の小萩がもとのたよりと思へば」（『中務集』）には「小萩がもと」という表現が用いられている（東屋巻80頁にも用例あり）。紫式部はこれらに触発されているのであろう。

なおこの「小萩」を、『住吉物語』における姫君の形容である「二葉の小萩」からの引用と考えると、そこに母を亡くして悲嘆にくれる源氏の姿が見えてくることになるが、いかがであろうか。

二五章　逆　縁

（更衣母詞）いのちながさのいとつらうおもふ給へしらるるに、〽松のおもはんことだにはづかしう思給へ侍れば、ももしきにゆきかひ侍らんことは、ましていとはばかりおほくなん。かしこきおほせごとをたびたびうけたまはりながら、みづからはえなん思ひ給へたつまじき。わか宮（源氏）はいかにおもほししるにか、まいり給はんことをのみなんおぼしいそぐめれば、ことはりにかなしうみたてまつり侍るなど、うちうちに思給へるさまをそうし給へ。ゆゆしき身にはべれば、かく」（11オ）ておはしますもいまいましうかたじけなくなどの給。

【鑑賞】やっとのことで北の方は、命婦に返事をする。ここでいう「いのちながさのいとつらう」とは、『荘子』外篇の「寿(いのちなが)ければ則ち辱(はぢ)多し」という一節を踏まえた表現と考えられている。『白氏文集』六九感旧詩に「命長感旧多悲辛」とあり、『本朝文粋』の大江朝綱(おおえのあさつな)の風諭文には「我独長寿為憂」とある。「恥」ではなく「つらし」とある点、『白氏文集』からの引用と考えるべきであろうか。「恥」の部分が一致しない点に疑問が残るが、直後に「はづかし」とあるので、重複を避けたとも考えられる。いずれにせよ北の方の教養の高さと、その背後に控える作者の学力に最敬礼せざるをえない。余談ながら、この表現は作者の好みだったらしく、

・寿ければかかる世にも逢ふものなりけり。(末摘花巻290頁)
・命長きは心憂く思ひ給へらるる世の末にも侍るかな。(須磨巻165頁)
・命長さのうらめしき事多く侍れど。(朝顔巻471頁)
・命長さもうらめしきに。(少女巻70頁)
・命長くてかかる世の末を見ること。(少女巻75頁)
・世に心憂く侍りける身の命の長さにて。(総角巻316頁)
・長き命いとつらく覚え侍る。(早蕨巻358頁)
・延び侍る命のつらく(早蕨巻358頁)

などと繰り返し用いられている。このうち桐壺巻を含めて「つらく」は『白氏文集』に近く、「心憂く」は『本朝文粋』に近いことになる。他に「うらめし」や「世に逢ふ・世を見る」もグループ分けできるが、そうなると「世に逢ふ・世を見る」などは『荘子』引用であってもかまわない。

もっとも「命長さ」は「病無くして寿し」(『日本書紀』皇極三年三月条)、「あな、命

長」(『うつほ物語』蔵開上)、「かかる命長の」(『大鏡』道長下)、「身の命長さを罪なればﾞ」(『成尋阿闍梨母集』)などとも用いられており、当時の慣用句(老人の繰り言)だったのかもしれない。

また「松のおもはんことだにはづかしう」も、『古今六帖』の「いかでなほありと知らせじ高砂の松の思はむこともはづかし」を引歌としている。ここでは長寿のマイナス面を和漢によって吐露しているわけである。しかしながら北の方は、それほどの老齢ではありえない。紫の上の祖母を例にすると、

祖母(四十歳頃)―故母(二十五歳頃?)―紫の上(十歳頃)

となる。これに準ずれば、

祖母(三十代前半?)―故更衣(十代後半?)―源氏(三歳)

と考えられるのではないだろうか。祖母というにはあまりにも若い年齢であった。もちろんもっと高齢でもいいのだが、少なくとも四十をはなはだしく過ぎていることはあるまい。ここはまさにレトリックであり、娘を先立たせた逆縁の親として、生き残っているわが身を恥じているのであろう。

また恥ずかしく思う相手が、松ならぬ宮中であるとすると、北の方はこの歌によっても参内を拒否していることになる。なお「百敷」は本来歌語であり、散文の例は少ないのだが、源氏物語には三例用いられている。また「九重」が七例用いられている

ことも付け加えておきたい（飯塚ひろみ氏「百敷の文学史　平安期の位相」『源氏物語歌ことばの時空』翰林書房参照）。

一方、幼い源氏は、北の方のこのような悲しみをまったく理解できず、ひたすら参内を急いでいるようである。ここに「めり」という推量の助動詞が用いられていることに注意したい。これは北の方の見方が主観的であることを示している（客観的には認めたくない）のだが、源氏はまだ幼いので、自らの意思で参内を希望するはずはない。「いかにおもほししるにか」とは源氏のことなのではなく、その背後にあって参内を促す女房達に対して、それを北の方がやや批判的にとらえているのである。

源氏付きの若い女房達は、華やかな宮仕えをこそ希望しており、今は更衣の服喪中だから仕方がないけれども、それさえ明ければこんな陰気臭い湿っぽい所には一時たりともいたくないであろう。彼女達は源氏に向かって、宮廷生活の楽しさ面白さを説いているのだ。一つ屋根の下に生活してはいるものの、北の方付きの女房、更衣付きの女房、源氏付きの女房とでは、当然思惑も三者三様なのである。その微妙なズレの中での北の方の悲しみを読み取ってほしい。

ただし北の方もただのか弱い女ではないはずである。源氏や一族の将来を考慮すれば、最善の道は自ずから定まっていた。本来ならばむしろ積極的に源氏の参内を推進すべきなのだが、ここではしぶしぶ承知するという体裁を装い、少しでも源氏に有利に働くように演技しているのかもしれない。

二六章　眠れる皇子

宮（源氏）はおほとのごもりにけり。（命婦詞）みたてまつりてくはしく御有さまもそうし侍らまほしきを、まちおはしますらんを、夜ふけ侍りぬべしとていそぐ。

【鑑賞】 こうして北の方が源氏の参内をしぶしぶ承知した途端、命婦の態度が一変した。「宮はおほとのごもりにけり」とあり、今までの叙述の時間とは異質な話題として唐突に源氏の様子が語られるのだが、寝ているという理由付けだけで面会を省略し、宮中で帝（みかど）が待っていらっしゃるからと、帰りを急ぎはじめたのである。

もちろん源氏が寝ているのであれば、それを無理に起こしたり、寝顔を覗（のぞ）いたりすることは身分的にかなうまい。しかしそうではなく、これで命婦の公的な使者としての真の役目が完了したのだ。つまり命婦は祖母君を弔問に来たのでも、幼い源氏の様子をうかがいに来たのでもなく、源氏引き取りの了解を取り付ける特命を帯びて来たのである。

本文に「たびたび」（二五章）とあったことから、今までにも典侍をはじめとして何人かの使者が派遣されたらしいが、祖母の悲しみにほだされてか、源氏引き取りの確約を取り付けないままむなしく帰っていたのであろう。それで帝はついにしびれを切らし、年配で経験豊富な命婦（悪くいえば海千山千のしたたかな女性）を送り出し、駄目押しに帝自らの手紙を付けて送り出した。そうして今夜、命婦は涙ながらにも北の方の首をたてに振らせたのである。確約さえ取り付ければもはや長居は無用。しかしながら「急ぐ」という、貴族にあるまじき命婦の態度を見て、さすがに北の方も尋常ではいられない。

二七章　心の闇

（更衣母詞）くれまどふ〳〵心のやみもたへがたきかたはしをだに、はるく（るイ）ばかりに聞えまほしう侍を、わたくしにも心のどかにまかでたまへ。としごろうれしくおもだたしきつゐでにてたちより給し物を、かかる御せうそこにてみたてまつる、返々つれなき命にも侍かな。

【鑑賞】 源氏を手放すことになった北の方は、胸の内につかえているものを聞いてほしいらしく、簡単には命婦を帰そうとしない。ここにまた「心の闇」が繰り返され、すぐ後の「晴るく」（「晴るる」本文は、横山本・高松宮本等少数）と呼応している。
　さらに公と私の対比の中で、命婦の来訪が初めてではなかったことが知らされる。

やはり命婦は選ばれた使者だったのだ。今までは晴れがましい勅使としてばかり来訪していたので、いつも喜んで命婦を迎えていた。今まで命婦の来訪は幸福の象徴だったのである。

それなのに今夜の命婦は、何と悲しく何と薄情な使者なのかと、いかにも皮肉めいた物言いをしている。それが引き金となって、祖母君はいわなくてもいい愚痴（＝本音）をついついこぼしてしまう。

「つれなき命」は、先に「松の思はんことも恥づかし」（二五章）とあった引歌の延長であり、だからこそ「返す返す」といっているのである。長寿は人間の願望であり、幸福の象徴であった。しかし夫に先立たれ、娘に先立たれ、今こうして孫をも手放さざるをえない孤独な老愁を思えば、一変して長寿は比類なき不幸の象徴でもあるのだ。

ここでもう一度冒頭部分をみてほしい。口に出してみると、五七五七七になっていることに気づくはずである。これと同じようなことが、末摘花巻の冒頭でも指摘されている。それは「思へどもなほあかざりし夕顔の露におくれしほどのけしきを」である（諸本によって微妙に異なっている）。これも作者の遊び心であろうか。

二八章　更衣の宿世

むまれし時よりおもふ心ありし人にて、故大納言いまはとなるまで、ただ此人の宮

づかへ」（11ウ）のほいかならずとげさせたてまつれ。我なくなりぬとてくちおしう思ひくづおるなと、返々いさめをかれ侍しかば、はかばかしううしろみ思ふ人なきまじらひは、中々なるべきこととおもふたまへながら、ただかのゆいごむをたがへじとばかりに、いだしたて侍しを、身にあまるまでの御心ざしのよろづにかたじけなきに、人げなきはぢをかくしつつまじらひ給ふめりつるを、人のそねみふかくつもり、やすからぬことおほくなりそひ侍に、よこさまなるやうにてつゐにかくなり侍ぬれば、かへりてはつらくなん、かしこき御心ざしを思ふ給へられ侍る。これもわりなき」（12オ）心のやみになどいひもやらず、むせかへり給ほどに夜もふけぬ。

【鑑賞】桐壺更衣の入内（じゅだい）は、故大納言の遺言（執念）を守ってのことであった。更衣の意思は不明であるが、「思ふ心ありし」「宮仕への本意」とある以上、更衣もそのような将来構想の中で養育されてきたであろうから、多少の自負もあったに違いない（明石の君も「いときならはべりしより思ふ心はべり」（明石巻245頁）と育てられている）。もちろんしっかりした後見がなくては、後宮での共同生活に支障が生じかねない。だから最初から不安に満ちた入内であったが、決して絶望的な後ろ向きの入内ではなかったろう（更衣の入内時期において、桐壺帝にはまだ皇子が誕生していなかったのかもしれない）。純粋な愛情云々（うんぬん）とは無縁に娘を入内させるからには、当然何か勝算らしきものがあったはずである。

その折、大納言の兄大臣（明石入道の父）がまだ存命であれば、あるいは姪の後見をすることになっていたのかもしれない（養女であれば女御も可）。もともと更衣は美人の評判高く、そのため帝が積極的に入内を要請していたとも考えられる。あるいは帝と大納言の間に何か密約が交されていたのかもしれない。

幸い更衣は身に余るような帝の寵愛を得た。しかしそれゆえに予想通り後宮の女性達の恨みを一身に受けて、結局は横死してしまう。「横様なるやうにて」とは尋常な死に方ではなく、精神的なストレスによる急死とか、あるいは服毒死・呪詛（他殺）とかを意味する。「横様なる死（しに）」とは漢語「横死」の和訓であろうが、『三宝絵詞』下巻に「横様のしにをせず」とあり、また手習巻にも「これ横さまのしにをすべき物にこそあんなれ」（285頁）と出ている。本来ならば宿命として諦めるはずであるが、北の方は娘の死に疑問を抱いているようである。

つまり更衣の横死は帝の溺愛故であり、今思えばかえってそれが辛く恨めしいと帝を非難しているのだが（天皇制の批判は掟破りのはず）、それも子を思う「心の闇」故であった。「むせかへり」とはむせび泣くことで、若紫巻にも「むせかへり給」（231頁）と出ている。一見、雅に反する行為のようではあるが、そこに深い悲しみの情が吐露されており、読者に強いインパクトを与える。もちろん母は娘の死を悲しんでいるだけでなく、入内の目的（家の遺志）が挫折したことも悔やんでいるに違いない。しかしもっと深読みすれば、更衣の死の責任を帝に自覚させることにより、源氏立太子の布石にしているのかもしれない。北の方と命婦は一見情愛の籠った会話をしているようでありながら、実は〈きつね〉と〈たぬき〉の化かし合いをしているのである。純情な現代の読者は、簡単にそのテクニックにひっかかってもらい泣きしてしまう。

そうこうしているうちに、秋の夜はとっぷりと更けていく。

二九章　帝の宿世

（命婦詞）うへもしかなん。わが御心ながら、あながちに人めおどろくばかりおぼされしも、ながかるまじき成けりと、いまはつらかりける人のちぎりになん。世にいささかも人の心をまげたることはあらじとおもふを、ただこの人ゆへにて、あまたさるまじき人のうらみをおひし、はてはてはかううちすてられて、心おさめむかたなきに、いとど人わろうかたくなになりはべるも、〽さきの世ゆかしうなんと、うち返しつつ御しほたれがちにのみおはしますとかたりて、つきせずなくなく夜いたうふけぬ」（12オ）れば、こよひすぐさず御かへりそうせんといそぎまいる。

【鑑賞】これを聞いて命婦は黙ってそのまま帰れなくなってしまった。ここではっきり帝の弁明を述べ、祖母の誤解を解かなくては（丸め込まなくては）、後にどんな悪い噂が広まるかもしれない。さすがに命婦は、帝の信任篤い女官であった（とはいえ、待たされている家来達は大変である）。

「帝は決して加害者ではありません。帝も更衣と同じく被害者なのですよ」と、命婦は涙ながらに帝の弁護をする。北の方が更衣の代弁者であるのと同様に、命婦は帝の代弁者なのである。実際に対面しているのは北の方と命婦であるが、それを更衣と帝との対話として幻想的に読むことも可能であろう。

この辺りも「長恨歌」を下敷きにしており、命婦は道士（僧）の立場で蓬生の宿（蓬萊宮）を訪れ、楊貴妃ならぬ北の方と対面しているのである。だから命婦は帝になりかわって語る。「わが御心」とは自己尊敬になってしまうが、帝の言葉だから許容されるのである。あるいは命婦の帝に対する敬意が内包されているのかもしれない。

自分のことながら、なぜあれほどまでに更衣に夢中になったのか。それも今思えば、更衣の短命が前提だったのだ。夕顔の死後、源氏も同様に「あやしく世の人に似ず、あえかに見えたまひしも、かく長かるまじくてなりけり」（夕顔巻１８７頁）と述懐している。二人は与えられた短い時間を精一杯燃えたのだ。前世の因縁とはいえ、むしろ深い愛情を持ったことが、今となってはかえって辛い。私は帝として正しい道を行ってきたのに、更衣への愛欲ゆえに人の恨みを買ってしまった。挙句の果てに、その更衣さえ私を捨てて死んでしまったのだから、後に残された私はどうしようもない。命婦は時間をかけて熱っぽく祖母君を説得し続ける。うまく説得したときには、すでに真夜中を過ぎて月も入り方になっていた。

「今宵過さず」とは今夜の内にということで、「宵」といっても夜の初めではなく夜そのものを意味する。この場合明日（あした）になる前にということだが、それは明るくなる前にではなく、今日中にということである。今日と明日の日付変更は丑（うし）と寅（とら）の間にある。ここでは寅の刻（翌朝）になる前に、つまり丑の刻までに宮中に戻らなければならない（三八章に「丑」の刻が出ている）。しかし「急ぎ参る」とあっても、命婦はまだその場を立ち去っていない。北の方からの返事を貰（もら）わないことには、のこのこ帰れないからである（これも「長恨歌」の引用か）。

なお「前の世ゆかしうなん」について、石川徹氏は「君と我いかなる事を契りけむ昔の世こそ知らまほしけれ」（『和漢朗詠集』）を引歌として考えておられる（「小学校恩師の訓えに導かれて」『源氏物語講座1』勉誠社）。語句は微妙に相違しているが、なるほど内容的にはピッタリである。

三〇章　形見

（草子ノ地也）月は入がたの空きようすみわたれるに、かぜいと涼しく吹て、草村の虫のこゑごゑもよほしがほなるも、いとたちはなれにくき草のもとなり。

（命婦）すず虫のこゑのかぎりをつくしてもながき夜あかずふるなみだかなえものり（車也）やらず。

（更衣母）いとどしく虫のねしげきあさぢふに露をきそふる雲のうへ人かごとも聞えつべくなんといはせ給ふ。

おかしき御をくりものなどあるべきおりにもあらねば、ただかの御形見にとて、かかるようもやとのこし給へりける御さうぞくひとくだり、御くし」（13オ）あげのてうどめく物そへ給ふ。

【鑑賞】長い長い会話が終わり、返事をもらっていざ牛車に乗ろうとした時、今まで気が付かなかった虫の声がふと耳に聞こえてくる。その虫の声までがしんみりとして涙を誘う（花散里巻には「催しきこえ顔」（154頁）という用例がある）。いや虫の声は、北の方の悲しみの〈喩（たとえ）〉なのだ。情景一致の手法は、視覚的な自然描写だけでなく、聴覚的なものまでも取り込んでいるらしい。音とか声に対して作者は特に敏感なようである（三六章参照）。これを耳にして知らん顔して帰るようだったら、命婦の教養もたいしたことはない。

しかしさすがに命婦は凡人ではなく、すかさず歌を贈った。そして後ろ髪引かれる思いで、なかなか車に乗ることもできない。実はこの〈たゆたい〉こそが『源氏物語』の美学なのである。

それに対して北の方も女房を介して歌を返す。あなたがいらっしゃったお陰で、ますます悲しみが深くなりましたと。これは「五月雨にぬれにし袖にいとどしく露おきそふる秋のわびしさ」(『後撰集』二七七番)を踏まえており、このような場においてこそ教養を発揮せねばならないのである。また「浅茅」は楊貴妃終焉の地としてイメージされており、「思ひかね別れし野辺をきてみれば浅茅が原に秋風ぞ吹く」(『道済集2』)・「はかなくて嵐の風に散る花を浅茅が原の露やをくらん」(『高遠集2』)・「ふるさとは浅茅が原と荒れはててよすがら虫のねをのみぞなく」(『道命阿闍梨集』)の如く詠じられている。

つまりこの場面の「浅茅」は、単に荒涼たる風景というのみならず、楊貴妃ならぬ桐壺更衣終焉の地として深読みすべきであろう(上野英二氏「長恨歌から源氏物語へ」国語国文50—9参照)。また作者自身「露しげき蓬が中の虫の音をおぼろけにてや人の尋ねむ」(『紫式部集』)と詠じており、この歌との関連も見逃せない。

胸の内を吐露したことで北の方は気落ちしてしまったのか、もはや見送る気力もないらしい。しかし教養高い北の方であるから、命婦を手ぶらで帰すことなどはしない。

更衣の形見にと、装束一揃いに御ぐしあげの調度を添えて贈る。この御ぐしあげの調度に注目していただきたい。このなかには更衣のかんざしが含まれており、まさしく「長恨歌」の「鈿合金釵寄せて将って去らしむ」の引用になっている。

だからこそこれを一目見て、帝（みかど）もその一節をすぐに思い浮かべるわけである（なお調度に関しては、佐藤喜代治氏「ちょうど（調度）」『日本の漢語』角川書店参照）。

ところで鈴虫について一言。鈴虫・松虫は、不思議なことに『万葉集』には一例も見えず（鳴く虫はすべて「こおろぎ」であった）、延喜年間以降にようやく用例が見られる。外来種なのか、新しく美的に観賞されるようになって命名されたのか、詳細は一切不明である。その初出は『夫木和歌集』巻十四の「忠峯新和歌序」所収の「あるときには、山のはに月まつむしうかがひて、きむのこゑにあやまたせ、ある時には野べのすずむしをききて谷の水の音にあらがはれ」であろう。

琴の声を松虫に、水の音を鈴虫に喩（たと）えているので、現在の松虫・鈴虫と同じようである（逆に見る説もある）。それがどこでどうなったのか未詳であるが、平安中期以降の用例は現在の虫名と逆転しているらしい（屋代弘賢（やしろひろかた）『古今要覧稿』参照）。

例えば鈴虫巻を見ると、松虫は「声惜しまぬ」（３８２頁）とあり、鈴虫は「ふり出でたる」（同３８１頁）・「いまめいたる」（同３８２頁）と書かれている。なるほどそれは今と逆で、声を惜しまず鳴くのが鈴虫、はなやかに振り出すように鳴くのが松虫と見た方が納得できる。幸いなことに謡曲を見ると、「松虫の声は、りんりんとして」(謡曲「野宮」)とか「松虫の声、りんりんりん、りんとして」(謡曲「松虫」)とあり、その相違・逆転がはっきり確認できる。

もともと高位の貴族が、虫の実物を詳しく観察していたとも思えないので、あるいは最初は明確に両者が区別されていなかったのかもしれない。さらにその混同が近世にいたって指摘され、再度逆転するのも面白い現象であるが、どうやら近世においては、江戸と上方でも用法が異なっていたらしい。あるいは方言による違いであろうか。ただしこの場面の用例に関しては、「声の限りを尽くす」とあるので、そのまま鈴虫でもよさそうである。あるいは、両者の混同は『源氏物語』の解釈から生じたのかもしれない。もともと歌語としては、「待つ」という掛詞を持つ松虫が優勢で、『古今集』など松虫が四首(仮名序にも一例)読まれているのに対して、鈴虫はまったく用例が見当たらない。『後撰集』『拾遺集』も同様の傾向にあり、松虫(後—八首、拾—三首)に対し、鈴虫(後—一首、拾—一首)であった。ところが『後拾遺集』にいたると、松虫が一首に減少し、反対に鈴虫が四首(詞書にも一例)に増加する。

また『枕草子』「虫は」章段では、「虫は、鈴虫・ひぐらし・蝶・松虫・きりぎりす」(98頁)と鈴虫が真っ先にあげられている。『拾遺集』から『後拾遺集』の間、つまり『枕草子』や『源氏物語』の中で虫に関する美意識に大きな変化があったようである。なお意見の相違はあるものの、松尾聰氏「中古語としての「松虫」「鈴虫」」(国語展望84)は大変参考になる。

三一章　参内希望

(更衣母詞)わかき人々かなしきことはさらにもいはず、内わたりを朝夕にならひて、いとさうざうしく、うへ(御門)の御ありさまなどおもひいで聞ゆれば、とくまいり給はんことをそそのかし聞ゆれど、かくいまいましき身のそひたてまつらんもいと人ききうかるべし。またみたてまつらでしばしもあらんはいとうしろめたう思ひ聞え給て、すかすかともえまいらせたてまつりたまはぬなりけり。

【鑑賞】命婦が去った後、宮中に到着するまでの時間を持たせるため、ここに源氏不参の理由が「なりけり」(草子地)を伴って挟み込まれ、謎解きによって締めくくられる。

帝(みかど)の側だけが源氏の参内を望んでいたのではない。源氏付きの若人達にしても、更衣を失った悲しみもさることながら、華やかな宮廷生活に馴染(なじ)んでいたので、一刻も早く宮中に参内したいと祖母君に懇願していたらしい(二五章参照)。しかし北の方は、こんな逆縁の身で源氏と一緒に参内するのも珍妙だし、かといってかわいい孫(源氏）を手放すのも気懸りなので、なかなか首を縦に振らなかったのである。

ここにも同じ屋根の下でありながら、北の方（主人側）と女房達の心のズレが生じていることを確認しておきたい。もちろん源氏参内の延引は、北の方にとってはある種のかけひきでもあったろう。少なくとも女房達は、その北の方の深層までは理解していないようである。

本来ならば、こんな時こそ源氏の乳母（皇子には二人支給）が活躍しなければならないのであるが、母更衣の場合と同様にその存在すら描かれない（夕顔巻に大弐乳母が、末摘花巻に左衛門乳母が登場）。その乳母の不在が、桐壺更衣の悲劇を暗黙のうちに表現している（吉海「『源氏物語』夕顔巻の物語設定—乳母のいる風景—」國學院雑誌86—9参照）。

三二章　長恨歌絵

命婦は（御門）まだおほとのごもらせたまはざりけるをあはれにみたてまつる。おまへのつぼせんざいのいとおもしろきさかりなるを御らんずるやうにて、忍びやかに心にくき」（13ウ）かぎりの女房四五人さぶらはせ給て、御物語せさせ給成けり。

此比あけくれ御らんずる長恨歌の御ゑ、亭子院のかかせ給て、いせつらゆきによませ給へるやまと言のはをも、もろこしのうたをも、ただそのすぢをぞまくらことにせさせ給。

【鑑賞】命婦が宮中へ戻ってみると、帝はまだお休みになっていなかった。壺前栽をご覧になりながら、気心の知れた女房を話し相手として、ひたすら命婦の帰りを待っていたようである。それに対する命婦の驚きが、例の「なりけり」（草子地）によって効果的に表現されている。

なおこの壺前栽は、他に「御前の壺前栽の宴もとまりぬらむかし」（野分巻281頁）、「こなたの廊の中の壺前栽のいとをかしう色々に咲き乱れたるに」（東屋巻60頁）とあるが、桐壺巻の別称ともなっているように、ここの用例が一番有名であった。

帝は自分達の悲恋に通じる「長恨歌」の絵を見ながら、それぱかり話題にしていた。この「長恨歌」については、『伊勢集』（冒頭・引歌等を含め『伊勢集』とのかかわりは非常に深い）の詞書に「長恨歌の御屛風亭子院に貼らせ給ひて、其のところどころを詠ませ給ひける」とある。また他の私家集にも、

・ある人の長恨歌・楽府のなかに、あはれなることを選びいだして（『高遠集』）
・同じく長恨歌にあはれなることありしを書き出でて（『高遠集』）
・長恨歌の、帝のもとの所に帰りたまひて、虫どものなき草蔭に、あれたるを御覧じてなきたまふ所に（『道命阿闍梨集』）

・長恨歌、当時の好士和歌詠みしに　（『道済集2』）
・長恨歌の古歌たてまつるところに　（『輔尹集』）

等と見えており、当時かなり流行し、和歌や屛風絵の素材になっていたことがわかる。また『更級日記』にも「世の中に長恨歌という文を、物語に書きてある所あんなりと聞くに」（303頁）と書かれているように、和文化された長恨歌物語の存在も確認できる。

ここでは帝自身が、更衣との愛を「長恨歌」と重ね合わせて考えており、それによって帝の悲しみの深さを知ることができる。しかも更衣の死の責任逃れにもなるのだ。いずれにせよ桐壺巻における「長恨歌」の重要性が、執拗なまでに引用されている点から理解できるであろう（ただし玄宗と楊貴妃の間には、源氏のような子は生まれていない）。なおここに出てくる絵は、かなり和風化しているかもしれないが、基本的には「長恨歌」を題材とした唐絵様式であろう。

また「大和言の葉」は和歌であり、それに対して「唐土の歌」とは漢詩を意味する。それを色紙に書いて屛風絵に貼るのだが、紀貫之は屛風歌の名手として『源氏物語』に四回（桐壺巻・賢木巻・絵合巻・総角巻）も実名で登場してくる（伊勢は桐壺巻・総角巻の二回）。また亭子院については後（四六章）にも「宇多の帝」と実名で出ており、物語の「いづれの御時にか」が醍醐天皇の御世を準拠としていることの解答になる。

なお「枕言」という語については、実はあまり明白ではない。そもそも「枕言」の用例自体、『源氏物語』中にこの一例しか見られないし、他の作品にも用いられていない。その注釈としては、藤原定家（ていか）の『奥入』に「あけくれのことぐさのよし也」とあり、また下って今川了俊（いまがわりょうしゅん）の『落書露顕』に「まくらごととは、世俗に持言といふ事なり。人の口付にこのみて云ふ詞の事なり」とある。これによって現在では簡単に「口癖」と訳されており、それでまったく問題にされることはないようである。しかしわざわざ定家が注を施していることといい、用例の少なさといい、また「枕詞」や『枕草子』という書名との関係を含めて、今後検討すべき課題として残しておきたい。

三三章　返　歌

いとこまやかに有さまをとはせ給。（命婦）哀なりつること忍びやかにそうす。（御門）御返り御らんずれば、

（文詞）いともかしこきはをき所も侍らず。かかるおほせごとにつけても、かきくらすみだり心ちになん。

（更衣母）あらき風ふせぎしかげのかれしよりこはぎかうへぞしづ心なきなどやうにみだりがはしきを、心おさめざりけるほどと御らんじゆるすべし。」（14オ）〈絵3〉

絵3　壺前栽の帝

【鑑賞】 帰りを待ちかねていた帝は、命婦から里の様子を詳しく聞き、命婦も北の方の悲哀を感傷的に告げる。ここには何も語られていないが、もちろん帝はそこから源氏参内の確約を得たことを知る。それを手紙で確認したところ、北の方の返歌（二四章参照）は「乱りがはしき」ものであった。この「乱りがはしき」とは書きざまをいうのであろうか、歌の内容であろうか、それとも両方を含むのであろうか。歌についても帝に対する非難というか、帝（源氏の父）の存在を無視したものであった。

本来ならば不敬罪に問われても仕方のないところだが、娘を失って今は分別を弁えられないだろうからと、帝は寛容に見過ごす。北の方から無理やり源氏を奪い取るのだから、恨み言の一つや二ついわれても仕方あるまい。これを北の方の策略であると見るのは、あまりに深読みしすぎだろうか。

なお「べし」はこれまで述べてきたように草子地であり、帝本人ではなく、語り手がそのように規定していることに注意しておきたい。

三四章　述　懐

（御門心）いとかうしも、（人にイ）みえじとおぼししづむれど、さらにえ忍びあへさせ給はず。御らんじはじめし年月のことさへかきあつめ、よろづにおぼしつづけられ

て、時のまもおぼつかなかりしを、かくても月日はへにけりと、あさましうおぼしめさる。

故大納言のゆいごむあやまたず、宮づかへのほいふかくものしたりしよろこびは、かひあるさまにとこそ思ひわたりつれ、いふかひなしやとうちのたまはせて、いと哀におぼしやる。かくてもをのづからわか宮などおひいで給はば、さるべきついでもありなん。命ながくとこそおもひねんぜめ」（15オ）などの給はす。

【鑑賞】「見ゆ」は物語に多出する表現である（異本の「人に見えじ」は河内本・別本等に見られる）。どうやら登場人物達は、他人の眼・世間の眼を異常なまでに気にしている。人がどう思うか、あるいはどう見るかをいつも配慮し、それによって自らの行動を抑制することが多い。天皇でさえも周囲の女房達の眼を気にし、感情の赴くままに振る舞えない。若菜上巻の紫の上も、女三の宮の降嫁後、女房の眼を気にして無理にそしらぬ顔をしていた。家の女房といえども、必ずしも気を許していないわけである。むしろ女房は他人のはじまりであった。

「かくても月日は経にけり」は、例によって『古今集』の「身を憂しと思ふに消えぬものなればかくても経ぬる世にこそありけれ」（八〇六番）を踏まえたものであろう。同様の表現は幻巻にも「今まで経にける月日よと思すにも、あきれて明かし暮らしたまふ」（543頁）と出ている。最愛の更衣を失い、その追慕の悲しみにくれながらも、死ぬことのできぬわが身を自覚する帝であった。だからこそ源氏の未来に対する期待も生じるのであるが、今は帝の悲哀をいかに描写するかに力点があった。

桐壺更衣の出仕に関しては、明石入道の発言に「故母御息所は、おのがをぢにものしたまひし按察大納言の御むすめなり。いと警策なる名をとりて、宮仕えに出だしたまへりしに、国王すぐれて時めかしたまふこと並びなかりけるほどに、人のそねみ重くて亡せたまひしか」（須磨巻211頁、ここで初めて按察兼任の事実が明かされる）とあり、やはり美人の評判が高かったようである。またこの「宮仕への本意」は、故大納言の「この人の宮仕への本意必ず遂げさせ奉れ」という遺言を受けての発言であろう（二八章参照）。「かひあるさま」は「いふかひなし」と対応しているようだが、それを帝が「思ひわた」っていたとなると、やはり両者の間に密約めいたものがあったことになる。

なお「さるべきついで」に関して、『湖月抄』にはズバリ「若宮を東宮にもと思召す御心なるべし」と注してある。この帝の言葉は、また使いが北の方の所に伝えに行くのであろうか。

三五章　長恨の人

（命婦）かのをくりもの御らんぜさす。（御門心）なき人のすみかたづねいでたりけん、しるしのかんざしならましかばとおもほすもいとかひなし。

（御門）尋ね行まぼろしもがなつてにても玉のありかをそことしるべく

ゑにかける楊貴妃のかたちはいみじきゑしといへども、筆かぎりありければいとにほひなし。大液の芙蓉未央の柳もげにかよひたりしかたちを、からめいたるよそひはうるはしうこそありけめ、なつかしうらうたげなりしをおぼしいづるに、〽花鳥の色にもねにもよそふべきかたぞなき。朝夕のことくさに〽はねをならべえだを」（15ウ）かはさむとちぎらせ給しに、かなはざりける命のほどぞつきせずうらめしき。

【鑑賞】命婦の持ち帰った北の方からの贈り物のなかに、御髪上（みぐしあげ）の調度があった。今それを帝（みかど）が御覧になっているのであるが、帝はふとその中のかんざしに目をとめた。途端に「鈿合金釵寄せて将って去らしむ」「太液の芙蓉未央の柳」「天に在りては願くは比翼の鳥と作らん」「天は長く地は久きも時有りて尽く、此恨みは綿綿として尽くる期無からん」などを下敷きにした「長恨歌」の引用がちりばめられる（『源氏物語』の作者は、通行の「絶」本ではなく現存しない「尽」本を参照していたらしい）。ここを強調するために、わざわざ「長恨歌」の絵が提示されていたのである。帝は今まで見ていた絵中の楊貴妃と亡き桐壺更衣の面影を重ねようとした。

文中の「げにかよひたりし」については、従来の注釈等では主語を楊貴妃のことと解釈している。しかしここに過去の「し」が使われているからには、桐壺更衣のことと見なければならないのではないだろうか。

ここでは実見している長恨歌絵の楊貴妃と桐壺更衣の類似を上げ、その上で両者の相違点（差異）が明確に示されていると見たい。もはや楊貴妃との二重写しは意味をなさなくなったのである。

容貌（美）がどのように類似していようとも、唐様の衣装を纏った「うるはし」き楊貴妃は、所詮「らうたげ」な桐壺更衣とは異なるものでしかない（美の対立）。どうやら唐絵の手法では更衣のすばらしさは表現できないようで、むしろ大和絵の方が似合っているようだ。端正な美には、どことなく権力的な威圧感が漂っている。ただし桐壺更衣自身が唐めいた儀式様の服を着ていたと読むこともできなくはない。十二単が常服になったのがいつ頃か未詳だからである。

醍醐帝後宮の女性達は、一体どのような服装をしていたのであろうか。服飾文化史研究の進展を期待したい。もっとも「唐めいたる」の意味は必ずしも中国風の服装（「唐の」とは別）ではなく、「唐めいたる白き小袿」（玉鬘巻136頁）・「白き御衣の唐めきたる」（藤裏葉巻444頁）等からすると、模様や柄のこと、あるいは舶来の上質品のことと見るのが妥当かもしれない。漢と和・公と私の対比を含めて、考える余地はまだ残されている。

血は争えないもので、源氏も「うるはし」き葵の上を避けて、「らうたげ」な夕顔にひかれるのであった。これは帝からの見えない相続であり、そして亡き母への潜在的思慕によるのであろう。しかし夕顔との類似を想定すると、桐壺更衣に関する読みを再検討しなければならなくなる。つまり夕顔に対する人物規定は、若き源氏の思い込み（誤解）であったからである（吉海「夕顔物語の構造」『源氏物語研究而立篇』参照）。もしかすると、桐壺更衣の性格設定にも、若き帝の思い込みがなかったかどうか。極端にいえば、更衣はただの「らうたげ」な女ではなく、むしろ表面的にそう振る舞う（演技する）ことによって、帝の寵愛を独り占めにしていたのかもしれないのである。一族の野望を担って入内し後宮で生活する以上、それくらいの〈したたかさ〉はむしろ必要ではないだろうか。

とにかく更衣自身も大納言家の遺志を担って入内しているのだから、帝の寵愛を得るための努力をしたに違いない。帝の言葉のなかにも、光源氏の立太子を匂わせるような言い回しがなされている（三四章）。これは祖母に対する慰めの言葉であると同時に、読者の期待感をも高めており、それが見事に裏切られるところに面白みがあるのだ。

ところでこの「なつかしうらうたげなりし」という部分、河内本では「なつかしうらうたげなりし有様は、女郎花の風に靡きたるよりもなよび、撫子の露に濡れたるよりもらうたく、なつかしかりしかたちけはひ」とあり、桐壺更衣の記述が増大している。これは青表紙本か河内本かを見分けるポイントになっている箇所である。しかも面白いことに、別本では「女郎花」が「尾花」に入れ替わっており、三者三様の特徴を表している。本来は「尾花」であったものが、「女郎花」に改変されたらしい。青表紙本など目移りで二行分飛んだ可能性もある（三谷栄一氏「尾花か女郎花か」『物語史の研究』有精堂出版参照）。

この表現を引用したと思われる『住吉物語』には「をみなへしの露おもげにて」とあり、河内本との関係が想定される。また『唐物語』には「撫子の露に濡れたるよりもらうたく、青柳の風に随へるよりもなよらかに」とあり、これも河内本の本文に近い。一方『無名草子』（源氏物語評）には、「尾花の風に靡きたるよりもなよびかに、撫子の露に濡れたるよりもらうたくなつかしかりし」とあり、これは別本系本文に依っているのであろう。これらの場合、作品の成立が河内本校訂よりも先行するとすれば、河内本を見たとはいえなくなる（もちろん『住吉物語』などは成立後に改訂した可能性も高い）。つまり河内本や別本の本文は、それ以前の古伝本に存したもので、むしろ青表紙本が切り捨ててしまったのではないだろうか（池田利夫氏「漢籍受容と源氏物

語」『源氏物語の文献学的研究序説』笠間書院参照)。

ここで注意すべきは帝の歌である。これとそっくりの歌が、幻巻に見られるからである。紫の上を失った翌年の秋、源氏は「大空をかよふまぼろし夢にだに見えこぬ魂の行く方たづねよ」(545頁)と詠じている。帝と更衣の果たしえなかった愛の課題を担った源氏も、歳月を隔てて帝と同じ運命に嘆くわけである。わざわざ臣籍に降下させられて、栄耀栄華を極めた源氏であったが、最終的に最愛の紫の上を失ってしまう。

親子とはいえ、二人の人生の究極の一致が悲しく、また「長恨歌」の「此恨み綿綿として尽くる期無からん」(あるいは「李夫人」の「此恨み長しへに在りて銷ゆる期無からん」)という語句の趣旨がここまで呪縛していることに驚かざるをえない。「長恨歌」は恋愛物語の永遠の命題であろう。光源氏物語は、その始まりと終わりをこのように呼応させているのである。また夕顔や葵の上の死に関連して引用されている点、「長恨歌」には死のイメージが漂っている。

「羽をならべ枝をかはさむ」に関しては、この時代「長恨歌」が楊貴妃物語として和風になっていたことを考慮すると、宣耀殿女御の「いきての世死にての後の後の世も羽をかはせる鳥となりなむ」(『村上御集』)と、村上天皇の「秋になることの葉だにも変はらずはわれもかはせる枝となりなむ」(同)という贈答歌からの引用と見た方がいいのかもしれない。

もちろん帝自身も先程まで「長恨歌」の絵を見ていたのだから、その発想そのものは決して目新しいものではない。なお「花鳥の色にも音にもよそふべきかたぞなき」という表現には、紫式部の祖父藤原雅正（まさただ）の「花鳥の色をも音をもいたづらにもの憂かる身はすぐすのみなり」（『後撰集』二一二番）歌が踏まえられているらしい。どうやら紫式部は一族の和歌を意図的にしばしば用いており、ちゃっかりと自家の宣伝をしているようである。

三六章　観月の宴

風のをと虫のねにつけて、もののみかなしうおぼさるるに、弘徽殿にはひさしううへの御つぼねにもまうのぼり給はず。月のおもしろきに夜ふくるまであそびをぞし給なる。（御門心）いとすさまじうものしときこしめす。此比の御けしきをみたてまつるうへ人女房などは、かたはらいたしときけり。（地）いとをしだち（弘徽殿）かどかどしき所ものし給ふ御かたにて、ことにもあらずおぼしけちてもてなし給なるべし。

【鑑賞】『源氏物語』の作者は視覚・嗅覚だけでなく、聴覚、つまり声や音にも異常に敏感だった（三田村雅子氏「〈音〉を聞く人々―宇治十帖の方法―」『物語研究』新時代社参照）。

三〇章でも虫の音が比喩的印象的に用いられていたが、ここも音によって抒情性をかもしだしている。しかし場合によっては、美的であるはずの管弦の遊びが、まったく逆の意味を持つこともある。弘徽殿が催した観月（八月十五夜？）の宴会がその好例である。

亡き更衣の思い出に浸る帝にとって、彼自身も更衣との思い出の中で管弦の場面を幻想（かぐや姫の昇天と二重写し）していたにもかかわらず、弘徽殿の管弦は極めて不快な不協和音でしかなかった。弘徽殿は比較的清涼殿に近く、いやでも音が耳に入る。

一方、弘徽殿にしてみれば、死んでしまった更衣にいつまでも拘泥している帝に腹が立つし、密かにその里方に勅使を差し向けることによって、源氏の立太子でも計っているのではと疑いたくもなる。わざわざ聞こえよがしに管弦の遊びを催し、敢えて帝の心情に反抗・敵対する所以はここにあった。もちろん物語は更衣側に視点があるので、それに背く弘徽殿は「いとおしたち、かどかどしき」女性とされてしまう。この「いとおしたち」は、底本では「いとほ（を）し+だち」と解しているようだが、「いと+押し立ち」（我を張る）であろう。「かどかどし」も良い意味の「才々し」ではなく、悪い意味の「角々し」であった。同じ秋の夜の月でも、見る人の心によってこのように異なっているのである。

しかしながら、これはなにも帝と弘徽殿という男女だけの対立ではない。光源氏の誕生（五章）で述べたことと同様に、果たして桐壺更衣の死を身内以外の誰が本当に悲しんだのだろうか。考えてみると後宮の女性達は、むしろそのライバルの死を内心喜んだはずである。もちろん更衣の死など国家的に見ればちっぽけなものであり、だからといって宮廷行事が中止されることなど決してあるまい。つまりこの場で憤っているのは、私的な帝の心情レベルであって、たとえ個人的に不快に思ったとしても、観月の宴を止めさせる正当な理由などどこにもないのである。

逆にいえば、弘徽殿側にとってこの宴は重要な意味を持つ。敢えて帝の心情に反することを堂々と行っているのだから、これは次期政権を担う右大臣一家の旗揚げ（デモンストレーション）でもあった。

貴族達は右大臣につくか帝につくか、ここで選択を迫られているのであり、右大臣は宴会に誰が出席するのか（自分に何人従うか）、それをじっと観察していただろう（花宴巻も同様）。後に源氏も絵合巻において、明石の絵日記を提示することによって、自らの権勢を誇示していた。物語といえども、こういった行事は一種の比喩であり、常にその背後に政治性を読み取るべきなのである。

もっとも、だからといって必ずしも右大臣家が絶大なる権力を獲得したわけではない。現勢力としては左右大臣家が力を二分しているように見えるが、むしろ軍雄割拠の時代であり、左右大臣が連合してようやく最大勢力になっているのであるから、決して左大臣一派を無視できないはずである。この連合政権にしても、結局朱雀帝の東宮（母承香殿女御）の外戚たりえず、政権はいとも簡単に髭黒方に移行してしまう。

三七章　独　詠

月もいりぬ。

（御門）雲のうへもなみだにくるる秋の月いかですむ」（16オ）覧あさぢふの宿

（御門心）おぼしやりつつともし火をかかげつくしておきおはします。

【鑑賞】「雲の上も」歌には、善滋為政の「九重のうちだに明き月影に荒れたる宿を思ひやるかな」（『拾遺集』一一〇五番）歌が踏まえられている。「浅茅生の宿」とは、祖母の詠歌「虫のねしげき浅茅生に」（三〇章）を受けたものである。この歌語に関して岩波の古語辞典には、「万葉集・古今集では叙景や恋の歌にも使われるが、源氏物語以後はヨモギ・ムグラと共に淋しい荒廃した場所の象徴とすることが多い」という興味深い解説が述べられているが、ここでは三〇章で述べたように「長恨歌」の崩れた引用と考えておきたい。

「ともし火をかかげつくして」にしても、やはり「長恨歌」の「孤燈挑げ尽くして未だ眠を成さず」の明らかな翻案である。しかしそれだけにとどまらず、招魂の迎え火としても機能しているらしい（林田孝和氏『源氏物語の発想』桜楓社参照）。桐壺巻は単なる「長恨歌」の換骨奪胎ではなかったのだ。

こうして停滞した時間の象徴である月が入り、夕月夜から始められた月の物語はようやく幕を閉じようとする。それと同時に更衣への哀悼・鎮魂も完了し、いよいよ光源氏を主人公とする物語が、スピードアップして開始されることになる。なお留意すべきは、更衣追悼の条が引歌等の和歌的表現の多用によって繰り広げられていることである。その点にこそ非日常言語である和歌の効力があった。作者はその効果を十分理解した上で、積極的に利用しているのである。

三八章　不　食

右近のつかさのとのゐ申のこゑ聞ゆるは、うし（丑刻也）になりぬる成べし。人めをおぼしてよるのおとどにいらせ給てもまどろませ給ことかたし。

あしたにおきさせ給ふとても〳〵あくるもしらでとおぼしいづるにも、猶あさまつりごとはをこたらせ給ぬべかめり。ものなどもきこしめさず、あさがれゐのけしきばかりふれさせ給て、大床子の御ものなどはいとはるかにおぼしめしたれば、はいぜんにさふらふかぎりは、心ぐるしき御けしきをみたてまつりなげく。

【鑑賞】「宿直奏」とは近衛府の官人が毎夜定刻にその名を奏する（氏名を名乗る）ことで、「名対面」ともいう。左近の官人は亥の一刻（午後九時）から子の四刻（十二時半）まで、右近の官人は丑の一刻（午前一時）から卯の一刻（五時）までを奏した。夕顔巻にも「内裏を思しやりて、名対面は過ぎぬらん、滝口の宿直奏今こそ、と推しはかりたまふは、まだいたう更けぬにこそは」（134頁）と見えている（吉海「『源氏物語』の「時奏」を読む」國學院雑誌121―5）。

なお当時は丑の刻（夜）までが当日で、寅の刻（暁）以降は翌日と考えられていた。もしここが前からの一続きであるなら、命婦は丑の刻までに戻れたことがわかる（三○章参照）。当然「あした」は寅の刻以後、つまり翌朝となる。

帝はここでひどく「人目」を気にしている。かつて更衣を寵愛していた時は、まったく周囲を気にしていなかったはずなのに、更衣の死後に急変したのはなぜであろうか。考えられることは、皇子である光源氏の将来を案じての自重か、あるいは帝自身の立場を安泰にするためであろう。どちらにしても意識的な配慮なのである。

「明くるも知らで」とは、引歌表現であり、「玉簾明くるも知らで寝しものを夢にも見じと思ひかけきや」（『伊勢集』）を踏まえている。ただし面白いことにこの歌は、「長恨歌の屛風を亭子院のみかどかかせたまひて、その所々よませたまひける」という詞書からも明らかなように、長恨歌屛風絵を詠んだ歌であった。つまりこれも間接的な「長恨歌」引用なのである。続く「朝政」は直接に「長恨歌」の「春宵苦だ短くして、日高くして起く、是れより君王早朝せず」を引用したものであるが、すでに更衣は亡くなっているので、引用の内実は違っている。ここに「長恨歌」引用の多様性が認められる。

もちろんそれだけでなく、これを廃朝と見れば、文学的修飾だけでなく、生々しい政治性が浮上してくる。帝側からとらえれば、政務を遅延させることは右大臣側に対する精一杯の抵抗（復讐）なのかもしれない。摂関体制のなかの天皇制において、帝にできる抵抗といえば、おそらくそれくらいのものであろう。

ところで「朝餉」とは朝御飯のことではなく、朝餉の間における略式の食事であり、回数も決まっているわけではない。それに対して昼の御座における公式の食事を「大床子の御膳」という。これも昼御飯のことではなく、朝夕二度の食事である。神的存在の天皇としては、神様にお供えするような視覚だけによる食事もあり、その方が祭儀的な意味としては重要であった。

もっとも配膳の人々（朝餉には女官が奉仕し、大床子の御膳には殿上人や蔵人が奉仕する）にとって、帝の食欲不振は自分達の責任問題となるだろうから、その意味でも嘆かざるをえまい。

こうして母を失った光源氏は、丸裸同然になった。裸の源氏に残されたものは、輝くばかりの美しさだけである。この美貌を唯一の武器として、源氏はこれから栄華への遠い道のりを歩いていかなければならない。物語の主人公といえども、決して敷かれているレールの上を安直に進んでいるわけではないのだ。これから幾多の困難を切り抜け、時として友をも踏台にしながら、数十年の歳月をかけて権力の座を手に入れるのである。我等がヒーロー光源氏の人生の第一歩は、予想外に深刻なものであった。

三九章　廃　朝

すべてちかう」(16ウ) さぶらふかぎりは、おとこ女いとわりなきわざかなといひあはせつつなげく。さるべきちぎりこそはおはしましけめ。そこらの人のそしりうらみをもはばからせ給はず、この御ことにふれたることをば、だうりをもうしなはせたまひ、いまはたかく世のなかのことをもおぼしすてたるやうになりゆくは、いとたいだいしきわざなりと、人のみかどのためしまでひきいでささめきなげきけり。

【鑑賞】死後も変わることなき更衣への愛、それは更衣としては何よりの喜びであるけれども、そのために帝が政治を忘れては、国家の一大事である。
　更衣の排除(死)によって後宮の秩序は回復するかに見えたが、さすがに帝の心の中の更衣への思慕は排除できなかった。当然、更衣は死して後まで悪者扱いされざるをえない。それほどまでに寵愛(ちょうあい)が深かったのだが（計算外？）、それは更衣の鎮魂として機能する一方、後宮の女性や政治家達にとって好ましからぬ事態であった。

そう考えると、続いて展開する光源氏の序章としては、将来の不安が増大せざるをえない。このままでは源氏は、更衣の子供というだけで白い眼で見られてしまうからである。さらに深読みすれば、帝位の剝奪(はくだつ)という可能性も否定できない。

なお「たいだいし」とは、「たぎたぎし」の音便とされている。もっとも「たぎたぎし」は『古事記』や『風土記』等古い用例ばかりで、平安朝の仮名文では「たいだいし」が用いられているので、音便というだけでは説明できないかもしれない（本居宣長は『源氏物語玉の小櫛』で「たみたみし」の音便と解釈している。なお原田芳起氏「「たいだいし」考」『平安時代文学語彙の研究』風間書房参照）。

第三部　光源氏の臣籍降下（賜姓源氏の物語）

四〇章　若宮参内

月日へてわか宮（源氏）まいり給ぬ。いとどこの世の物ならずきよらにおよすけ給へれば、（御門心）いとどゆゆしうおぼしたり。

【鑑賞】ここで悲しみの物語から、いよいよ若宮の物語へと転換する。と同時に物語には、以後「長恨歌」をはじめとする引歌すらも用いられなくなる。内容に合わせて文体が大きく変化しているのであろう。

「月日経て」に、どれくらいの空白時間を想定すればいいのか、やっかいである。むしろ源氏参内の約束を取り付けてから、かなり長い歳月（服喪期間？）が経過しているると見た方がいいかもしれない。少なくとも源氏三歳のときに更衣が亡くなったのだから、四歳と見ても一年、五歳と見れば二年は経過していることになる（『湖月抄』は五歳参内説）。

後見のいない源氏が、現在のような危うい状況のもとで生き抜くには、異常なまでの美的条件を必須とした。

もちろん出家（リタイア）でもすれば問題ないのだが、それでは物語が続かない。これから源氏が、彼の成長に好意を寄せない人々のなかで交わっていくためには、個人的な才能と美質が不可欠なのである。はたして源氏には、生まれながらに美が備わっていた。今度はその才能のすばらしさが、これでもかと執拗（しつよう）なまでに語られる。従来の昔物語の主人公達が、天与のものとして授けられていた美貌（びぼう）や才能が、『源氏物語』では、主人公が生きるための内面的な必然として付与・獲得されている点にも注目すべきであろう。

四一章　立太子

あくるとしのはる坊（朱雀院）さだまり給にも、いとひきこさまほし」（17オ）うおぼせど、御うしろみすべき人もなく、また世のうけひくまじきことなれば、中々あやうく覚しはばかりて、色にもいださせ給はずなりぬるを、さばかりおぼしたれど、かぎりこそありけれと、世の人もきこえ、女御（弘徽殿）も御こころおちゐ給ぬ。

【鑑賞】源氏参内に続いてすぐに「明くる年」とあり、たった一行ほどで一年が経過する。そして源氏六歳の時、ついに第一皇子が立太子した（季節を春としたのは、春宮に掛けた洒落（しゃれ）か）。帝（みかど）は源氏を東宮にしたかったらしいが、天皇といえども専制君主たりえず、ついに右大臣一派の勢力に、そして世の常識に屈した。源氏には強力な後見人がいないのだから、それもやむをえまい（ただし桐壺帝の後見人も不在だったはず）。

作者はここでも「限り」にこだわっている。なお同じく後見人の不在を理由に立太子できなかった例として、一条天皇の第一皇子敦康（あつやす）親王（定子腹）の存在は明記しておきたい。『大鏡』には「一の親王をなむ東宮とすべけれど、後見すべき人のなきにより思ひかけず。されば、二の宮を立て奉るなり」と類似した表現が見られる。

逆に考えれば、直前まで一の宮の立太子を引き延ばさせたわけであり、少なくともその時まで源氏立太子の可能性は残されていたことになる。「色にもいださせ給はず」という文脈は、かえって帝の内側に潜む源氏立太子の思いを表現していることになる（帝はここでも他者の目を気にしている）。だから更衣亡き今も源氏は危険分子だったのである。

例えばここで左大臣が、娘葵の上との結婚を条件に源氏の後押しをしていたら、あるいは源氏立太子が実現していたかもしれない。しかし物語は源氏の皇位継承をテーマに据えていないので、左大臣の出番はもう少し遅れる。

これで弘徽殿もようやく「東宮の女御」と呼ばれる資格を得た（五三章参照）。この東宮の女御とは、東宮に入内した女自身と、東宮の母である女御をいう場合がある。当然ここは後者であり、弘徽殿は桐壺帝の女御というより、次期天皇である東宮の母として据え直されたわけである（しかしまだ后(きさき)の椅子は手に入れられない）。帝への愛が遠ざかるかわりに、実を手に入れたわけだが、それが女の幸せかどうかは断言しにくい。

後に帝は「春宮の御母にて二十余年になりたまへる女御をおきたてまつりて」（紅葉賀巻３４８頁）新参の藤壺を立后させ、その際弘徽殿に「春宮の御世、いと近うなりぬれば、疑いなき御位なり。思ほしのどめよ」（３４７頁）と言い訳している。東宮が即位すれば、必然的に皇太后になるはずだから我慢しろというのだが、この言葉には長年連れ添ってきた妻に対する愛情のひとかけらも感じられない。これも桐壺更衣の死に対する帝の報復かもしれない。

弘徽殿は女としては不幸な人生だった。なお皇后と中宮は本来同じことなのだが、それが分離して別個に用いられるようになると、今度はそこに微妙な違いが生じてくる。つまり中宮という呼称は帝の寵愛（ちょうあい）を受けていることを前提にし、一方皇后はすでに寵愛なき呼称として用いられている。

その意味では、『伊勢物語』に登場する二条后（高子（こうし））の引用かもしれない。二条后も清和天皇の女御でありながら后にはなれず、わが子貞明（さだあきら）親王（陽成（ようぜい）天皇）の即位によってようやく皇太后の位を獲得しているからである。しかも『古今集』には「春宮の御息所」という呼称がしばしば用いられていた。

もちろん弘徽殿には密通の可能性は閉ざされているが、そのかわりに妹朧月夜と光源氏の密通が準備されている。また朱雀帝の早期退位も、陽成帝の場合と二重写しになっているのかもしれない（眼病という点では三条天皇と共通する）。その朱雀帝の時代にも皇后は不在であり、東宮の母である故承香殿女御（髭黒大将の妹）が東宮即位（朱雀帝退位）後に、ようやく皇太后の位を追贈されている。

面白いことに、道長の娘彰子の立后に際して、藤原行成（ゆきなり）の『権記』長保（ちょうほ）二年正月二十八日条には「当時所坐藤原氏皇后、東三条院・皇太后宮・中宮、皆出家ニ依テ、氏祀ヲ勤ムル無シ」云々(うんぬん)とあり、藤原氏の后が皆出家しているために氏神の祭に奉仕できないことを最大の理由としてあげている。『源氏物語』の読みにも、こういった視点からの問いかけは必要ではないだろうか。

そうなると藤壺(桐壺帝后)・梅壺(冷泉帝后)・明石姫君(今上帝后)と、藤原氏ならぬ后の連続がいかに異常であり、現実(歴史)離れしているかが容易に納得できるであろう。これは明らかに藤原氏に対する批判なのである。

四二章　祖母の死

かの御おば北のかた(更衣母)なぐさむかたなくおぼししづみて、(更衣ノ)おはすらむ所にだにたづねゆかんとねがひ給ししるしにや、つゐにうせ給ぬれば、またこれをかなしび覚すことかぎりなし。みこ(源氏)むつになり給としなれば、この度は覚ししりて恋なき給ふ。

年比なれむつびきこえ給へるを、みたてまつりをくかなしびを」(17ウ)なん返々の給ひける。

【鑑賞】東宮決定の直後、次は祖母の死が描かれる。たった一人のかわいい孫を残しながら、死を望むというのも妙な話ではないだろうか。おそらく源氏立坊という最後の望みを失ったことで、祖母君はついに力尽きたのであろう。つまり一の宮の立太子が、祖母の死の直接の原因ということになる。もはや源氏即位の大望（幻想）は完全に打ち砕かれた（同時に読者の期待も見事に裏切られる）。

しかし逆に考えれば、祖母は今までそれを期待していたわけであり、期待できる状況だったことになる（三四章参照）。そして今、源氏は唯一の後見をも失った。祖母の存在がそれほど強大であるとは思えないが、それでも物語は源氏を徹底的に孤立させたいらしい。これで大納言家は完全に断絶し、改めて源氏の臣籍降下によって新しい家（源氏）が誕生することになる。

源氏が母を失ったのは三歳の時で、その悲しみを理解することもできなかった（一六章）が、今度は六歳であり、祖母の死を悲しみうる年齢に達していた。必然的におばあちゃん子であったろう。しかし葬儀や服喪など具体的なことは一切省略され、物語はせわしなく先へ先へと進行する。なお紫の上の尼君死去の部分に「故御息所に後れたてまつりしなど、はかばかしからねど思ひ出でて」（若紫巻197頁）とある点、桐壺巻とやや矛盾しているようにも思われる。これなど六歳時の祖母の死の記憶が混同しているのではないだろうか。

四三章　七　歳

（源氏）いまはうち（内裏）にのみさぶらひ給。ななつになり給へば、ふみはじめなどせさせ給ひて、世にしらずさとうかしこくおはすれば、あまりにおそろしきまで御覧ず。

【鑑賞】続いてあっさりと数行でまた一年が経過し、源氏七歳の読書初めのことを語る。これについては『花鳥余情』に「御書始には御注孝経或は貞観政要をよみはじめ給ふ也」と注してある。また『今鏡』にも「十一月には二宮御書始めとて、式部大輔挙周（たかちか）と聞えし博士、御注孝経といふ書、教へたてまつりて」（すべらぎの上巻）と見えている。

文章博士から玄宗注孝経の読みを習うのであるが、ここでも恐ろしいほどの源氏の聡明（そうめい）さが強調される。源氏が生き残るためには、これから超人的な才能を発揮していかなければならないからである。あるいは祖母の死によって源氏が完全に無力化したために、源氏に対する迫害も収まったのかもしれない。後見なき皇子など恐れるに足らぬ存在であったから。こうして源氏が丸裸になって、ようやく左大臣という後見人の存在が可能となる。

もっとも須磨巻において、「七つになりたまひしこのかた、帝の御前に夜昼さぶらひたまひて、奏したまふことのならぬはなかりしかば」（184頁）と記されており、源氏自身がそれほど危機感をもっていたわけではないのかもしれない。なお「七歳」というのは、物語において特別の年齢と見ることもできそうだ。

四四章　母なし子

（御門詞）今はたれもたれもえにくみたまはじ。ははは君なくてだにらうたうし給へとて、弘徽殿などにもわたらせ給ふ御ともには、やがてみすのうちにいれたてまつり給。いみじきもののふあたかかたきなりとも、みてはうちゑまれぬべきさまのし給へれば、えさしはなちたまはず。女御子たちふた所、此（弘徽殿）御はらにおはしませど、なずらひ給べきだにぞなかりける。

【鑑賞】幼年であっても、本来は男子は御簾のなかには入れないものらしい。にもかかわらず帝は、源氏の生命の安全を保証するため、進んで源氏を弘徽殿の前（虎穴？）に連れていく。それは源氏を弘徽殿の実子並に待遇していることを意味する（これは継母（弘徽殿）と継子（源氏）という継子苛めの構図に当てはまる）。そのために、帝は頻繁に弘徽殿へ足を向けたのである。憎んで余りある桐壺更衣の忘れ形見ではあるが、その源氏の存在によって、かえって帝の訪れがふえるという皮肉。

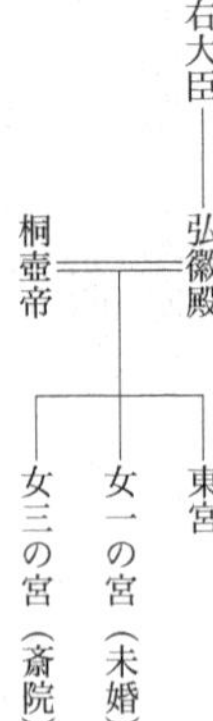

しかし弘徽殿としても源氏さえ表面的にかわいがれば、それで帝を引き付けることができるのであるから、ここはいやでも譲歩せざるをえない。帝自らが平等に振る舞っていれば、後宮はそれだけで安泰なのだ。なおここに「にも」とある点、『湖月抄』では「にもといふ詞にて、余の女御更衣たちの御かたへも御供にておはせしと知るべし」と注している。ここでも弘徽殿は後宮の代表者なのである。

仮説ではあるが、この頃に弘徽殿は久しぶりに懐妊し、女宮を出産している可能性がある。花宴巻（源氏二十歳）で弘徽殿腹の二人の皇女（女一の宮・女三の宮では年齢があわない）が一緒に裳着（普通は十二歳頃）を行っている点、普通に考えれば源氏より五歳以上は年下の妹宮ということになる。少なくともそのうちの一人をこの時期の出産とすると、ちょうど八歳違いで計算が合うのだ。ここにいたって、残念ながら弘徽殿の床避り説（八章参照）は、成り立たなくなってしまった。

ここに出ている「女御子たち二ところ」こそは、源氏と美しさを比較できる年齢（同年齢以上）なのだから、女一の宮・女三の宮なのであろう（異腹の女二の宮はまったく登場せず）。桐壺更衣の寵愛ぶりを考慮すれば、源氏と同年齢とは考えにくい。もちろん更衣が出産のために数ヶ月里下がりしていた折に妊娠する可能性は否定できない。そうすると一歳年少の妹宮になるが、藤壺入内を勧める桐壺帝の言葉に、「わが女御子たちの同じ列に思ひきこえむ」（五四章）とあり、藤壺と同世代ならば当然源氏の姉になる（おそらくは朱雀院よりも年長）。

しかし六条御息所の娘についても「斎宮をもこの皇女たちの列になむ思へば」（葵巻18頁）と述べており、この場合だと源氏よりずっと年少の妹になってしまう。これは単に桐壺帝の口説き文句（類型）なのであろうか。

もっとも花宴巻で、はじめて女一の宮・女三の宮の呼称が用いられているのであるから、二十歳をはるかに越えて裳着を行ったと見ることも可能ではある（そうなると「遅れて咲く桜二木」（３６３頁）が比喩として生きてくる）。これが女四の宮・女五の宮だったら問題ないのだが、ここに構想の変化あるいは作者のケアレスミスが生じているのかもしれない（古部恭子氏「弘徽殿女御の皇女達」『源氏物語の視角』翰林書房参照）。

もちろん高貴な内親王は結婚しないで生涯独身で通すことが多いので、貴族の姫君のように早く裳着を行う必要がないとも考えられる（八章参照）。とすると、結婚しなければならない内親王（落葉の宮・女三の宮）の悲劇性がほの見えてくることになる。いずれにせよ内親王に関しては未開拓な部分が多い（今井源衛氏「女三の宮の降嫁」

『源氏物語の研究』参照)。

四五章　美と才

御かたがたもかくれ給はず、いまよ」(18オ)り(源氏)なまめかしうはづかしげにおはすれば、いとおかしううちとけぬあそびぐさに、たれもたれも思ひ聞え給へり。
わざとの御がくもんはさるものにて、ことふえのねにも雲井をひびかし、すべていひつづけば、ことことしううたてぞなりぬべきひとの御さまなりける。

【鑑賞】源氏の美しさは、これまで敵だった女御・更衣達をもほほえませてしまうほどのものであった。実は、それが重要なのだ。〈笑い〉とは単なる行為なのではなく、それによって相手を敵対できなくするふるまいである。つまり極端にいえば、笑ったら相手に負けたことになるのだ(にらめっこと同じ)。後見人のない幼い源氏は、唯一の武器(持ち前の美)によって、かろうじて自己防衛しているわけである。だからこそ語り手は、執拗(しつよう)に繰り返し源氏の美質を語り、賛美し続けなければならないのである。

ただし源氏はこのとき七歳以上であり、すでに幼児期は過ぎていた。そんな源氏と女御・更衣達が打ち解けて遊べるはずもなかろう。「遊び種」にしても、一見ありきたりの言葉のように見えるが、『源氏物語』にはこれ以外に若菜上巻の「もてあそびぐさ」（86頁）しか使われていない。類語としては「もて悩みぐさ」（三章）・「もの思ひぐさ」（花散里巻155頁）・「慰め種」（東屋巻48頁）等がある。

なお「わざと」の学問とは正式かつ公的な学問のことで、漢学を意味する。具体的には三史五経のようなもののことであるが、政治家としての教養（漢詩とか儒学）をも意味している。それのみならず音楽の才能等々、源氏は物語の主人公に相応しくオールマイティの天才（スーパーヒーロー）なのである（ただし精神面は未熟）。

四六章　高麗の相人

そのころこまうどのまいれるがなかに、かしこきさうにんありけるをきこしめして、宮のうちにめさむことは、うだのみかどの御いましめあれば、いみじうしのびて、このみこ（源氏）を、鴻臚館につかはしたり。御うしろみだちてつかうまつる、右大弁のこのやうにおもはせてたてまつる。」（18ウ）〈絵4〉

【鑑賞】「その頃」という発語（言い出しの言葉）の意味に注意しておきたい（吉海「源氏物語その頃考―続篇の新手法―」『源氏物語研究而立篇』影月堂文庫参照）。これは今までの物語を一旦ストップさせ、まったく新しい人物を物語に登場させる技法である。その人物が前の物語と合流することで、新しい物語の展開がなされていく。

高麗は延喜十八年（九一八年）以降一三九二年まで、四百七十四年間続いた朝鮮の王朝である。しかし高麗とはまったく国交がなかったので、困ってしまう。当時日本と頻繁に交渉があったのは渤海国（九二六年滅亡）であり、神亀四年（七二七年）以後百八十年間に三十四回も使者が来日している（日本からも十三回使者を派遣している）。その渤海のことを、文学では「高麗」と称していたのである。

つまり高麗は一国名（固有名詞）ではなく、漠然と朝鮮全般を指すのであろう（普通名詞）。もちろん当時の見方としては、中国・朝鮮は日本よりもずっと文化水準の高い国であった。まして遣唐使廃止後の唯一の通交国使として優遇されており、その渤海（高麗）の「さうにん」（相人）であるから、信憑性が非常に高いのである。『大鏡』の雑々物語中にも「狛人」の相人が登場しており、時平・仲平・忠平を占い、また実頼の素性も見破っている。これなどは桐壺巻の引用であろうか。『古事談』六―四八にも保明太子・時平・菅家・忠平を観相（予言）する説話がある。ただし相人の位置付は必ずしも明確になされていない。

鴻臚館を重視すれば、朝貢の使節と見るのが妥当と思われるが、相人の宿舎に出向いたのではなく、単に鴻臚館で会見しただけなのかもしれない。また相人という職掌は想定しにくいので、むしろ積極的に使節の大使と考えた方がスッキリするかもしれ

絵４　高麗人の観相

ない（四八章の『三代実録』参照）。

「宇多の帝の御戒」とは、宇多天皇が寛平（かんぴょう）九年（八九七年）に幼少の醍醐天皇に譲位するにあたって、天皇の心得を書いて与えたものである。そのなかに「外蕃之人必ズ召見ス可キ者ハ、簾中ニ在テ見ル、直対ス可カラズ」という条項がある。

ここでは〈寛平の御遺戒〉という具体例を持ち出すことにより、物語にリアリズムを与えているのであろう。もちろん御遺戒では直対するなといっているだけで、宮中で会ってはいけないと戒めているわけではない。つまり物語はこれを巧みにずらしながら利用し、むしろ宮廷外で会見することによって、事件の重み（秘密）を匂わせているのである。

そのためにここでは右大弁（従四位相当）という新たな登場人物が、源氏の後見（兼通訳？）として設定されている。しかし源氏と血縁関係にあるとも思えない。単に帝（みかど）の依頼によるものであろうか（だから「だちて」なのであろう）。後の源氏元服（六三章）に際しても登場しているけれども、そうなると完全に源氏側の人物となり、当然右大臣一派には敵視されるのだから、相当の覚悟がいるに違いない。彼にとっては一生を左右する大きな賭（か）けであった。

この「いと才かしこき博士」である右大弁のモデルとして、宇多天皇とのかかわりから菅原道真（すがわらのみちざね）があげられている。『菅家文草』に渤海の使節と贈答した漢詩が数篇載せられていることも一つの証拠になる。

なお梅枝巻に「故院の御世のはじめつ方、高麗人の奉れりける綾」（403頁）とあり、仮に高麗人をこの一行だとすると、まさにこの場面は桐壺帝在位の前期となり、源氏誕生前に即位したことになる。あるいは桐壺更衣も桐壺帝東宮時代に入内したと考えるべきであろうか。そうなるとモデルである原子と完全に符合する。

四七章　観　相

相人おどろきて、あまたたびかたぶき、あやしぶ。くにのおやと成て、帝王のかみなきくらゐにのぼるべき相おはします人の、そなたにてみれば、みだれうれふることやあらん。おほやけのかためとなりて、天下をたすくるかたにてみれば、またその相たがふべしといふ。

弁もいとざえかしこきはかせにて、いひかはしたることどもなん、いとけうありける。

【鑑賞】「あやしぶ」とは漢文訓読的な表現であり、普通は「あやしむ」という。ここはわざわざ高麗人の言動であることを意識して、あえてそう表記しているのであろう。これなど書写者が安易に改訂していたら、それで永遠に消滅する微妙な問題である。

さて高麗人の相人の観相（予言）に関しては、森一郎氏の一連の御労作をはじめとして、様々な論議がなされている（森一郎氏「桐壺巻の高麗の相人の予言の解釈」青須我波良26参照）。しかしながら森氏自身が旧稿の撤回・修正を続けておられるように、今なお定説を見ない現状である。この謎解きの面白さは、源氏物語研究の醍醐味といえるかもしれない。

相人が「あまたたび」首を傾けたのは、まず源氏が右大弁の子であることに不審を抱いたからであろう。しかし直後の「国の親と」以下の予言（日本語でしゃべったのではあるまいが）は、もはや右大弁の子としてではなく、源氏を皇子と見破っての観相と見たい。その予言の力の及ぶ範囲はどこまでなのか、すでに国父（冷泉帝の父）としての源氏の〈准太上天皇〉（藤裏葉巻）を見越してのことなのか、あるいは潜在王権として作用する装置なのか、それとも次期東宮の可能性を断念させるものなのか、はたまた一国の始祖という意味なのかなど、枚挙に暇がないほどに論文が山積されている。

逆にいえば、物語は複数の答え（読み）を許容しているのである。物語研究において正解を一つに限定することは、かえって物語世界を狭くしてしまう恐れがある。なお底本の挿絵は、すでに相人が源氏を皇子と見破った構図になっているようである。

ところでこの予言は、『聖徳太子伝暦』中の新羅人の観相記事「太子聞日羅有異相者。奏天皇曰。兒望。随使臣等。往灘波館。視彼為人。天皇不許。太子密諮皇子。御之微服。従諸童子。入館而見。日羅在床。四望観者。指太子曰。那童子也。神人矣。于時太子麁服布衣。垢面帯縄。歟馬飼兒連肩而居」に類似しており、源氏の将来には聖徳太子までもが重ね合わせられていることがわかる。

おそらく相人自身にも帝（みかど）にも、もちろん源氏にも不透明な予言なのではないだろうか。詰まるところこれは〈読み〉の問題であり、正解の明かされない謎解きではないだろうか。無責任な言い方だが、本来占いとはそんなものであろう。しかしこれによって、光源氏が若死にしないことだけは保証された。なお「帝王」という用例は明石巻・若菜上巻にも見られる。

四八章　相人帰国

ふみなどつくりかはして、けふあすかへりさりなんとするに、かくありがたき人にたいめんしたるよろこび、かへりてはかなしかるべき心ばへを、おもしろくつくりたるに、みこ（源氏）もいとあはれなるくをつくり給」（19ウ）へるを、かぎりなうめでたてまつりて、いみじきをくりものどもをささげたてまつる。

おほやけよりもおほく（のイ）ものたまはす。をのづからことひろごりて、もらさせ給はねど、春宮のおほぢおとど（右大臣）など、いかなることにかとおぼしうたがひてなんありける。

【鑑賞】『うつほ物語』において俊蔭(としかげ)は、「七歳になるとし、父が高麗人にあふに、この七とせなる子、父をもどきて高麗人とふみを作りかはし」(19頁)としており、父が左大弁であることを含めて、ここの記述に引用されているようである。少なくとも源氏を大弁の子とすることの正当性はこれで保証されよう。

最初は皇子であることを隠して人相を見させたのだが、帰国に際して相人が贈り物を「ささげ奉る」とあり、また朝廷からも公然と下賜品があったことにより、源氏の素性が明かされていたことが判明する。ところで底本は「多く物」とあるが、青表紙本をはじめ多数の本は「多くの物」となっている。この方がわかりやすいようである。また河内本では「たまはせなどしけるを、もらさせたまはねどをのづからことひろごりて、春宮のおほぢおとどなどもきき給て」と、文脈がわかりやすいように整理されている。

一の宮が立太子したことによって、皇位継承問題は円満解決したかに見えたが、またしても帝(みかど)が秘密の行動をとったものだから、源氏をめぐる問題が再燃した。おそらく右大臣は、源氏が国の親となる相をもっていることを聞いたに違いない。だからこそ不安を募らせているのであろう。『湖月抄』には「春宮を立かへ給はんかなど思ふうたがひのあるなるべし」と注してある。もちろんその火種は帝自身が蒔(ま)いたものである。

なお光孝天皇即位前紀には、「天皇少クシテ聡明。好ミテ経史ヲ読ム。容止閑雅。謙恭和潤。慈仁寛曠ニシテ。九族ヲ親愛ス。性風流多ク。尤モ人事ニ長ズ。仁寿ノ太皇大后甚ダ親重シ。遊覧讌会之事有ル毎ニ。大后必ズ請ヒテ之ガ主為ラ令ム。嘉祥二年渤海国入覲シ。大使王文矩天皇ノ諸親王中ニ在リテ拝起之儀ヲ望見シ。所親ニ謂ヒテ曰ク。此ノ公子至貴之相有リ。其ノ天位ニ登ルコト必セリ。復タ善ク相スル者藤原仲直有リ。其ノ弟宗直藩宮ニ侍奉ス。仲直戒メテ曰ク。君王ノ骨法当ニ天子為ルベシ。汝勉テ君王ニ事ヘヨト」(『三代実録』元慶八年二月条)という興味深い記事が見られる。

これは尋常ならざる光孝天皇の即位を合理化正当化するために、後から付会されたとも考えられるが、それも天皇制には必須なのであろう。これを源氏の観相と比較すると、渤海国の王文矩(おうぶんく)が「登天位」相を告げたり、藤原仲直(なかなお)が「天子」の相を予言していることなど類似点が多い。それをこの部分の構成に利用しているのだろうが、そうすることで源氏の帝王相が一層真実味を帯びてくる。母沢子と桐壺更衣との類似を含め、こういった歴史叙述を背景にしていることは間違いあるまい。ただし作者はしばしば複数の準拠を織り交ぜているので、単純に結び付けることは避けたい。

四九章　倭相

みかどかしこき御心に、やまとさうをおほせて、おぼしよりにけるすぢなれば、いままでこのきみ（源氏）を、みこにもなさせ給はざりけるを、相人はまことにかしこかりけりと覚しあはせて無品親王の外戚のよせなきにてはただよはさじ、わが御世もいとさだめなきを、ただ人にておほやけの御うしろみをするなん、行さきも」（20オ）たのもしげなることとおぼしさだめて、いよいよみちみちのざえをならはさせ給ふ。

【鑑賞】 倭相（やまとそう）とは日本流の観相のことだが、日本人の観相見という説もある。そこでこの部分の解釈は大きく二つに分かれる。つまり帝（みかど）自身が日本流の観相を試みたのか、または観相見に観相させたのか、である。

『湖月抄』には「細流に、和国の相人もかやうに申す也、とあるはたがへり。これは相人に見せ給へるよしにはあらず。もし実の相人の如くしては、かしこき御心にといへるも用なく、おぼしよりにけるといへるもかなはず。帝の御心にかむがへ給ふことを、やまと相としもいへるは、こまの相人の事をいへる所なる故也」とある。また『夜の寝覚』巻五にはこの部分を引用して、「その道ならぬ大和相をおほせて、上なき位を極めたまはむこと、なにの疑ひあべうもあらぬ人のものしたまひける」（472

頁）とある。ここも本人が相見しているると解釈しているようである。

　その倭相見にしても帝にしても、源氏を皇子と承知の上で観相したはずである。だからその先入観は拭いきれない。しかし高麗の相人は、右大弁の子として源氏を観相し、しかも皇子と見抜いたのだから、それで「相人は賢かりけり」と驚くのである。とにかく倭相・高麗人の観相・宿曜の勘申と三種類の予言が一致することで、ようやく帝は臣籍降下を決意する。用心深いというか、なかなか決心がつかなかったというか、ここに源氏の処遇の揺れを読み取っておきたい。三種の予言が保証するのだから、源氏の将来はもはや確定したも同然であろう。後はどのようにしてそこまでたどりつくのかということに興味が移る。

「外戚」（母方の親戚）とは底本では「ぐわいせき」と訓んでいるが、本来は「げしゃく」と訓むのが正しいようである（原田芳起氏「外戚（桐壺）」『平安時代文学語彙の研究続篇』風間書房参照）。その対照語が「内戚」（父方の親戚）であり、「内戚にも外戚にも」（『うつほ物語』内侍のかみ巻230頁）という用例がある。

　まして更衣腹の皇子であり、後見すべき祖父も母も不在とすれば、臣籍降下はむしろ必然であったろう。もちろんただ生活することだけを考えれば、無品親王であってもさほど不都合はあるまい（「無品」は「謀反」との同音を避けて「むぼん」と濁って読まれる）。とすると臣籍降下という選択は、むしろ積極策であったことになる。

そもそも光源氏には帝王の相があるのだが、そうなった時の乱憂の可能性を恐れて「ただ人」にされるのである。しかし桐壺帝の即位をめぐっても、相当の乱憂があったのではなかったか。彼自身、紆余曲折し乱憂を乗り越えて帝位を獲得したのなら、我が子にも同様の道を辿らせてもかまわないはずである。

そう考えると桐壺帝の選択は、必ずしも乱憂を恐れてのことではなかったことになる。源氏即位の道は、最初から閉ざされているのだ。それにもかかわらず、それを帝の究極の判断として決定させている点に、潜在的な源氏の主人公性がある。

なお桐壺院の遺戒に「かならず世の中たもつべき相ある人なり。さるによりて、わづらはしさに、親王にもなさず、ただ人にて、朝廷の御後見をせさせむと思ひたまへしなり」（賢木巻96頁）とあるのは、この部分を受けてのことであろう。源氏に繰り返される「ただ人」「朝廷の御後見」という表現には留意してほしい。この「ただ人」とは皇族から臣籍に降下させ、源氏となることである。

五〇章　臣籍降下

きはことにかしこくて、ただ人にはいとあたらしけれど、みことなりたまひなば、世のうたがひおひ給ぬべくものし給へば、すくえうのかしこきみちの人にかんがへさせ給にも、おなじさまに申せば、源氏になしたてまつるべくおぼしをきてたり。

【鑑賞】 この「みこ」は親王の意味であるが、皇子・御子も「みこ」と読む（両者を区別するために御子を「おほんこ」と訓むこともある）。法律では、天皇の皇子及び弟はすべて親王であった。

そのため源氏が誕生後「みこ」とか「みや」と呼ばれていること、あるいは皇位継承問題が浮上していることから、なんとなく源氏はすでに親王の資格（宣下）を得ているような錯覚を抱かされていた。そして親王から臣籍に降下されるように誤読していた。ひょっとするとそこが作者の狙いかもしれない。しかし「みこ」や「みや」は必ずしも親王ではなかったのだ。

史実では、嵯峨天皇の時代に賜姓源氏の制度が始まった。また淳仁天皇以後は法の改訂をしないまま、皇子でも親王宣下がなければ正式に親王となれないことにした。その頃は天皇の皇子が非常に多く、そうでもしなければ皇室の財政がパンクするからである。敦成親王（後一条天皇）の場合など生後一ヶ月で親王になっており、その喜びのほどが知られる。

源氏の場合は第二皇子であるから、皇子が多すぎるために臣籍に降下されるのではない（一般には更衣腹の皇子が臣籍に下る）。しかし帝の妙に明解な決意によって、源氏は皇族の身分を捨て、源姓を賜わって臣下に位置付けられることになる。結局「この大臣の君の、世に二つなき御ありさまながら世に仕へたまふは、故大納言の、いま一階なり劣りたまひて、更衣腹と言はれたまひしけぢめにこそはおはしますめれ」（薄雲巻429頁）なのだ。

ただし、かつて宇多天皇は一度臣籍に降下したにもかかわらず、後に親王に復帰し即位しているのだから、これで源氏即位の可能性が完全に消失したわけではあるまい。肝心の源氏の臣籍降下の記事は、ついに物語に描かれなかったけれども、主人公が賜姓源氏となったことによって、真に源氏の物語が始動することになる。

なお「宿曜（すくよう）」とは仏教の占星暦術のことであるが、天台僧（てんだい）によって日本に伝えられ、平安中期以降は陰陽道（おんみようどう）と対立するほど盛んになっていた（藤本勝義氏「源氏物語における宿曜」『源氏物語の想像力—史実と虚構—』笠間書院参照）。

五一章　四の宮

年月にそへて、みやす所（更衣）の御ことをおぼしわするるおりなし。なぐさむやとさるべき人々をまいらせ給へど、なずらひにおぼさるるだにいとかたき世かなと、うとましうのみよろづにおぼしなりぬるに、先帝の」（20ウ）四の宮（藤壺）の御かたちすぐれ給へるきこえたかくおはします。

【鑑賞】帝は更衣の菩提を弔い、しばらくは他の女性を遠ざけていた（一九章）が、ここで一転して、積極的に更衣の代償を他の女性に求め続けた。結局、更衣が死んだからといって、帝の寵愛は他の女御・更衣には移らなかったのである。

桐壺巻の冒頭（一章）において、後宮には「あまた」の女御・更衣がいたと書かれていたが、「あまた」といってもさほど多い数ではなかった（女御の定員は四名）。むしろこの時点で後宮の人員が急増し、ようやく「あまた」になったのかもしれない。桐壺帝の後宮人員に関しては、物語の中では藤壺以外に十二名の存在が確認されている（二〇章参照）。しかも一度入内したら、たとえ帝の心が慰まないからといって、そう簡単に追い出すわけにもいかないから、これで後宮も随分賑やかになっただろう。ただしこの時点で女御となるべき家柄の女性は不在のはずである。左大臣の娘では若すぎるし、まして弘徽殿の妹では帝が納得しないだろう。本文に「さるべき人々」と敬語が使われていない点からも、更衣ばかりが増えることになる。

もし父衛門督が健在であれば、空蟬も、この時更衣として入内したのではないだろうか。また紫の上の母にしても、父の按察大納言が健在であれば、やはり入内していたはずである（桐壺更衣の再現）。しかしともに父親の死によって入内は中止され、空蟬は伊予介の後妻に、そして紫の上の母には兵部卿宮が通うようになった。

可能性としては、宇治十帖のように桐壺更衣の異母姉妹登場ということも十分あり

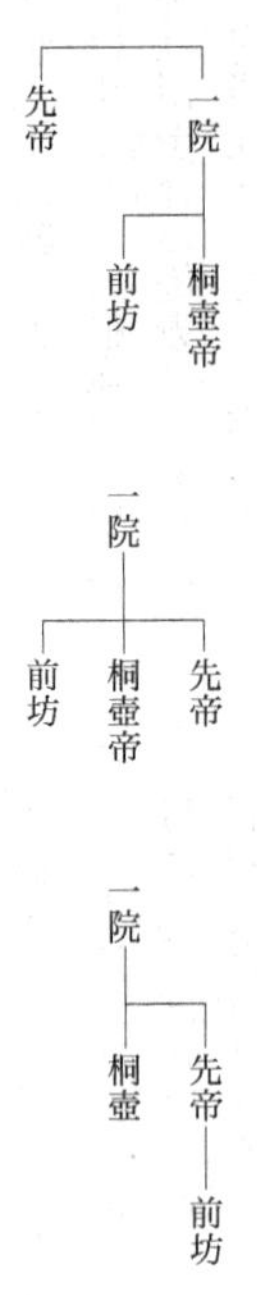

うるはずである。血縁を重視すれば更衣の姪等も考えられる。しかしそれでは身分的な問題が解決できないので、苦肉の策として「他人の空似」が浮上した。こうして桐壺更衣に似た女性として、新たに先帝の第四皇女藤壺が登場するのである。

これこそは源氏物語の創造であった。なお先帝（せんだい・せんてい）という用例は「初の日は先帝の御料」（賢木巻130頁）・「藤壺と聞こえしは、先帝の源氏にぞおはしましける」（若菜上巻17頁）に見られるが、すべて藤壺の父帝のことであった。これについては譲位せずに在位中に崩御された帝、あるいは譲位直後に院号も定まらぬうちに崩御された帝を指すという説がある（原田芳起氏「「先帝」名義弁証付「先坊」」『平安時代文学語彙の研究続篇』風間書房参照）。

そうするとモデルとして光孝天皇が浮上してくる。しかし用例からは前帝のみならず、数代前の帝を指す場合もあるので、必ずしも意味を限定できない。そのため一院との先後関係や血縁関係等の想定が困難になっている。即位の順序も一院↓先帝↓桐壺帝なのか、先帝↓一院↓桐壺帝なのか決め手がない。大方の見方は一院を先にしているようだが、原田氏など右側のような諸ケースを想定しておられる。

それに対して清水好子氏は、左側のように光孝天皇の系図との関連を重視され、縦のつながりを考えておられる（「天皇家の系図と準拠」『源氏物語の文体と方法』東京大学出版会参照）。問題の一院は紅葉賀巻ではまだ生存しており、賀宴を受けている人物である。単純に考えれば、先帝↓一院の方が良さそうにも思われるが、一院↓先帝も不可能ではない。むしろ先帝の急逝に意味を持たせれば、そこに皇位継承事件も想定が可能となり、読みとしては一層面白くなる。

五二章　典　侍

はゝぎさきよになくかしづききこえ給ふを、うへにさぶらふ内侍のすけは、先帝の御時の人にて、かの宮にもしたしうまいりなれたりければ、いはけなくおはしましし時よりみたてまつり、いまもほのみたてまつりて、うせ給にしみやす所（更衣）の御かたちにに給へる人を、三代のみやづかへにつたはりぬるに、えみたてまつりつけぬに、きさいの宮のひめ君（藤壺）こそ、いとようおぼえておひいでさせ給へりけれ。ありがたきかたち人になんとそうしけるに、（御門心）まことにやと御こころとまり

て、ねんごろに」（21オ）きこえさせ給けり。

【鑑賞】　まず、「母后」という表現に注意したい。先帝の后が今も后と称されているのは、昔后だったからというのではなく、御代が移った今も后の資格を有しているからである。后には三后といって、皇后・皇太后・太皇太后の三名がいた。皇后は天皇の嫡妻、皇太后は天皇の母で后位にあった人、太皇太后は天皇の祖母で后位にあった人をいう。しかし皇位そのものが嫡男に継承されない場合も少なくないので、必ずしも天皇の母・祖母でもなかった。

また実際は后位になかった人もいる。桐壺帝以前の帝としては、一院と先帝の存在が確認できるが、その系譜は未詳である。兄弟または別系統かもしれない（五一章参照）。またこの母后は皇后であろうか皇太后であろうか。とにかく母后が亡くなったことにより、后のポストが一つ空席になったはずである。つまりこれ以降はいつでも立后可能であることを明示しているのである。

しかしながら桐壺帝は后を立てようとはせず、紅葉賀巻で藤壺が立后するまで、実に二十年間も后の不在期間が続いていた。右大臣や弘徽殿側に立后を遠慮する理由はあるまい。とすると弘徽殿を后にしたくない、言い換えれば右大臣に権力を与えたくないという桐壺帝や左大臣の抵抗によって、ずっと立后が阻まれていたことになる。

またここに登場する典侍はちょっと曲者(くせもの)である。まず三代の天皇に仕えている点に注目したい。ここでいう三代とは、今の桐壺帝と先帝と一院の三代であろうか。「先帝の御時の人」とある点、先帝・一院・桐壺帝の方がふさわしいかもしれない。

普通の宮仕えであれば、御代が替わるときに天皇に従って宮中を退出するのであるが、こういった女官達は宮廷の内実に詳しい国家公務員として、天皇にではなく国家に仕えているのである。典侍の定員は四名であり、野分の典侍（二三章）・この典侍・そして後に源典侍が登場する。典侍には天皇の信頼できる人物（多くは乳母）を任命する場合が多いが、この典侍は決して桐壺帝の乳母ではあるまい。むしろ先帝の側に立って、入内(じゅだい)を推進しているのではないだろうか。このような情報は、典侍本来の仕事ではないはずである。しかしこういった形で様々な情報（うわさ）が流されている点には留意しておきたい。

この先帝についてだが、藤壺や兵部卿宮の年齢、さらには異腹の妹宮（藤壺女御）が朱雀帝の東宮時代に入内していることから察すると、その父である先帝は桐壺帝とそれほど年齢差がないことになる（異母兄？）。また今まで見落とされてきたようだが、先帝の一族が桐壺帝一族と網羅的に姻戚(いんせき)関係を結んでいることにも留意しておきたい（系図参照）。没落した先帝の血を復活させようとしたのかもしれないが、あるいは桐壺帝が天皇親政をめざして藤原氏の女御を拒絶しているのかもしれない。そう

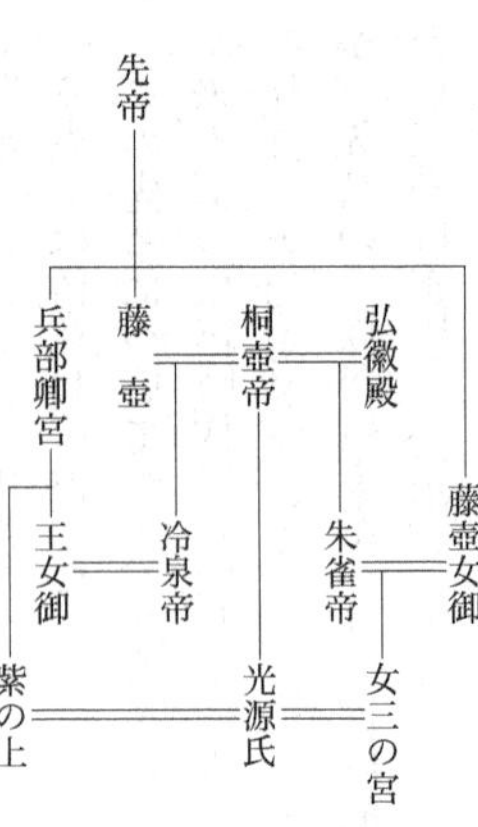

いった意図とはまったく別の次元で、源氏は「紫のゆかり」を求め続ける。

しかし皮肉なことに源氏とのかかわりによって、先帝の血筋は途絶してしまう。また物の怪が先帝の家系に祟っているとの説もあり（浅尾広良氏「六条御息所と先帝―物の怪を視座とした源氏物語の構造―」中古文学35参照）、これについてはもう少し見極める努力を続けたい。

もちろん一条天皇と三条天皇のように年齢が逆転している場合もあるので、両帝の年齢が接近していても不思議ではないのかもしれない。あるいは病気などにより先帝の在位期間は案外短かったのであろうか。少なくとも桐壺帝即位の折、先帝の第一皇子にも東宮になる可能性はあった（兵部卿は藤壺より十歳、源氏より十五歳も年長）。先帝の第一皇子は兵部卿宮ではなく、まさに故前坊であり、立派に皇太子になっていたと読むべきであろうか。

あるいは先帝は急死（含む他殺）したか、花山帝のように突然出家し、そのため我が子を立太子できなかったのかもしれない。ただし藤壺女御の存在を重視すれば、それほど早死にしていたわけでもなかろう。いずれにせよ〈先帝〉という語には、何か秘められているようなニュアンスがある。なお先帝に関する論文は、拙著『源氏物語研究ハンドブック2』（翰林書房）所収の「〈前坊・先帝関係研究文献目録〉」を参照していただきたい。

ところで「覚ゆ」は多義語であるが、ここでは似ている意であろう。四の宮が桐壺更衣にたいそう似ているというのだが、これはやや注意を要する。二人には身分差がありすぎるからである。后腹の内親王たるものが、一介の更衣に似ているとされるのは、ある意味では侮辱ではないだろうか。これなど美や愛などで片付けられる問題ではあるまい。

五三章　母　后

ははぎさきのあなおそろしや、春宮の女御のいとさがなくて、きりつぼの更衣のあらはにはかなくもてなされしためしもゆゆしうとおぼしつつみて、すかすかしうもお

ぼしたたざりけるほどに、きさきもうせ給ぬ。

【鑑賞】「東宮の女御」は東宮の母女御であり、帝の妻であるよりも東宮の母であることを強調した呼称である。次期天皇の母であることは、単なる弘徽殿女御よりも具体的な権力の象徴であった(四一章参照)。この呼称によって彼女は、桐壺帝の後宮で最も尊重される資格を手にしたのだ。しかしそれも束の間、帝の寵愛は藤壺に独占されてしまう。藤壺が桐壺に似ていれば似ているだけ、同じような問題が再発することになる。

ここでは后の発言力が強いことに注目したい。それは一条天皇における生母詮子(東三条院)の例を見れば明白であろう。母后は帝の要請さえも拒否しているのである。その背景には、母后の夫である先帝の皇統譜を桐壺帝によって途絶されたことに対する恨みが潜んでいるのかもしれない。なぜならば、そのことは必然的に母后の一族の野望を打ち砕くことになるからである。しかしそういったことは一切語られず、あくまで弘徽殿の存在に対する不安としてのみ処理されている。そうして物語は、邪魔者のその后を抹殺してまでも、藤壺入内を実行するのである。おそらく後見人の兄兵部卿の進言もあって、ようやく藤壺の入内が可能となった。

しかし物語が、藤壺入内の方向で展開しているとすれば、この母后の抵抗などほとんど意味を持たず、入内の時期がわずかばかり引き延ばされただけである。そのためだけに母后が登場しているのではないとすると、何か別の存在意義があるはずだ。

この母后の言葉は、外部から桐壺更衣の死を語った証言として重要である。やはり更衣の死には、弘徽殿が絡んでいると見られていたのである。その証言がここでなされていることを考慮すれば、おそらく藤壺入内に関しても弘徽殿が強く反対しているのではないだろうか。だからこそ母后は懸念を示しているのだろう。少なくとも藤壺はそのように理解して入内に臨んだはずである。

これに関連して非常に興味深い話が、『栄花物語』巻七鳥辺野の長保四年（一〇〇二年）記事に見られる。

あはれなる世にいかがしけん、八月廿余日に、聞けば淑景舎女御うせたまひぬとののしる。「あないみじ。こはいかなることにか。さることもよにあらじ。日ごろ悩みたまふとも聞えざりつるものを」などおぼつかながる人々多かるに、「まことなりけり。御鼻口より血あえさせたまひて、ただにはかにうせたまへるなり」と言ふ。〈中略〉これを世の人も口やすからぬものなりければ、「宣耀殿いみじかりつる御心地はおこたりたまひて、かく思ひがけぬ御有様をば、「宣耀殿ただにもあらずしたてまつらせたまへりければ、かくならせたまひぬる」とのみ聞きにくきまで申せど、「御みづからはとかく思し寄よせたまふべきにもあらず。

少納言の乳母などやいかがありけん」など人々いふめれっど、

（新編全集『栄花物語上巻』235頁）

これによれば藤原道隆の娘原子（定子の妹）が、桐壺更衣と同じように横死（服毒死？）しているのである。この原子頓死の記事は『権記』長保四年八月三日条に「昏ニ臨ミ為文朝臣来告グ、淑景舎君東三条東対御曹司ニ於テ頓滅云々、聞ニ悲キコト極リ無シ」と見え、また『小右記目録』長保四年八月四日条にも「故関白道隆娘東三条ニ於テ頓滅ノ事」と出ている。もちろん原子の場合は中関白家の娘であり最高の家柄なのだが、すでに父の道隆は長徳元年（九九五年）に亡くなっており、更衣同様落ち目になっていた（『本朝世紀』長保四年八月十四日条には「更衣藤原原子（淑景舎）今月三日頓滅」とあり、なんと更衣になっている）。

一方、相手も弘徽殿ならぬ宣耀殿（娍子――大納言藤原済時娘）であり、しかも両者の出自（父の官職）が逆転しているけれども、彼女は第一皇子（敦明親王）の母であり、後に三条帝后となっている点でやはり無視できないのではないだろうか。

もっとも原子は一条天皇の後宮ではなく、その東宮（三条天皇）の女御であった。そのため一条天皇の女御たちが、すでに梅壺（定子）・弘徽殿（義子）・承香殿（元子）を占めていた（後に彰子（藤壺）が入内する）。それを勘案すれば、桐壺という場所の意味はそれほどマイナスではないだろう。しかしその時の東宮の女御を調べてみると、宣耀殿（娍子）・麗景殿（綏子——源頼定と密通）等がおり、道隆娘の入内先としてはやはり似つかわしくないかもしれない。あるいは先述（九章）の直廬と関係するのであろうか。

原子頓死をめぐる記事が、桐壺更衣像に大きな影を落としていることは間違いあるまい。それは『源氏物語』が『栄花物語』を引用しているというのではなく、この事件を含めて中関白家の没落そのものが、まだ人々の脳裏から忘れ去られていない時期であったからである。桐壺更衣のモデルとして、この淑景舎（原子女御）を想定した論を見ないが、当時の人々は楊貴妃や仁明天皇女御藤原沢子以上に、桐壺という特殊用語を通してこの原子を連想しえたのではないだろうか。

なお大胆なことをいえば、桐壺更衣は故前坊に入内する予定であったという見方も可能かもしれない。もちろん桐壺帝の東宮時代に入内したと考えてもかまわない（四六章参照）。

ここであえて母后が弘徽殿に対して懸念を表していることは、決してそれだけでは済まない。この発言は娘である藤壺の耳にも聞こえているはずだからである。母后の死によって否応無く入内させられる藤壺にとって、この言葉はいわば母の遺言でもあり、後宮における抗争を自覚させられることになる。

藤壺は一見無邪気な内親王のようでありながら、その実、弘徽殿という脅威の存在と戦う心構えがすでにできていたのではないだろうか（三田村雅子氏「語りとテクスト」國文學36―10、吉海「藤壺入内の深層―人物論の再検討Ⅱ―」國學院雑誌93―4参照）。

五四章　入内

心ぼそきさまにておはしますに、（御門）ただわが女みこたちとおなじつらに思ひ聞えんと、いとねんごろにきこえさせたまふ。さぶらふ人々、御うしろみたち、御せうとの兵部卿のみこなど、かく心ぼそくておはしまさんよりは、うちずみをせさせ給て、御心もなぐさむべくおぼしなりて、まいらせたてまつり給へり。

【鑑賞】藤壺入内（じゅだい）は表面上は「妃（きさき）」としてではなく、あくまで「養女」として進められる（この時十四、五歳位）。だがそれは体裁であり、誰も本当の養女だなどとは信じていまい。この枠組みは、まさしく源氏と紫の上の場合と同じであった。兄の兵部卿宮は、先帝の后腹の親王でありながら、東宮になれなかった悲劇の人物である。ここで母后の意向に背いてまで妹の入内に賛成するのは、必ずしも妹が心細い様子でいるからなのではなく、むしろ自らの政治的立場を強める意図によると考えられる。

たとえ帝（みかど）の皇子といえども、立太子の望みが消えた今となっては、妹の入内でも利用しなければ、古親王として世間に取り残されてしまうに違いない。ここでもし運良く帝の寵愛を受け、皇子が誕生し、順調に育って次期皇太子になれば、兵部卿は外戚として政権を獲得できるかもしれない。彼にしてみれば、妹の入内は人生最大の、そして最後の賭けであった（吉海「兵部卿宮」『人物で読む源氏物語④藤壺の宮』勉誠出版参照）。

幸いその予想は的中し、冷泉帝が誕生する。その後、兵部卿宮は定石通りに娘（王女御）を入内させ、外戚関係を築き上げる。しかし皮肉なことに、政権はそっくり光源氏の手に渡ってしまう。摂関体制から見れば、皇族が政権を担当することはもはや不可能であり、「御母方、みな親王たちにて、源氏の公事知りたまふ筋ならねば」（紅葉賀巻347頁）とある如く、親王であるがゆえに対象から除外されたのである。

この兵部卿といい、蛍兵部卿・匂兵部卿も含めて、『源氏物語』において「兵部卿」は決して皇太子第一候補ではなく、もし第一候補に何かがあったときの保険（控え）である。有力な東宮候補の一人ではあるものの、最終的に東宮になり損なった人に与えられる悲劇の官職と考えられる。

五五章　藤　壺

ふぢ」（21ウ）つぼときこゆ。げに御かたちありさまあやしきまでぞおぼえ給へる。これは人の御きはまさりて、思ひなしめでたく、人もえおとしめ聞え給はねば、うけばりてあかぬ事なし。かれ（更衣ノ事）は人もゆるしきこえざりしに、御心ざしあや

にくなりしぞかし。（御門心）おぼしまぎるるとはなけれど、をのづから御心うつろひて、こよなくおぼしなぐさむやうなるもあはれなるわざなりけり。

【鑑賞】 先帝の内親王が後宮（飛香舎）に入内し、藤壺と称されることになる。ただし内親王は入内しても女御とはならず、令制で定められた「妃」となるらしい。実は藤壺も物語中で女御と呼ばれたことは一度もない。『後宮職員令』によれば、妃二員（右四品以上）・夫人三員（右三位以上）・嬪四員（右五位以上）となっており、妃が皇女に限られていることがわかる。その藤壺のモデルとして、醍醐天皇妃為子内親王（父光孝天皇、母斑子女王）があげられている。為子内親王はまさに先帝の后腹の内親王であった。そうすると弘徽殿のモデルは、後に大后と称された穏子（藤原基経娘、朱雀天皇母）ということになろう。なお後宮全般に関しては、須田春子氏『平安時代後宮及び女司の研究』（千代田書房）が参考になる。

それにしてもよく今まで藤壺が空いていたものだと、つい余計な心配をしてみたくなる。いかにも藤壺用に最初から押さえてあったかのようだからである。もちろん藤壺が皇族出身者に継承されていたとすると、桐壺帝は皇族からの入内を今まで拒否していたことにもなる。『うつほ物語』ではあて宮が藤壺に入内しているが、それは東宮への入内であった。そうなると当時の藤壺はさほど重要な殿舎ではなかったことになる。むしろ『源氏物語』が藤壺に価値を付与したのだ。

ここで帝（みかど）の寵愛（ちょうあい）が、故桐壺更衣から藤壺へと引き継がれる。しかし後宮の秩序を乱すことからいえば、藤壺といえども排除の対象外ではなかった。要するに第二の更衣が登場したことになる。しかし藤壺は身分も高いし、兄兵部卿宮も生存しているので、後宮の女性達も簡単には手が出せない。更衣の場合よりもさらに始末が悪い。

ところでこの「まさりて」は、一体誰より優っているのであろうか。大方の注釈書は「これ・かれ」が対比されていることから、桐壺更衣より優っているとしている。しかし桐壺更衣と藤壺の身分差ではあまりにも当り前すぎないだろうか。この場合、弘徽殿とした方が妃と女御の対比となって面白いのではないか。続く「うけばりて」は、誰はばかることなく自由に振る舞う意である。北山谿太氏はこの主語を桐壺帝と見ておられる（『源氏物語の新研究桐壺篇』武蔵野書院）が、他の注釈書ではほとんど藤壺としており、その方が良さそうである。これで藤壺は望み通り、後宮における絶対的な地位を獲得したことになるからである。これなど藤壺の人物像を再考する一資料になりうるのではないだろうか。

桐壺帝は容貌（ようぼう）の酷似した藤壺を得て、ようやく「こよなくおぼし慰む」のであった（別本系の陽明文庫本では「おぼしうつるとはなけれどをのづからまぎれて」とある）。しかし桐壺更衣との類似点は唯一容貌だけであって、その他のすべて——家柄・血筋・年齢・性格等々――は違っているはずである。高貴な藤壺は決して「らうたき」女性ではなかった。ましてあれから五年以上（？）経過しており、帝自身も人間的にかなり成長したに違いない。それでもかつて更衣に注いだ情熱を、この若い藤壺に同じように注げるだろうか。その答えは否である。

かつては一心不乱の恋であり、源氏の存在も添え物でしかなかった。しかし今では常に源氏の存在を意識しているからである。後宮の秩序も大きくは乱れていない。その点、繰り返しを避けたのかもしれないが、藤壺は桐壺更衣ほどには寵愛されなかったとも読める。

穿（うが）った見方をすれば、帝は弘徽殿（右大臣側）への復讐（ふくしゅう）として、藤壺を入内させたのではないだろうか。高橋和夫氏もこの入内を、後宮における弘徽殿の独走を抑えるためと考えておられる（「源氏物語の方法と表現―桐壺巻を例として―」国語と国文学68―11参照）。

源氏と左大臣との縁組みも、まさに右大臣への当て付けであろう。ここにいたって連合政権は崩壊し、桐壺帝と左大臣一派と、東宮を擁する右大臣一派の政権抗争が開始された。あるいは帝は、左大臣への接近により右大臣と争わせ、両者の力を減少させようとしているのかもしれない。そうだとするとバランス感覚に優れた賢帝ということになる。

それゆえに帝と藤壺の間に、心の隔てを想定することも可能である。その証拠になるかどうかわからないが、帝と藤壺の間に和歌の贈答は一度も行われていない。心の間隙(かんげき)を縫って、源氏と藤壺の密通が生じるのである。それは若菜下巻において、源氏と女三の宮の心の溝が、柏木と女三の宮の密通を可能ならしめている構図によって逆照射できそうだ。これで帝の更衣思慕は一応の解決を見たのだが、続いてそれが源氏の亡き母追慕へと巧みに転換されていることに注意したい。

五六章　代　償

源氏の君は（御門ノ）御あたりさり給はぬを、ましてしげくわたらせ給御かたははぢあへ給はず。いづれの御かたもわれ人におとらんとおぼいたるやはある。とりどりにいとめでたけれど、（源氏）うちおとなび」（22オ）たまへるに、（藤壺）いとわかううつくしげにてせちにかくれ給へど、（源氏藤壺を）をのづからもりみたてまつる。（源氏）ははみやす所はかげだにおぼえ給はぬを、いとように給へりと、内侍のすけのきこえけるを、わかき御心ちにいとあはれとおもひきこえ給て、つねにまいらまほしうなづさひみたてまつらばやとおぼえ給。

【鑑賞】ここで初めて「源氏の君」と呼称されることにより、これ以前の描かれざる部分で、臣籍降下が行われていたことを知る。皇子が源氏と呼ばれることは、ある意味では悲劇であるが、その痛みの中でいよいよ『源氏物語』が、源氏の物語として語られ始めた。

帝が藤壺を寵愛すればするほど、それに従って源氏も藤壺に行く機会が増える。それによって弘徽殿へ通う回数が激減するはずだから、また後宮の雰囲気が険悪にならざるをえない。桐壺帝はまだ懲りないのだろうか。それとも意図的に弘徽殿に当てこすりをしているのだろうか。

ところで桐壺更衣と藤壺の類似は、典侍の証言によって保証されている。その言葉に踊らされて、源氏の思慕は次第に募っていく。それを「なづさひ」(馴れ親しむ)という語が如実に表明している。この「なづさふ」は『源氏物語』に四例用いられている。上代和歌では「水に浮かぶ」という意味でのみ用いられている。ところが平安朝になるとそのような用法は消滅し、代わって「慣れ親しむ」という意味が浮上してくる。果たして意味が大きく変遷したのか、あるいはまったくの同音異義語なのか、いずれにせよ興味深い語であった。

源氏自身が藤壺の魅力に駆け引きなしに惹かれているのではなく、父や典侍の言葉によって暗示にかけられている点には留意しておきたい。もっとも源氏が母更衣のことを記憶していないのは、単に三歳のときに死去したからだけではあるまい。むしろ源氏の養育に母がほとんど関与していないからではないだろうか。ここでは当時の貴族における母子関係の希薄さをこそ認識すべきであろう。

またこの場面によって、源氏が藤壺に母性を求めていると考えるのは、やや問題がありそうだ。年齢を考慮しても、藤壺は更衣よりずっと若く、源氏にとっては母ではなく姉のような存在だからである。むしろ年齢的には他の大人びた女御達、例えば麗景殿等の方が母としてもっとふさわしいはずである。なおここだけを見れば、藤壺以外の後宮の女性達はみな年配のように受け取れるが、五一章で入内(じゅだい)させた女性達はどうだろうか。

五七章　幼な心

うへ（御門）もかぎりなき御思ひどちにて、（御門詞）なうとみ給ひそ、あやしくよそへきこえつべき心ちなんする。なめしとおぼさでらうたうし給へ。つらつきまみなどはいとようにたりしゆへ、かよひてみえ給もにげなからずなんなど、聞えつげたまへれば、（源氏）おさなごこ」（22ウ）ちにも、はかなき花もみぢにつけても心ざしをみえたてまつり、こよなう心よせ聞えたまへれば、こきでんの女御、またこの宮（藤壺）とも御なかそばそばしきゆへ、うちそへてもとよりのにくさもたちいでて、物しとおぼしたり。

にたりしのしは、いはゆる過去のしなれば、更衣の事ならではかなはず」（『源氏物語玉の小櫛』）と注している。更衣と源氏が似ており、また更衣と藤壺が似ていれば、必然的に源氏と藤壺も似通っていることになろう。桐壺帝はそこに擬制的母子関係を見ている。源氏にとっても、亡き母桐壺更衣に似ていることが、藤壺への思慕を誘発する活力となる。

しかし両者の類似は源氏自身の判断ではなく、典侍と父帝の発言によるものであった。帝（みかど）にとっても藤壺は桐壺更衣のよすがであり、代償（形代）としてのみ存在する。不思議なことに藤壺にとって、そのことがほとんど問題視されておらず、後の紫のゆかりの構造とは一線を画している。

藤壺にとって桐壺の代償であることは、彼女の精神性に何も影響を及ぼさないのであろうか。そんなことに気付かないような人間ではないはずである。美ゆえに宿命的な密通へと誘われていくだけなら、藤壺自身の人間性は極めて乏しいことになろう。また源氏とのかかわりはどうなのか。罪の意識とは別に、自らが形代であることをどのように受けとめているのか、深く考察しなければなるまい。

もっとも物語は藤壺を飾り物の人形の如く描いており、彼女の内面などほとんど吐露されていない。愛しあう夫婦としての帝と藤壺は存在しておらず（両者の会話も皆無に近い）、そのような疑問への答えを模索することすら不可能に近い。

「はかなき花紅葉につけても」とある点、花が春の桜であり、紅葉が秋の紅葉であるなら、ここにさりげなく月日の経過が込められている。源氏は時宜に適った贈り物によって、藤壺の心をひくのである。藤壺側としても後宮における強力な武器として、桐壺帝の寵児である光源氏を我が方に手懐けておく必要があるはずだ。光源氏をかわいがることが帝の頻繁な訪れを促すことになるのだから。

逆にいえば、弘徽殿において源氏の離反は帝の訪れが遠ざかってしまうことを意味する。それは弘徽殿に対する裏切り行為であり、再び後宮に緊張感がみなぎることにならざるをえない。しかも「そばそばし」という語によって、さりげなく弘徽殿と藤壺との不和が提示されており、具体的な描写は見られないものの、すでに両者の確執は深刻なものとなっているのであろう。

なおこの文章は、「幼心地に思ふことなきにしもあらねば、はかなき花紅葉につけても、雛遊びの追従をも、ねむごろにまつはれ歩きて、心ざしを見えきこえたまへば」（少女巻１０６頁）の如く、夕霧の雲井雁に対する思慕の描写に再利用されている。

五八章　輝く日の宮

世にたぐひなしとみたてまつり給ひ、名たかうおはする宮（朱雀院）の御かたちにも、なをにほはしさはたとへんかたなくうつくしげなるを、世のひとひかる君（源氏）と聞ゆ。ふぢつぼならび給て、御おぼえもとりどりなれば、かかやくひの宮（藤壺）と聞ゆ。

【鑑賞】冒頭部分、主語が誰なのかで問題が生じている。通説では桐壺帝が藤壺のことをと解釈されているが、底本や小学館全集本では、文脈の流れから弘徽殿が新東宮のことをと解釈しているからである。

通説のように元服前の源氏が藤壺以上の超美貌（びぼう）を持つと見るのがいいのか、あるいは従来からの対立として兄東宮以上の源氏の器量とするのがいいのか（最近、源氏が藤壺をという新説も提示されている）。弘徽殿・東宮と、藤壺・源氏の対立構造としておさえておきたい。

ここにおいて源氏は「光る君」と呼ばれ、藤壺は「かがやく日の宮」と称されている。主人公が光り輝くような美しさを持っていることは、いわば物語の伝統であり、源氏と藤壺に主人公性が与えられたことになる。それが普通の男女ではなく継母と継子である点、今後の展開に不安を抱かざるをえない。

この「光」の呼称については、『河海抄』に「亭子院第四皇子敦慶親王、玉光宮ト号ス。好色無双之美人也。式部卿是忠親王始メテ源姓ヲ賜ヒ、源中納言ト号ス。源光、延喜元年右大臣ニ任ズ。日野系図といふ物に左大臣高明を光源氏と書」等のモデルが記してある。

また『栄花物語』において、彰子（上東門院）のことを「かがやく藤壺」と称している。彰子が入内したのは長保元年（九九九年）十一月一日であるが、その年の六月十四日に内裏は全焼しているので、里内裏（一条院）への入内である。内裏新造は翌年の十月であり、当然入内時には正式な藤壺（飛香舎）など存在しない。あるいはこの桐壺巻の藤壺のイメージを、積極的に引用しているのかもしれない。

なお、藤原定家の注釈書『奥入』によって、かつて「かがやく日の宮」という巻が存在したという議論がなされているが、残念ながら決定的証拠に欠ける。平安後期から鎌倉時代にかけては存在したかもしれないが、成立時点で存在したかどうかは未詳としかいえない。また「日」は単に「ひ」の変体仮名であり、「かがやく妃の宮」であるとする北山谿太説（「「かゞやく妃の宮」「人めきて」など」平安文学研究15）もある。この方が弘徽殿女御と対抗する際に身分的に有利かもしれない。

ただし平安朝において、妃として入内した内親王が皇子を出産して后となり、またその皇子が立太子して即位したという史実は見当たらない。唯一近似したモデルとして、嵯峨天皇皇女で淳和天皇の后となった正子内親王があげられる。しかし正子腹の恒貞親王は仁明天皇の皇太子となったものの、承和の変によって廃太子となり、代わりに藤原良房の妹順子腹の道康親王が東宮（文徳天皇）となっている。このような史実と虚構の微妙な絡み合いこそ、『源氏物語』の作者が最も苦心したところかもしれない。

五九章　元　服

このきみ（源氏）の御わらはすがたいとかへまうくおぼせど、十二にて御元服し給。ゐたちおぼしいとなみて、かぎりある」（23オ）ことにことをそへさせ給ふ。ひととせの春宮の御元服、南殿（紫宸殿也）にてありしぎしきの、よそほしかりし御ひびきにをとらせ給はず、所々の饗など、くらづかさ、ごくさう院など、おほやけごとにつかうまつれる、をろそかなることもぞと、とりわきおほせごとありて、きよらをつくしてつかうまつれり。

おはしますは殿（清涼殿也）のひんがしのひさし、ひがしむきにいしたてて、くわんざの御座、ひきいれの大臣の御座御前にあり。

【鑑賞】源氏と藤壺が再び設定された直後、待ってましたとばかりに源氏の元服が描かれる。『伊勢物語』初段に初冠が語られているように、源氏も元服を通過することによって、ようやく具体的に恋愛可能な一人前の成人男性（物語の主人公）となる。逆にいえば、源氏の元服以前にすでに藤壺を登場させているところに、帝ならぬ源氏の問題としての藤壺の存在があるのだろう。少年期から青年期（思春期）への移行・過渡期的段階における理想の女性として、藤壺の問題は単に美しいとか母に似ているというだけではなく、それを受けとめる源氏側の状況の変化にも潜んでいたのである。

ここでまたも「限り」という語が用いられている。物語の主人公とはいえ、臣籍に下った源氏の元服には、それに応じたしきたりがあるのだ。いくら東宮の儀式に対抗して盛大に催しても、会場からして格の違いがある。東宮の元服は「南殿」紫宸殿で行われるのに対して、臣下である源氏の元服は清涼殿で行われるからである。描写に惑わされることなく、その違いをはっきりと認識しておきたい。それにもかかわらず帝は「ことをそへ」て、東宮の元服の儀式に「劣ら」ないように、内蔵司や穀倉院といった公費を使ってまで盛大にやらせている。それは三歳の袴着の折（一一章）と同様であった。

なお光源氏の四十賀宴にも「所どころの饗なども、内蔵寮、穀倉院より仕うまつらせたまへり」（若菜上巻99頁）とあり、描写がここと似通っている。ある種の常套表現であろうか。皮肉なことに清涼殿の東廂(ひがしびさし)は、弘徽殿に最も近い場所であった。弘徽殿の人々はいやでもその儀式の盛大さを見せつけられるわけである。

なお「いし」とは今日の椅子のことである。椅子というと西洋風の感じがするが、これは中国流であり、天皇はこのとき腰掛けに着座するのである（佐藤喜代治氏「いし（椅子）」『日本の漢語』角川書店参照）。

六〇章　髪上げ

さるの時にて源氏まいり給。みづらゆひ給へるつらつきかほのにほひ、さまかへ給はんことおしげなり。大蔵卿くら人つかうまつる。いときよら」（23ウ）なる御ぐしを、そぐほど心ぐるしげなるを、うへ（御門心）はみやす所の（更衣）みましかばとおぼしいづるにたへがたきを、心づよくねんじかへさせ給ふ。

（源氏）かうぶりし給て、御やすみ所にまかで給て、御ぞたてまつりかへて、はいしたてまつり給さまに、みな人なみだおとし給。」（24オ）〈絵5〉みかどはた、ましてえしのびあへ給はず。おぼしまぎるるおりもありつるを、むかしのことどりかへしかなしくおぼさる。

いとかうきびはなるほどは、あげをとりやとうたがはしくおぼされつるを、あさましううつくしげさそひ給へり。

【鑑賞】申の時（午後三時から五時まで）とあるから、この儀式が夕方に行われていることがわかる。そのまま夜の宴会になるのであろう。「大蔵卿くら人つかうまつる」に関しては、「蔵人」「髪人」かあるいは「髪上げ」かで諸説がある。

康保二年（九六五年）八月二十七日に行われた為平親王（村上天皇皇子）の元服に際して、「加冠大納言高明、理髪蔵人頭延光朝臣」（『日本紀略』同日条）とある点、また三条院の二・三宮の理髪を奉仕した公信と朝経がともに蔵人頭であり、しかも朝経は大蔵卿を兼任していた点を参考にすると、大蔵卿が蔵人頭を兼務していたと思われる。その兼職は「蔵人頭大蔵卿正光」（『御堂関白記』長保元年十一月二日条）などとあり、決して不都合ではなかった。

また理髪の役は多くの場合蔵人ならぬ蔵人頭が務めており（中納言が務めた例も少なくない）、蔵人頭が髪人（理髪）の役を奉仕するのが通例なのであろう。ただし大蔵卿を兼ねた蔵人頭が理髪の役を奉仕した先例は他に見当たらない。むしろここは源氏元服の異常性を押さえた方がいいのかもしれない。いずれにしても、大蔵卿が髪そぎの役目を務めていることに変わりはない。とすると、この大蔵卿も反右大臣一派なのではないだろうか。

藤壺入内によって「おぼし慰」んだ帝であったが（五五章）、光源氏の元服が契機となって、再び桐壺更衣のことが脳裏に浮かんできた。この時ばかりは藤壺の存在もものの役に立たなかったろう。

底本には、単に「はいしたてまつり」とあるが、諸本の多くは「おりてはいしたてまつり」とある。この方がわかりやすい。源氏は、元服によって童姿（わらわすがた）から成人の姿に変わるが、それは髪形だけではない。「御衣奉りかへて」とあるように、童の着物を脱いで大人の衣装を身に付けるのである。

童の衣装は「童体の時は赤色の闕腋（けってき）を着す」（『花鳥余情』）とあり、赤の闕腋であった。それを「元服の時は源氏は無位の人也。衣服令に曰はく無位は黄袍也。西宮記にも黄衣と見えたり。元服の後は縫腋の黄袍を奉るべし」（『花鳥余情』）の如く縫腋（ほうえき）の黄袍に着替える。帝の心配をよそに、いよいよ美しさの増す元服姿であった。なお元服に関する儀式次第は、『西宮記』巻二一「親王元服」「一世源氏元服」に詳しい。また『御堂関白記』寛弘（かんこう）七年（一〇一〇年）七月十七日条の敦康親王の元服等も見逃せない。

なお「きびは」とは、一般に幼い美しさを形容する語であるが、必ずしも幼少に用いられるのではなく、十二歳から十五歳までの過渡期的な年齢層に用例が集中しているようである。源氏の場合も元服を前提として用いられている。

絵5　光源氏の元服

六一章　左大臣

ひきいれの大臣のみこばらに、ただひとりかしづき給御むすめ（葵上）、春宮よりも御けしきあるを、おぼしわづらふことありけるは、この君（源氏）にたてまつらんの御心なりけり。内（御門）にも御けしきたまはらせ給ければ、さらばこのおりの御うしろみなかめるを、そひぶしにもともよほさせ給ければ、（左大臣）さおぼしたり。さぶらひにまかで給て、人々おほみき」（25オ）などまいるほど、みこたちの御座のすゑに、源氏つき給へり、おとど（左大臣）けしきばみ聞え給ことあれど、もののつつましきほどにて、ともかくもあへしらひきこえ給はず。

【鑑賞】この元服の儀式に、初めて左大臣が登場する。左大臣の存在は、今まで意識的に伏せられてきたとしか思えない。右大臣の存在があって、その上席である左大臣が登場しないのは、どう考えても不自然だからである。おそらく弘徽殿と桐壺更衣の対立の構図を強調するために、意図的に描かれなかったのであろう。

もっとも桐壺巻の始発時点で、この左大臣がすでにその職にあったという証拠はない。あるいは別の左大臣（前坊を擁立する六条御息所の父大臣？）が退職した後、右大臣が左へ移らず、若き左大臣が右大臣を超えて昇格したのかもしれないからである。

もちろんそれだけでなく、描かれなかったことにより、かえって何か隠された過去

（前史）を想定してみたくなる。あるいは故大納言一族の没落も、左大臣一派の隆盛に起因するのかもしれない。つまり本来は源氏一族とは敵対関係にあったかもしれないのだ。源氏の後見人が欠落したことによって、ようやく左大臣との関係が持ち出されているのも奇妙ではないだろうか。帝と左大臣との異常なまでの親密さには、どことなく胡散臭さが付きまとっている。

　そしてここに葵の上という女性が、源氏の添臥しとして新たに登場する。本来「添臥し」とは、皇太子元服の夜に公卿の娘等を参入させるものであり、「三条院の東宮にて御元服せさせたまふ夜の御添臥に参らせたまひて」（『大鏡』兼家伝２４４頁）・「やがて御副臥にとおぼし掟てさせ給ひて」（『栄花物語』様々の喜び巻１４４頁）等の用例がある。ここでは皇太子ならぬ源氏である点、しかも嫁入りならぬ招婿である点に問題がある。

　普通に考えれば単なる婿取りでしかないのだが、弘徽殿の述懐にも「致仕の大臣も、またなくかしづく一つ女を、兄の坊にておはするには奉らで、弟の源氏にていときなきが元服の添臥にとりわき」（賢木巻１４８頁）とあるので、やはり世間もそう見ていたのであろう。あるいはそこに潜在王権どころか、光源氏の存在の重要性（危険性）がはっきりと現れているとも読める。

　つまり桐壺帝が葵の上を源氏の添臥しといい、左大臣がそのことを不満に思っていないのは、まだ源氏立太子の構想が消えていないことを暗示しているかもしれないからである。

しかしながら、皇太子の花嫁（将来の后）第一候補である葵の上としては、おそらく源氏との結婚によってひどくプライドを傷つけられたに違いない。本人は幼少の頃から入内を目標に養育されてきたはずである。また葵の上付きの乳母や女房達も、自らの将来をも考え、むしろ東宮入内を望んでいたと思われるからである。

しかし源氏との結婚によって、左大臣家の女房は宮廷に出仕するチャンスを失ってしまった。当然その不満の声が、葵の上の耳にも聞こえていたであろう。つまり源氏と葵の上という取り合わせは、世間の誰もが納得し祝福する理想のカップルではなかったのだ。

左大臣にしても、純粋に源氏を婿に切望したというのではあるまい。そんな単純なロマンチックな縁談ではなく、明らかに帝と左大臣の密談によって成立した一種の政略結婚なのである。左大臣にすれば源氏を取り込むことで、新興の右大臣一派の勢力を凌ぐわけだし、帝も勢力のある源氏の後見がほしいわけである。

もっとも葵の上を東宮に入内させ、うまく皇子を誕生させさえすれば、いずれ外戚として政権を奪い返すことも可能なはずである。現実問題として源氏との結婚からは、それ以上のメリットが生じるとは思われないのだから、氏の長者である者の選ぶ道は自明であろう。それにもかかわらず左大臣は、敢えて桐壺帝との提携を選択しているのである。女三の宮の結婚において源氏を選択した朱雀院が「錯誤の人」と称されているが、それならばこの左大臣も同じく「錯誤の人」ではないだろうか。

もう一つの選択としては、桐壺帝への入内の道も開かれていたはずである。帝との年齢の開きとか、葵の上が若すぎるという欠点はあるものの、それならば藤壺も同様のことがいえるだろう。

右大臣家出身の弘徽殿と互角以上に張り合えるのは、左大臣の娘であるはずである。道長も彰子の成長を待ちに待って、十二歳になるとすぐ一条帝に入内させていた。藤壺腹の皇子が次期皇太子になるのだから、葵の上にもその可能性は十分に残されていたに違いない。

結局葵の上の桐壺帝入内の可能性は、物語ではまったく閉ざされているのだが、それはすでに藤壺入内が実現しているからであり、また源氏の物語であるからに他ならない。どうやら左大臣家は代々後宮政策では失敗ばかりしているようである。

二人は愛ではなく利害によって結ばれたのであり、それが政治の道具として機能していることを明記しておきたい。もちろん密約として、将来源氏が親王に復帰する予定でもあれば、葵の上も源氏帝後宮における后候補となるのだが、その可能性は『源氏物語』であるゆえに閉ざされざるをえない。なお葵の上という呼称は物語では一度も登場しておらず、『古系図』の中で葵巻の車争いをもとにそう呼ばれているのである。物語においては間接的に「大殿（の君）」と称されており、やはり常に左大臣の娘であることが意識されている。

六二章　引入れ役

おまへより内侍宣旨うけたまはりつたへて、おとどまいり給べきめしあれば、まいり給。御ろくのもの、うへの命婦とりてたまふ。しろきおほうちきに、御ぞひとくだりれいのことなり。御さかづきのつゐでに

（御門）〽いときなきはつもとゆひにながきよをちぎる心はむすびこめつや

御こころばへありておどろかさせ給ふ。」（25ウ）

（左大臣）むすびつる心もふかきもとゆひにこきむらさきの色しあせずは

と、そうして、ながはしよりおりて、ぶたうし給ふ。

【鑑賞】この内侍が誰なのかは不明だが、単に内侍という場合は「掌侍（ないしのじょう）」を指すことが多い。ここも典侍より一ランク下の掌侍であろう。また上の命婦も特定できないが、北の方への勅使となった靫負命婦（ゆげいのみょうぶ）とは別人であろう。

特別に左大臣が呼ばれたのは、引入れの大役を立派に勤めた禄を賜うためである。

大袿とは下賜用のサイズの大きな袿であり、着用するときには仕立て直さなければならない（あるいは夜具・交換品として流用するか）。これに類似した語として「小袿」があるが、本来はサイズの小さな袿ではなく、表着(うわぎ)として着用するものなので、まったく別物である。

ところで帝(みかど)が詠みかけた歌は長き世を契ることであり、葵の上との婚儀によって、源氏の後見をよろしく頼むという親心であった。それに対して左大臣は、源氏の愛情さえ変わらなければと答える。めでたい婚儀を前にして、やや不吉な物言いであるが、この表現は二人の結婚がまさに政略（契約）であることを明示しているのではないだろうか。そして図らずもその不安は的中し、源氏と葵の上の不仲が続くことになる。

なお、「初もとゆひ」という語は意外に用例が少ないようで、『源氏物語』以前においては「今日結ぶ初もとゆひのこむらさきころもの色のためしなるべし」（『能宣集』一〇一番）・「結ひそむる初もとゆひのこむらさき衣の色にうつれとぞ思ふ」（『拾遺集』二七二番）歌くらいしかあげられない。わずかではあるが、「結ぶ」「濃紫」との関わりの深い歌語（和歌を詠むときに使われる言葉）として認定してよさそうである。

六三章　禄

ひだりのつかさの御むま、くら人どころのたかすへてたまはりたまふ。みはしのも

りにもかずまされり。中々かぎりもなくいかめしうなん。

とんじき、ろくのからびつどもなと、ところせきまで、春宮（朱雀院）の御元服のお

まへのおりひつもの、こ物など、右大弁なん、うけたまはりてつかうまつらせける。

とに、みこたちかんだちめつらねて、ろくどもしなじなにたまはり給ふ。その日の御

【鑑賞】 源氏の元服は、帝（みかど）と左大臣の結託といった政治性を帯び、ここでまたしても東宮との比較がなされる。しかも今度はおそらく左大臣家のバックアップもあって、驚くことに東宮以上の禄が用意されているのである。これでは右大臣側は承知すまい。というよりこの場に右大臣一派は誰も出席していないのではないだろうか。

一見宮廷をあげての行事の如くに描かれてはいるけれども、すでに臣籍降下した一介の源氏の元服であるから、実は私的な行事と見た方が適当かもしれない。逆に考えれば、今日ここに集っている人々こそが左大臣一派であり、この事件によって両者の対立が決定的になったと読むことができる。

源氏側の人物としては、これまでと同じく右大弁が後見人として奉仕している。これが高麗人の相以来の右大弁（四六章）だとすると、今まで官位の昇進がなかったことになり（正四位にはなっているかもしれないが、まだ参議にはなっていないらしい）、エリートコースを辿（たど）っているのではなさそうである。こうして源氏の後見を引き受けているのだから、左大臣からの覚えはともかく、近い将来右大臣の世になれば、彼も光源氏とともに沈むことであろう。

なお島津久基氏は、「元服の段が、桐壺一巻の中で最も筆の弛れてゐる所といふ感じがする。儀式そのものがすでに行事的なのであらうが、文も型の如くといった気味がある。作者は斯ういふ事実の叙述はやはり得意でもなく、又余り自分では興味を有っていなゐらしい」（『対訳源氏物語講話一』）と述べておられる。確かにそういった一面も見られるが、そのなかに秘められた政治性や歴史離れも見逃してはなるまい（吉海「左大臣の暗躍―『源氏物語』の再検討―」日本文学45―9参照）。

ここに「親王達」が登場している点には留意しておきたい。一宮をはじめとして有力な後ろ盾を持つ親王達は、ここには出席していないと思われる。この場に臨席している親王達は、もちろん源氏の弟宮の可能性もあるが、おそらくは桐壺帝の皇子ではなく、前帝以前の古親王達ではないだろうか。だから現在は不遇な生活に甘んじている場合が多いはずで、こういった儀式・宴会に重みをもたせ、かつ花を添える飾りとして権力者から臨席を要請され、そのかわりにたくさんの禄をもらうことによって生計の足しにしていたのかもしれない（多くの場合、「親王達・上達部」という集団として記される）。

彼らはもはや思想も主義主張もない、いわば宴会屋なのである。そしてときとして、皇位継承事件等の権力闘争に担ぎ出されることもあるのだが、大抵の場合は敗北することになり、宇治八宮のように悲惨な晩年を過ごすことになりかねない。これこそ桐壺帝が「無品親王の外戚のよせなきにてはただよはさじ」（四九章）と憂慮したことの現れではないだろうか。

登場人物として相応の役割を与えられている親王の存在も重要ではあるが、このように個人としてではなく、複数でしばしば登場させられている多くの名もなき親王の存在にも、それなりの意味を考えてみるべきであろう（吉海「『源氏物語』親王達考―もう一つの光源氏物語―」『源氏物語と帝』森話社参照）。

六四章　添臥し

その夜おとど（左大臣）の御さとに、源氏のきみまかでさせたまふ。」（26オ）さほうよにめづらしきまでもてかしづき聞え給へり。いときびはにておはしたるを、ゆゆしううつくしと思ひきこえ給へり。女君（葵上十六）はすこしすぐし給へるほどに、いとわかう（源氏十二）おはすれば、（葵上心）にげなくはづかしとおぼいたり。

このおとど（左大臣）の御おぼえいとやむごとなきに、ははみや内のひとつきさいばらになんおはしければ、いづかたにつけてもものあざやかなるに、この君さへかくおはしそひぬれば、春宮（朱雀院）の御おほぢにて、つゐに世中をしり給べき、右のおとどの御いきほひは、ものにもあらずおされ給へり。

【鑑賞】里とは田舎でも実家でもない。宮中以外はすべて里だから、ここは左大臣の邸（やしき）のことである。「作法」とは源氏を婿として迎える作法のことで、源氏は元服の夜に左大臣邸に招かれ、引き続いて葵の上との結婚の儀が取り行われるのである。源氏の場合に限らず、当時の高貴な人々は成人式と結婚が一連のものとして行われていた。つまり成人式を終えてから改めて結婚を考えるのではなく、むしろ婚儀を取り決めた後に成人式の日取りを決めるわけである。

源氏の場合、本人はまだ十二歳位であり、元服したといっても完全な大人というわけではない。こういう場合、相手の女性は大方年上であり、即座に夫婦生活に入るのかどうかは不明といわざるをえない。葵の上の場合も、源氏が自分より年少であることにこだわっているが、当時の常識からすれば、決して不釣合ではあるまい。ただしこの結婚は、帝（みかど）と左大臣が勝手に決めたことであり、当事者の意向などはまったく無視されていた。

さらに葵の上の場合は、普通の通い婚でありながら、それにもかかわらず〈添臥し〉と規定されており、源氏に奉仕する立場（下位）に置かれている。今まで東宮妃の第一候補としてちやほやされていた葵の上が、皇子とはいいながら臣籍降下した源氏の、しかも添臥し役を務めさせられるとは。今の葵の上にとって、源氏の美貌(びぼう)や才能などあまり問題ではなく、東宮と源氏の落差がプライドを傷付けているのであろう。そう考えると「似げなくはづかしとおぼいたり」という言葉の背後には、東宮とは似合っているのにという無念さが読み取れるかもしれない。

しかし、この結婚を積極的に推進しているのは他ならぬ実父左大臣であり、彼女は左右大臣の権力抗争に勝利するための駒として機能しているのである。それは平安朝貴族の姫君のいわば宿命でもあった。だからこそ当事者間の愛情の交流を描かず、葵の上の血筋の良さばかりが強調されるのである。

政略結婚ゆえに、両者の間には後朝の別れどころか後朝の歌も描かれていない。まして三日間通ったことさえ省略されている。それがまったく愛のない結婚であったことを如実に象徴しているのではないだろうか。そして葵の上は弘徽殿と同様に、ついに最期まで歌を詠まぬ女として物語に組み込まれていく。

もっともここで源氏が葵の上に深い愛情を抱いたとしたら、物語は閉塞(へいそく)してしまい、次巻以後の展開が不可能となってしまう。つまり妻帯者である源氏の恋愛遍歴を物語るためには、必然的に葵の上離れが要求されるのだ。葵の上の不幸は、恋愛抜きで源氏と結び付けられたことにあるといえよう。皮肉なことに源氏に最も近い位置にいるという幸運が、かえって源氏の目を遠くに向けさせてしまっているのである（桐壺帝と弘徽殿の繰り返し)。

　ところでこの左大臣の正妻(大宮)が、桐壺帝と同腹の内親王であることには留意しておきたい(これも政略結婚)。『河海抄』では「昭宣公(基経)の母は寛平法皇の皇女延喜帝の御妹也」と注している。皇女との結婚としては、藤原良房と嵯峨天皇皇女潔姫(すでに臣籍降下)の例が有名であり、『日本文徳天皇実録』の潔姫薨伝には「正三位源朝臣潔姫薨ス。潔姫者嵯峨太上皇之女也。母ハ当麻氏。天皇聟ヲ選ブニ未ダ其ノ人ヲ得ズ。太上大臣正一位藤原朝臣良房弱冠之時、天皇其ノ風操倫ヲ超ユルヲ悦ビ。殊ニ勅シテ之ニ嫁ス」(斉衡三年六月二十六日条)と出ている。左大臣のモデルとして、やはり良房は押さえておくべきであろう(二〇章参照)。多くの注はこの大宮を桐壺帝の妹としているが、姉とする説もある(島田とよ子氏「左大臣の婿選び――政権抗争――」園田国文5参照)。宮は臣籍降嫁したのであろうが、おそらく依然として内親王の資格を持っているはずである。

　なおこの大宮は女三の宮だったようで、女五の宮の発言のなかに「三の宮」(朝顔巻475頁・少女巻19頁)と見えている。花散里や女三の宮なども含めて、文学における三女という設定には留意しておきたい。

　葵の上や頭中将の年齢から逆算すると、左大臣が相当若い頃(少なくとも十七年以上前)に大宮は降嫁したことになる。もちろん年立(年表)からすれば、源氏元服の折に左大臣は四十六歳であるから、大宮との結婚は二十九歳以前となる。現実的な皇女との結婚の事例によれば、男性側は三十歳以上の場合が多いようなので（今井源衛氏「女三の宮の降嫁」『源氏物語の研究』未来社参照）、それ位でちょうど良いことになる。大宮も二十代位になるだろうから、それほど若くはなかったようだ。

　またそのときすでに桐壺帝が即位していたのか、あるいはまだ皇太子だったのかは不明である。しかし桐壺帝の妹としてではなく、一院の内親王として降嫁した可能性は高い。大宮姉説だとすでに桐壺帝は二十歳前後であったはずだから、さほど若くして即位したのではなかったことになる。あるいは桐壺帝即位と大宮・左大臣の結婚はほぼ同時期だったのであろうか。

　ここで一つだけ気になるのは、桐壺帝の外戚（がいせき）がまったく登場していない点である。本来ならば、帝の母方の一族が後見人として存在し、権力を握るはずであろう（深沢三千男氏「桐壺巻ところどころ」『源氏物語の表現と構造』笠間書院参照）。しかし母もすでに亡くなり、頼みの外戚もしっかりしていなかったようである（源氏のみならず桐壺帝も母性愛に飢えている？）。そのために帝は同腹の内親王を降嫁（政略結婚）させて、左大臣と手を結んでいると思われる（森一郎氏「桐壺帝の決断」『源氏物語の方法』桜楓社参照）。

　極端にいえば、桐壺帝も劣り腹の帝であったようだ（モデルである醍醐天皇の母女御胤子（いんし）は藤原高藤（たかふじ）の娘であるが、高藤はすでに権力の座を基経一族に奪われていた）。それは後の八宮事件からも逆照射される。もっともここに「后腹」と記されているので、この解釈はそれが皇后ではなく皇太后（桐壺帝の即位によって后の位を得る）である場合にのみ可能となる。

物語には描かれていないけれども、直前に桐壺帝即位をめぐる事件があったからこそ、更衣腹の源氏が即位する可能性を否定できないのではないだろうか。そう考えてはじめて、源氏の存在に不安を抱く弘徽殿側の心理も納得できる。一方の左大臣は、降嫁の際に左大臣であったとは考えにくいけれども、すでに内親王を降嫁してもらえるほどの実力を身に付けていたのであろう。もちろん時平の如く父（基経）が後ろ盾にいるのならば問題ないわけで、左大臣の叔母（おば）あたりが桐壺帝の母后ならばもっとすっきりする。しかしここでは、桐壺帝と左大臣の若き日に結ばれた密約めいたものを幻視したい（天智（てんじ）天皇と藤原鎌足（かまたり）の関係）。

余談ながら、葵の上の結婚に関して、本来ならば大宮の意見がもっと表出していても良いのではないだろうか。桐壺巻の特徴として、母親が大いに関与しているからである。桐壺更衣の場合は母北の方が、藤壺の場合は母后が、そして弘徽殿女御もしっかりと自分の意思を表明しているのであるから、身分的にも年齢的にもふさわしい大宮が何もいわないのは妙である。

こうして左大臣は桐壺帝との絆（きずな）を一層強固なものにした。もっとも葵の上と源氏の結婚は、現実的には決して最善の策ではない。しかしながら左大臣は、東宮との婚姻以上の価値をそこに見出している。と同時に歴史ならぬ物語を高く評価しており、だからこそ作者は右大臣家を凌ぐほどの勢力を左大臣に与えているのである。これについて秋山虔氏は「世俗と異次元たるべき価値が、そのまま世俗的秩序と深く相渉る物語世界の進行の文脈を読むほかないことになる」と述べておられる（『王朝女流文学の世界』UP選書参照）。

物語においては源氏の存在こそが絶対的価値であり、その源氏を取り込むことは最善の策なのである（愛情云々とは別問題）。同じ藤原氏でありながら、ここで右大臣は源氏排斥を、左大臣は源氏擁護を選んだ。将来的に展望すれば、源氏の活躍は即ち藤原氏の没落なのだから、藤原氏としては早めに危ない芽は摘んでおいた方が得策だろう。やはり左大臣は「錯誤の人」であったのだ。

なお底本の「ものあざやか」には、対立異文として「いとはなやか」がある。

六五章　蔵人少将

（左大臣）御子どもあまたはらばらにものし給ふ。みや（葵上ノ御母）の御」（26ウ）はらは、くら人の少将（ははき木にて頭中将と云也）にていとわかうおかしきを、右のおとどの中はいとよからねど、えみすぐし給はで、かしづき給ふ、四の君にあはせ給へり。おとらずもてかしづきたるは、あらまほしき御あはひどもになん。

【鑑賞】ここでも桐壺帝の後宮同様に「あまた」が用いられ、左大臣が子沢山であり、また複数の妻を有していたことが語られる。それは左大臣家の繁盛・栄華の象徴でもあった。しかし一夫多妻の問題は描かれず、大宮のみが物語に登場している。その結婚が左大臣三十歳位だったとすると、それ以前に誰か別の女性と結婚していたと見る方が妥当であろう。とすれば宮腹の御子誕生以前に、すでに複数の子供が誕生していてもおかしくはないはずだ。

しかしながら物語にはそういった形跡は認められず、あくまで宮腹の御子が長男・長女であるかのように描いている。もちろん劣り腹の子供達では、官位の昇進等に歴然とした差をつけられるであろう。

ここに登場した蔵人（くろうど）少将こそが源氏の永遠のライバルであった。もっともこの時点では蔵人少将であったが、後に頭中将（とうのちゅうじょう）として活躍することになる。ただ困ったことに、彼は最後まで実名はおろか特別の呼び方は付けられていない。そのくせ非常に長く物語に登場するので、必然的に物語の進行とともに官職が上昇し、その度に呼称が変化する。

例えば蔵人少将・頭中将・三位中将・権中納言・内大臣・太政大臣・致仕のおとど

等々。便宜的には頭中将と呼んでいるが、それでは誤解を招きかねず、どう統一的に呼んだらいいのか難しい人物である。頭中将はすでにその呼称によって、脇役に徹することを義務付けられているといえよう。もっとも蔵人頭は帝とのパイプ役として非常に重要なポストであった。もし彼が一族の繁栄を望むのならば、源氏須磨流謫の折にこそ政治的に活躍できたはずである。ところが頭中将はむしろ源氏との友情を選択し、結局最後まで光源氏の引き立て役に徹してしまう。その意味では父左大臣と同じ道を歩んでいるわけである。

この頭中将は葵の上と同腹（大宮腹）の兄弟であり、紅葉賀巻に「この君ひとりぞ、姫君の御ひとつ腹なりける。帝の皇子といふばかりにこそあれ、我も、同じ大臣と聞こゆれど御おぼえことなるが、皇女腹にて、またなくかしづかれたるは、何ばかり劣るべき際とおぼえたまはぬなるべし」（346頁）とあるように、源氏の従兄弟にあたる高貴な血筋であった（大宮腹はこの二人のみ）。

その葵の上の年齢は、紅葉賀巻に「四年ばかりがこのかみにおはすれば」（323頁）とあり、源氏より四歳年長であることがわかる。ただし花宴巻に構想の変更が行われたらしく、年齢差が微妙に変化している（藤村潔氏「花宴のあと」『源氏物語の構造第二』赤尾照文堂参照）。それでは頭中将は、葵の上の兄なのかそれとも弟なのか。帚木巻で頭中将は葵の上を「わがいもうとの姫君」（61頁）と呼んでいる。

古語では、女の兄弟は姉でも妹でも「いもうと」であるから、この用例は決め手にならない。唯一の資料は紅葉賀巻の「えならぬ二十の若人たち」（343頁）であろう。源典侍をめぐる源氏と頭中将のことであるが、木船重昭氏はこれを根拠にして、両者ともちょうど同年の二十歳と積極的に論じておられる（『源氏物語の研究』大学堂書店参照）。

しかし現行の年立では源氏はこの時まだ十九歳である。二十歳という記述は多少の幅を持っているのではないだろうか。ちなみに『完訳日本の古典』の頭注では「頭中将二十三、四歳」としている。どちらにしても源氏より五歳以上年長とは考えられておらず、必然的に葵の上より一、二歳年少の弟とする見方が有力になっている。

普通にはライバルであるということから、漠然と同年齢として考えられているようである。しかし源氏の元服時点（無位無官）ですでに蔵人少将として登場しているのであるから、彼は源氏よりも早く元服を済ませていたことになる。また雨夜の品定めにおいても、源氏の教育係的な面があり、少なくとも二、三歳以上は年長と見た方がよさそうだ。面白いことに、両人の子供もまたライバルとして競い合うのだが、柏木と夕霧の年齢に関しては、柏木の方がずっと年長であった。また宇治十帖の薫と匂宮（におうのみや）の場合は薫が一歳年少であった。

この頭中将は右大臣の四の君の婿となった。もちろんこれも左大臣家と右大臣家を

取り結ぶための政略結婚であろう。この結婚は頭中将の元服の折であろうか、それとも葵の上の東宮入内拒否の代償として、源氏との婚儀が行われた後にこの縁組みが成立しているのだろうか。右大臣の三の君が源氏の弟帥宮（そちのみや）（後の蛍兵部卿宮）と結婚している（花宴巻）点から察すると、頭中将と四の君はそんなに早く結婚したのではなさそうである。

いずれにせよこれによって、かろうじて両家の均衡が保たれているのである（年立からすると、この縁組みは前坊の死後に成立しているとも読める）。それも一時的なものでしかなかったけれども。

なお「あまた腹々」にできた子供について調べてみても、それほど多くの子供は登場していない。頭中将の異腹の兄弟として登場するのは左中弁（夕顔巻・花宴巻）であり、また少女巻に左衛門督・権中納言が認められるだけである（どちらかが左中弁と同一人物かもしれない）。特に後宮政策に必要な娘は葵の上以外に存在しておらず（六一章参照）、それが左大臣にとって致命的であったとも考えられる。

実は頭中将も同様に「腹々に御子ども十余人」（少女巻32頁）・「内大臣は、御子ども腹々にいと多かるに」（蛍巻29頁）と説明されている。ただし彼の場合ははっきり「女は女御といま一ところなむおはしける」（少女巻32頁）・「女はあまたもおはせぬ」（蛍巻218頁）と娘が少ないことが明示されている。いずれにせよ桐壺巻における「あまた」という表現は曲物（くせもの）であった。

六六章　思　慕

源氏の君は、うへ（御門）のつねにめしまつはせば、こころやすくさとずみもえし給はす。心（源氏心）のうちには、ただふぢつぼの御ありさまをたぐひなしと思ひ聞えて、さやうならん人をこそみめ、にるひとなくもおはしけるかな。おほいどのの君（葵上）、いとおかしげにかしづかれたる人とはみゆれど、こころにもつかずおぼえ給て、おさなきほどの御ひとへごころにかかり」（27オ）て、いとくるしきまでぞおはしける。

【鑑賞】臣籍に降下し、左大臣の婿となった源氏であるが、桐壺帝の愛情は少しも薄れず、里下がりもままならぬ状態であった。これはまさに「わりなくまつはさせ」た（七章）桐壺更衣の処遇と二重写しであり、何かしら事件の起こる前兆のようでもある。父帝の愛ゆえに源氏は宮中に伺候し、それは同時に藤壺との接近をも意味することになる。

「ひとへ心」とは底本の独自異文（青表紙本では肖柏本・三条西家本・大島本、別本では麦生本等が同文）であり、明融本等多くの本は「心ひとつに」となっている。類語として「ひたぶる心」（葵巻・蓬生巻・胡蝶巻・夕霧巻）があるが、安易に「ひとへ心」を掲載している古語辞典は、それが決して堂々と『源氏物語』に出ている語であるといえない点、また他に用例を見ない語である点に言及すべきではないだろうか。

こうして源氏は藤壺のような女性を求めて愛の遍歴を始めるのだが、理想が高ければ高いほど、代償は得られない。そのために左大臣家へは一層間遠になり、葵の上との関係もしっくりいかない。青年源氏の出発点は、少なくともその精神面においては、必ずしも健康的ではなかったといえようか。

ところで、元服後の源氏の官位はどうなっているのであろうか。それに関しては何も書かれていないけれども、普通一世の源氏は従四位下に叙せられるのが例であった。官職としては五位相当ではあるものの、侍従とか蔵人少将がふさわしいだろう。しかしここでは依然として「源氏の君」と呼ばれており、いまだに官職を与えられていないのかもしれない。

いずれにせよ十二歳位で元服し、従四位下程度で出発した彼が、十七歳になってもやはり従四位相当の中将（帚木巻）なのである。十八歳でようやく従三位（紅葉賀巻）に叙せられ、十九歳で藤壺立后に連動して宰相にいたっているのだが、空白の五年間（帚木巻ではすでに十七歳になっている）にほとんど出世していないことがわかる。

また若菜上巻に「二十がうちには、納言にもならずなりきかし。一つあまりてや、宰相にて大将かけたまへりけむ」（26頁）と出ており、二十一歳で宰相のまま大将を兼ねている（中納言には昇進していない）。もっともこの程度の昇進スピードが普通なのかもしれない。反対に、あまり若くして高位高官では、個人的な行動が規制されてしまうので、恋物語の主人公としては〈中将〉が最もふさわしいであろう（『伊勢物語』の主人公である在五中将の投影）。

六七章　合奏

おとなになり給てのちは、ありしやうにみすのうちにもいれ給はず。御あそびのおりおり、こと笛のねにききかよひ、ほのかなる御こゑをなぐさめにて、うちずみのみこのましうおぼえ給ふ。

いのである。

【鑑賞】「大人」とは「童」の対照語であり、年齢とは無関係に元服後をいう（ただし女房の場合は「若人」の対としてむしろ年配の女性を意味する）。源氏は十二歳で元服しており、それ以後は成人扱いになり、童の時のように御簾のなかには入れてもらえないのである。

童といえども元服直前の源氏は、もはや子供ではなかったはずである。それを平気で御簾のなかに入れたのだから、ここにも父帝の錯誤があったといえようか。なお「大人になり給ひて後」について、『花鳥余情』では「この詞にては十二よりのちの事をもふくませて申侍り」と注しており、この「後」に三年間の経過を読み込んでいる。それに対して宣長は、次に「ただいまは幼き御程に」とあることから、この説を否定している。

なお「聞き通ひ」（河内本系本文、青表紙本等は「聞こえ通ひ」）に関して吉沢義則氏は、

「聞き通ひ」であるから聞くことによって思慕の情の往来する意である。藤壺はこと（弾物）源氏は笛である。簾を隔ててではあるが、藤壺はことの音に思慕の情を載せ、源氏は笛の音に思慕の情を載せ、その思慕の情を載せた楽声が往来するのである。恋したのは源氏ばかりでなく、藤壺もまた源氏を思っていたことを

隠微ながらも巧妙に物語ってゐるのである。（『源氏随攷』晃文社94頁）

と述べられ、さらに若紫巻の「例の、明け暮れこなたにのみおはしまして、御遊びもやうやうをかしき空なれば、源氏の君もいとまなく召しまつはしつつ、御琴笛などさまざまに仕うまつらせたまふ。いみじうつつみたまへど、忍びがたき気色の漏り出づるをりをり、宮もさすがなる事どもを多く思しつづけけり」（234頁）との関連をも指摘しておられる。

それに対して木船重昭氏は「琴笛の音にも雲居をひびかし」（四五章）を引かれ、これをともに源氏の演奏と見ておられる（『源氏物語の研究』大学堂書店参照）。ここを源氏の片思いとするのか、あるいはすでに藤壺も源氏に心を通わせているとするのか、全体構想とも絡んで解釈は二様に分かれる。

「内裏住み」とは「里住み」の対照語であるが、辞書的には女房の宮仕えを説いているものが多い。時代が下るとそれでも間違いではないが、この源氏の「内裏住み」こそが初出例なのであり、しかも『源氏物語』の七例中四例の女性の用例は内親王・入内・尚侍であり、普通の女房の例は認められない。むしろ『源氏物語』の特殊用法と考えた方がよさそうである。

臣籍に降下した一介の源氏が、それでもなお皇子の資格で後宮に曹司を持つ点、簡単には片付けられない問題をはらんでいるのではないだろうか。なお「曹司住み」という語もあるが、これは『今昔物語集』以降にしか用例が見当たらないので、同義語とはいえそうもない。

六八章　後　見

五六日さぶらひ給ひて、おほいどの（左大臣）に二三日など、たえだえにまかでたまへど、ただいまはおさなき御ほどにつみなくおぼして、いとなみかしづき聞え給ふ。御かたがたの人々世の中にをしなべたらぬを、えりととのへすぐりてさふらはせたまふ。御心につくべき御あそびをし、おほなおほなおぼしいたづく。

【鑑賞】 六六章では父帝の愛が源氏を宮中に釘付け（くぎづ）にしているのだが、ここではむしろ藤壺ゆえに源氏自身が内裏住みを希望・選択していることを明かしている。これは婿を迎える左大臣側では好ましくない事態であった。もちろん左大臣側は源氏の密かな藤壺思慕など察しようがないから、源氏の内裏住みはすなわち左大臣家の居心地の悪さゆえと解釈される。元服したとはいえ、まだ幼い源氏であるから、女性とのセックスに興味が湧かないのかもしれず、やむなく左大臣は「罪なく思して」もてなしている。「たえだえ」とは、むしろ離婚状態を想起させる表現である。

なおほとんどの本では「思しなして」となっているので、あるいは底本は入木の際の誤脱かもしれない。「なして」であれば、普通だったら源氏を責めるところなのだが、ここはぐっと我慢して、新たに女房を雇い入れているのである。

これは源氏が葵の上を気に入らないのならば、別の魅力で惹きつけようという作戦であった。それは単に教養のある女房を選りすぐって文化サロンを形成するのみならず、源氏好みの女房を仕えさせて、それによって通う回数を増やそうというのである。後に登場する中務の君（末摘花巻）や中納言の君（葵巻）等は、まさに源氏の情を受けた召人であった。しかしながら彼女達は身分差ゆえか、決して葵の上の妻としての地位を脅かす存在ではなく、当然嫉妬の対象ともなっていないことに留意しておきたい。

文末の「おほなおほな」（真剣に）は未詳語で、「おふなおふな」（『紫式部日記』）と同じとも考えられているが、『源氏物語』本文としてはほぼ「おほなおほな」に統一されている（『有明の別れ』にも用例あり。ただしほとんどの辞書はこの語を認めていない）。これを『伊勢物語』九三段の「あふなあふな」と同一視する注もあるが、「危な危な」だと恐る恐るという意味になってしまう。非常にやっかいな語である（石川徹氏「あふなあふな〈源氏物語語彙辞典〉」『源氏物語必携』学燈社、原田芳起氏「注釈の混入―「あふなあふな」と「おほなおほな」―」『平安時代文学語彙の研究』風間書房参照）。

とにかくここでは左大臣が相当下手に出て源氏をちやほやしているのである（「い

たづく」は室町以前は清音）。後見なき源氏にしてみれば、今後左大臣からの支えは必要不可欠である。本来ならば源氏の方こそ真面目に通わなければならないのだが、そう描かれないところに左大臣の傘下に終わらない光源氏の将来を予見したい。源氏はこれから藤原氏の政権を脅かす存在に成長するのである。左大臣は自ら選択したことにより、結果的に藤原一族の没落を招くことになる。それこそがもっとも『源氏物語』にふさわしい結末であろう。

六九章　二条邸

内（内裏）にはもとの」（29ウ）しげいさ（桐壺）を御ざうしにて、ははみやす所（更衣）の御かたがたの人々まかでちらず、さぶらはせたまふ。さとの殿（二条院）は修理職たくみづかさに宣旨くだりて、になうあらためつくらせ給ふ。もとの木だち、山のたたずまひ、おもしろきところなるを、いけのこころひろくしなして、めでたくつくりののしる。（源氏心）かかるところにおもふやうならん人をすへてすまばやとのみ、なげかしうおぼしわたる。

【鑑賞】 臣籍に降下しても、源氏が桐壺帝の皇子であることに変わりはない。そのため宮中にも曹司が与えられるわけであり、それがなんと母更衣の局である淑景舎（桐壺）であった（九章参照）。後宮であるにもかかわらず、このように成人男子の曹司としてあてがわれているのである。帚木巻における雨夜の品定めも淑景舎で行われたのであろう。当然桐壺には、今後新しい女御・更衣等は入居できないことになる。東宮との雑居といい、皇子の曹司といい、さらには摂関の直廬といい、後宮の実態については、今後早急に解明されるべき課題と思われる。

　ここにいたって、本来ならば散り散りばらばらになっていたはずの更衣付きの女房の消息が語られ、そこにかつてのまま残っていたことが明かされる。桐壺は更衣の死後ずっと源氏の曹司になっていたのであろう（親王待遇）。

　では祖母の邸である二条院はというと、後見人とていないので、帝の勅命（皇室財産）によって「二なう（似なう）」修理・改築がなされており、やはり里の女房も散らずに残っていたようである。しかしながら以後の物語進行のなかで、そのような古女房達はほとんど登場していない。あるいは物語の語り手として設定されているのかもしれない。

「里の殿」とは源氏の私邸であり、帚木巻に「二条院」（75頁）と明記されている。この場合の「院」とは、単に立派な邸宅というのではなく、皇族伝領の邸である可能性が高い。それは「二条東院」を桐壺帝から相続していることによっても納得できる。とするとこの二条院という名称によって、祖父母のどちらかの血筋（祖母方か？）が皇族であることを暗示しているとは読めないだろうか。それともここで桐壺帝が皇室財産に繰り込んだのであろうか。

なお二条院の改築に関しては、『栄花物語』巻三に「かくて大殿、十五の宮住ませたまひし二条院をいみじう造らせたまひて、もとより世におもしろき所を、御心のゆく限り造りみがかせたまへば、いとどしう目も及ばぬまでめでたきを御覧ずるままに、御心もいとどいみじうおぼされて、夜を昼に急がせたまふ」（163頁）という類似記事が見られる。また『嬉遊笑覧』では、この「池の心」を典拠として庭園の心字池が造作されたと述べている。

「思ふやうならん人」とは、間違いなく藤壺のような理想的な女性を意味するが、具体的にはそのゆかりである紫の上が、後に二条院に入居することになる。もし藤壺のような女性を源氏が私邸に住ませうるとしたら、それはまさに光源氏王権の実現である。ここでは帝の妻の相手としてふさわしい源氏の姿（即位の可能性）を暗示しているものとして読むべきなのであろう（潜在王権）。そうなると後の六条院構想とも密接に関連することになる。

この表現は、『落窪物語』巻一の「いかで思ふやうならむ人に盗ませ奉らむ」（21頁）を踏まえていると思われる。これはあこきの願望として述べられたものである。結局、落窪の姫君は正式な結婚ではなく、道頼（みちより）に盗まれて幸福を得ている。とすると源氏が紫の上を盗むという構想も、まさしく『落窪物語』の引用ということになる。それは紫の上物語が継子譚として構成されている点からも補強される。彼女が父兵部卿宮邸に引き取られれば、そこには継母北の方が待ち構えているからである。

紫の上が幼すぎて理想的な女性たりえないことは、むしろ早めに源氏が略奪することによって、継子譚的展開（苛め）が封じ込められたのである（そのかわり紫の上の出産・至福も約束されない）。こう考えると、この一文が書かれたときには、すでに若紫巻は成立していたことになる。少なくともその構想はできていたことになろう。

七〇章　光る君

ひかるきみといふ名は、こまうどのめできこえて、つけたてまつりけるとぞいひつたへたるとなん。」（28ウ）

【鑑賞】 この〈光〉という呼称には大きな問題がある。というのも、前に「世の人光る君と聞ゆ」（五八章）と述べられており、高麗人が名付けたとすることと矛盾するからである。もっとも高麗の相人が帝王の相を予言した（四七章）ことは、すなわち源氏の顔に王者の光を見取ったことにほかならない。あるいは「限りなうめで奉」ったときに名付けたのであろうか。ただし新編全集では、なぜか「前の高麗人と同じかどうかは断定できない」(50頁)と注してある。

それにしても桐壺巻の末尾において、あえて「光る君」の由来伝承を付加しなければならない理由があるのだろうか。源氏の呼称に関して、世人命名説と相人命名説の二説を並立させる必要があるのだろうか。あるいは前説をここで否定して、真相を語っていることになるのであろうか。語り手は、語りの限界を見極めた上で、実態を明示しない方法を意図的に用いているようである(決して試行錯誤ではあるまい)。

もちろん「光る君」の語源が再度語られることにより、源氏の将来にさらに大きな期待がかけられる。それが別々の他者(国の内外)の眼によって、共に「光る君」と命名されることに意味があった。皇位継承事件においては完全に敗北した皇子であり、すでに臣籍に降下させられた源氏でありながら、この桐壺巻の最後において敢えて〈源氏〉とは称せず、再度理想的超人的な人物として相対的に位置付けているからである。

〈光〉という美的形容は、源氏に主人公性を付与すると同時に、光は依然として王権の象徴でもあり続ける(河添房江氏「光る君の命名伝承をめぐって—王権譚の生成・序—」中古文学40参照)。これによって今後どのように物語が展開していくのか、読みの可能性は地平のかなたまで広がっていく。

最後の「言ひ伝えたるとなん」は、創作ではなく事実譚風の伝承形式で語り終えられている（初期物語や後期物語、あるいは『今昔物語集』などにもしばしば用いられている）。だからといって創作ではなかったのだ、と信じる必要はあるまい。

『湖月抄』には「人の事のやうに三重に書なせり。つけ奉りけるとぞと、人の云ひつたへたると、人のしるしおいたるを見及びたるやうに書きたるなり」と注してある。これまでも述べてきたが、これは語りの手法（装置）なのだから、簡単に語り手の術中にはまってはいけない。島津久基氏の、

1「とぞ」で結ぶもの　一〇例（帚木・蓬生・薄雲・梅枝・横笛・鈴虫・夕霧・幻・東屋・夢浮橋）

2「とや」で結ぶもの　六例（朝顔・野分・藤袴・真木柱・総角・手習）

3「となむ」で結ぶもの　三例（桐壺・明石・浮舟）

4「とかや」で結ぶもの　一例（蜻蛉）

という分類を参考にしたい（『対訳源氏物語講話』）。

こうして桐壺巻は、光源氏の輝かしい将来（究極では〈源氏〉の物語からはみ出してしまうのだが）をちらりと予見させながら、その重苦しい一幕を閉じたのである。なお、桐壺巻には九首の歌が見られるが、最も多く詠じたのは桐壺帝（四首）である。しかし物語の主人公である光源氏は、葵の上・藤壺同様についに一首も歌を詠じていない。桐壺巻においては、光源氏はまだ主人公性を担わされていないのであろう。

参考文献

島津久基『対訳源氏物語講話一』（中興館）昭和5年11月
北山渓太『源氏物語の新研究桐壺篇』（武蔵野書院）昭和31年5月
松尾聰『全釋源氏物語一』（筑摩書房）昭和33年3月
玉上琢弥『源氏物語評釈一』（角川書店）昭和39年10月
吉海直人『源氏物語の視角』（翰林書房）平4年11月
藤井貞和『源氏物語』（岩波書店）平成5年3月
神作光一編『源氏物語の鑑賞と基礎知識①桐壺』（至文堂）平成10年10月
山崎良幸・和田明美共著『源氏物語注釈一』（風間書房）平成11年7月
上原作和編『桐壺帝・桐壺更衣』（勉誠出版）平成17年11月

紫式部について（基礎知識1）

紫式部について知りたいと思っても、伝記資料はほとんど見当たらない。もともと六国史などの歴史資料は、女性については関心が薄く、記述されることはあまりなかった。

かろうじて残されているのは、歴史とは異なる『紫式部集』と『紫式部日記』くらいである。そのため本名もわかっていない。女房名としての藤式部・紫式部が存在するだけである。生没年も未詳であるが、それでは困るので確証もないままに推定されたものがまことしやかに流布している。

誕生は九七〇年代、没年は一〇二〇年頃とされており、四、五十歳で亡くなったことになる。これで大きくはずれることはあるまいが、確かなことは何一つわかっていないということを忘れてはならない。

特に若いころのことはほとんど記録に残っていない。母は早くに亡くなったらしい。唯一『紫式部日記』には、父為時（ためとき）が兄惟規（のぶのり）に史記を講じていたとき、兄はなかなか覚えられなかったのに、側で聞いていた紫式部はさっさと覚えたので、お前が男だったらと父を嘆かせた話（自慢話）が出ているくらいである。

成長してからは、九九六年に父の赴任に従って武生（たけふ）まで出かけ、その旅程で詠じた和歌が『紫式部集』に収められている。翌九九七年に父を残して単身帰京した後、九九八年に年長の藤原宣孝（のぶたか）と結婚し、翌九九九年に娘賢子を出産していることが知られている。

なお宣孝は既に妻帯しており、式部は二番目以下の妻であった。その結婚生活も長くは続かず、宣孝は結婚三年目（一〇〇一年）に亡くなっている。それ以降、式部は寡婦として娘を育てている。夫の喪失感を紛らわすために物語の創作を始めたといわれており、その評判を耳にした藤原道長から、一〇〇六年ころ娘彰子付きの女房としての出仕を要請された。物語の執筆は、宮仕え後も続けられ、一〇〇八年には献上用の清書本が作られている（千年紀）。ただし完結したのは一〇一五年頃である。

『紫式部日記』は、彰子の皇子出産から描かれているが、それは定子後宮における清少納言（せいしょうなごん）の『枕草子』に準じるものであった。実は道長は、手っ取り早く清少納言の引き抜きを画策したらしい。それが上手（うま）くいかなかったので、代わりに紫式部が選ばれたのである。これが紫式部のプライドを傷つけたともいわれている。そのために清少納言への手厳しい悪口が綴（つづ）られているのである。

もっとも二人は宮中で出会ったことは一度もなかった。紫式部の清少納言批判は、一方的なものだったのだ。裏を返せば、清少納言の存在というか才能は、紫式部にとって看過できないものだったことになる。そのことは『源氏物語』のなかに『枕草子』からたくさん引用されていることからもわかる。

『源氏物語』の成立（基礎知識2）

有名な『源氏物語』だが、どこでどのように書かれたのかわかっていない。そのようなことは記録に留められるようなことではなかったからである。かろうじて『紫式部日記』の寛弘五年十一月一日の「若紫やさぶらふ」によって、紫式部が作者だということがわかるくらいである。その折（一〇〇八年）に確かに『源氏物語』の清書本が作られているが、それは物語が書き終えられたのではなく、第一部が完成しただけであった。

それを記念して二〇〇八年に源氏物語千年紀が盛大に祝われたが、一〇〇八年にはまだ宇治十帖は書かれていなかった。『源氏物語』ほどの長編であれば、完成までに十五年はかかるであろうから、非常に便宜的というか中途半端な千年紀といわざるをえない。

『源氏物語』は有名になったことで、後世の人々によって理想的な『源氏物語』誕生神話が捏造される。たとえば京都市上京区にある廬山寺では、そこが紫式部邸宅（中納言兼輔旧邸）跡とされていることから、当然そこで紫式部は『源氏物語』を執筆したと主張している。しかしながら廬山寺の場所に兼輔の旧邸があったことも、そこで紫式部が暮らしていたということも根拠はなく、まさに誕生神話の一つにすぎないものであった。

それとは別に、近江（滋賀県大津市）の石山寺には、紫式部が石山寺に参籠して観音様を念じている折、ふと満月が琵琶湖の湖水を照らしているのを見て、「今夜は十五夜なりけり」という須磨巻の一節が頭に浮かんだので、傍にあった大般若経の裏に物語を書き綴ったという起筆伝説がある。これは鎌倉時代に書かれた『源氏物語』の注釈書である『河海抄』などに出ている説である。これなど石山寺にとって大変都合のいい誕生神話となっている。

事の起こりは、大斎院選子側から中宮彰子側に、何か珍しい物語が所望との要請があったことによる。そこで彰子は紫式部に、新作の物語を書くようにと命じた。困った式部は石山寺に参籠して観音様に祈願し、ようやく物語の着想を得たという話である。筋は通っているようだが、古い『古本説話集』や『無名草子』に石山寺は出てこないので、それ以降に追加されたものであろう。なお『源氏物語』が須磨巻から執筆されたというのも根拠のない話である。むしろ若紫巻から単発的に書かれたというのが、大方の研究者の説であった。

いずれにしても石山寺はこの起筆神話に便乗し、『石山寺縁起』にもそのことが書き留められている（他に『蜻蛉日記』の作者道綱母や『更級日記』の作者孝標女の参詣も描かれている）。極め付きは、紫式部が参籠した部屋を「源氏の間」として再現したことであった。残念なことに、その源氏の間から琵琶湖は見えないが、いつしか参拝・観光の目玉として機能している。

石山寺では、『源氏物語』執筆の地にふさわしい絵画や工芸品（源氏物語グッズ）を収集・展示している。有名な土佐光起筆の紫式部執筆の図など、その伝説に似つかわしく机に向かって筆を取り、『源氏物語』執筆の図になっている。そういった資料の存在が、石山寺執筆説をさらに補強することになるのである。

『源氏物語』は大作なので、石山寺で着想を得、廬山寺にあった旧邸で長編を執筆したと説明しても齟齬はない。両者の主張は二者択一ではなく共存可能でもある。最近は武生（越前市）もそれに参加してきた。いわく、紫式部は越前に下向しているときに『源氏物語』の着想を得たと。これも着想であるから、否定も肯定もできない。

かくして紫式部は、石山観音から『源氏物語』の構想を授かったという観音の御利益によって、石山寺との結び付きを強固にしていった。それだけでなく、『源氏物語』流行の中で石山寺の施策が効を奏し、『源氏物語』愛好家達の聖地ともなっている。いわば紫式部は、長く石山寺の観光大使を務めていることになる。それもあって、土佐光起は紫式部をずいぶん美人に描いている。

［現代語訳篇］

〔一章〕どの帝の御代だっただろうか、女御や更衣が大勢お仕えしておられた中に、たいそう尊い身分ではない方で、格別に帝の寵愛を蒙っている更衣がいらっしゃった。

〔二章〕入内当初から我こそはと自負しておられた女御がたは、この更衣を目障りな者としてさげすんだり憎んだりなさる。同じくらいの身分の更衣、それより身分の低い更衣達はまして心穏やかではいられない。朝夕の宮仕えにつけても、そうした方々の心をかきたてるばかりで、恨みを受けることが積もったからであろうか、更衣はたいそう病がちになり、頼りなげな様子で里下がりが度重なるのを、帝はいよいよ不憫な者と思し召しになり、方々の非難に耳を傾ける余裕もなく、このままでは世間の語りぐさにならないではすまされないほどのご寵愛ぶりである。

〔三章〕公卿や殿上人なども困ったことだと目をそむけて、正視できないほどの更衣への御寵愛ぶりである。中国でもこうしたことが原因となって、世の中が乱れ、不都合なことが生じたと、しだいに世間でも苦々しくもてあますこととなり、楊貴妃によって世が乱れたことまでも引き合いに出されかねず、たいそういたたまれないことが増えたけれど、帝の畏れ多いお情けを頼りにして後宮生活を続けていらっしゃる。

〔四章〕更衣の父大納言は亡くなって、母の北の方が旧家の出身で教養の高い人なので、両親が揃って今のところ世間の評判がはなやかな方々にもそうひけを取らず、宮中の儀式の万端を処理していらっしゃったけれど、これといってしっかりした後ろ盾がないので、何か急なことがあったりすると、やはり頼る人もいないので心細い様子である。

〔五章〕二人は前世からの因縁が深かったのであろうか、世にまたとないほど美しい玉のような御子さえお生まれになった。帝は早くご覧になりたいと待ち遠しくお思いになり、急いで宮中に参上させてご覧になると、またとない皇子のご器量である。

〔六章〕第一皇子は右大臣の娘弘徽殿女御腹で、後ろ見もしっかりしており、いずれ皇位を継承するのは間違いない君なので、世間でも大切にされているけれども、この弟皇子の美しさに匹敵すべくもなかったので、帝は第一皇子は一通り大切にお思いになるだけで、弟の皇子を秘蔵っ子として御寵愛になることこの上もない。

〔七章〕母更衣は並々の女官のように、帝のお側勤めをなさるような身分ではなかった。世間の信望も厚く、いかにも貴人らしい風格を備えていたけれど、帝がむやみに近侍させるあまりに、しかるべき管絃の遊びの折々、また何事によらず大事な催しの折々に、まずこの更衣をお召し寄せになる。

〔八章〕時には寝過ごされた後もそのまま止め置かれるなど、無理にお側からお放しにならないものだから、自然と身分の軽い女官のように見えたりしたのだが、この皇子がお生まれになってからは、格別のご配慮を以てお扱いになったものだから、ひょっとすると皇太子にこの皇子がお立ちになるのではないだろうかと、第一皇子の母女御は危惧しておられる。

他の人より先に入内され、帝から並々ならず大切に扱われており、皇女たちもいらっしゃるので、帝は弘徽殿のお諌めだけは、さすがに煙たくつらくお思いになっていらっしゃった。

〔九章〕もったいない帝の庇護を頼りにしているものの、一方ではさげすんだりあら探しをなさる方も多く、更衣自身はか弱くて力のない有様なので、かえって御寵愛ゆえの気苦労をなさっている。

お部屋は桐壺にある。帝はたくさんの女御方の殿舎の前を素通りなさって、頻繁に桐壺にいらっしゃるので、女御方がやきもきなさるのもなるほどもっともなことである。また更衣が清涼殿に参上なさるにつけても、あまり度重なる折々には、打橋や渡殿のあちらこちらの通り道に汚物をまき散らしたりなどして、送り迎えの女房達の着物の裾が我慢できない程汚れるなど、不都合なこともある。

〔一〇章〕時には、どうしても通らなければならない馬道の両端の戸を閉めて更衣を閉じ込め、こちらとあちらでしめし合わせて動けないようにして困らせたりなさることも少なくなかった。何かにつけて数えきれないほどつらいことばかりが重なるので、更衣がひどく苦にしているのを、帝はますます不憫に思われて、後涼殿に前から仕えていた別の更衣の局を他に移して、そこを更衣の上局としてお与えになる。局を取り上げられた別の更衣の恨みは一層晴らしようもないほどである。

〔一一章〕この若君が三歳におなりの年、御袴着の儀式を第一皇子の時にも劣らぬほど、内蔵寮や納殿の財物のありったけを用いて、盛大に執り行われる。それにつけても世間の非難は多いけれども、この若君の成長していかれるお顔立ちやご気性が類いまれで並外れていらっしゃるので、どなたも憎みとおすことなどとてもおできになれない。ものの情理を弁えていらっしゃる人は、このようなお方がよくもまあお生まれなさったものよと、驚きのあまり目をみはっておられる。

〔一二章〕その年の夏、更衣はちょっとした病で養生のために里下がりをお願いするものの、帝はお暇をお許しにならない。ここ数年、御病気がちが普通だったので、それをご覧になっていらっしゃったことにより、「もうしばらくこのまま様子を見ていなさい」とばかりおっしゃっているうちに、日に日に病が重くなって、わずか五、六日の間にひどく衰弱していったので、更衣の母君が泣く泣く帝にお願いして、里下がりを許していただく。こうした折にも、あってはならない不面目な事態が生じてはと用心して、若君は宮中に残してひっそりと退出なさる。

〔一三章〕決まりのあることなので、帝はいつまでもお引止めすることができず、身分柄お見送りさえもできない心もとなさをしみじみとお訴えになる。実に匂うように美しくていかにもかわいらしい更衣だが、今はすっかり面やつれしてたいそう悲しみに打ち沈みながら、言葉に出して申し上げることもできず、人心地もなく絶え入りそうにしていらっしゃるのをご覧になると、帝はあとさきの分別もなくされて、さまざまなことを泣く泣くお約束なさるけれども、更衣はそれにお答え申し上げることもおできになれない。まなざしなどはいかにもだるそうで、たいそうなよなよとして正体もない有様で臥しているので、どうなるのかと途方にくれていらっしゃる。

〔一四章〕お輦車をお許しになる宣旨などを仰せになっても、またお部屋にお入りになっては、どうしても退出をお許しなさらない。「定められている死出の道にさえ二人は一緒にと約束なさったでしょう。いくらなんでも私を残しては行けませんよね」と仰せになるのを、更衣もたいそうおいたわしくお思い申し上げて、

(更衣)「これが定めとお別れしなければならない死出の道が悲しく思われますにつけ、私の行きたいのは生きる道の方でございます。

こんなことになると前からわかっておりましたら……」と、息も絶え絶えに、申し上げたそうなことがありそうな様子だが、たいそう苦しそうで大儀そうなので、帝はこのままどうなるのか成り行きを見定めたいと思し召されるのであるが、更衣の母は「今日から始めることになっております種々の祈禱を、しかるべき験者の人々が承っております、それを今晩から始めますので」とせき立て申し上げるので、帝はたまらないお気持ちながら更衣の退出をお許しになった。

〔一五章〕帝は胸がふさがって、まったくお休みにもなれず、夜を明かしかねていらっしゃる。まだお見舞いの使者が往来するほどの時間が経過してもいないのに、それでも気がかりなお気持ちをお漏らしになっておられたが、「夜中を過ぎるころにお亡くなりになりました」といって泣き騒いでいるので、使者も気落ちして帰参した。

〔一六章〕その訃報をお聞きになって動転なされる帝のお気持ちは、なんの分別もおつきにならないご様子で、お部屋にお籠りになっていらっしゃる。若君はこんな時でもおそば

でご覧になっていたいけれども、母君の喪中に宮中におとどまりになるのは先例もないことなので、ご退出なさることになる。若君は何が起こったのかもお分かりにならず、おそばに仕える人々が泣き惑い、帝も涙を流してばかりいらっしゃるのを、ただ不審そうに眺めていらっしゃるばかりだった。尋常の場合でさえ、母との死別は悲しいものなのに、今は一層憐れで言いようもない有様であった。

〔一七章〕決まりのあることなので、作法通りの弔いをなさるが、更衣の母北の方は、娘の亡骸を焼く煙と一緒に空へ上ってしまいたいと泣き焦がれなさって、野辺送りの女房の牛車にお乗りになり、愛宕という所でたいそう厳かに葬儀を行っている所にお着きになったが、その時のお気持ちはいかばかりであったろうか。「むなしくなった亡骸を見るにつけ、それでもまだ生きていらっしゃるように思われて、それがどうにもならないので、焼かれて灰におなりになるのを見届けて、もはやこの世の人ではないと諦めましょう」と健気(けなげ)におっしゃっていたけれど、牛車から転げ落ちそうになるほどもだえ臥していらっしゃるので、案の定だったと人々もお相手しかねている。

〔一八章〕宮中から使者がある。更衣に三位(さんみ)の位を追贈する旨、勅使が来てその宣命を読み上げるのは、悲しいことであった。生前、女御とさえも呼ばせずに終わったことが心残りに思し召されるので、せめてもう一階級上の位をと追贈になったのであった。それにつけても故人を憎みなさる人々がたくさんいた。

物の情理をわきまえておられる人は、更衣の姿や顔立ちの美しかったこと、気立てが穏やかで難がなく、憎もうにも憎めなかったことなど、今になってようやく思い起こしになる。見苦しいほどの帝のご寵愛ゆえに、つれなくお妬みになったのであるが、人柄が優しく情愛の深かった更衣のお心を、上の女房などもみな恋しく思っている。「なくてぞ人の」（恋しい）というのは、こんな場合のことをいうのかと思われた。

〔一九章〕あっけなく時間が過ぎて、帝は七日毎の法要なども懇ろにご弔問なさる。時がたてばたつほどどうするすべもなく、悲しく思し召されるので、女御更衣たちの夜の伺候などもまったく遠ざけになって、ただ涙に濡れて明かし暮らしなさるものだから、そのご悲嘆ぶりを拝見する人までもが、涙の露にしめっぽくなる秋であることよ。

〔二〇章〕「亡くなった後まで人の胸が晴れそうもないご寵愛だこと」と、弘徽殿の女御などは相変わらず容赦もなくおっしゃるのであった。帝は一の宮をご覧になるにつけて、若君を恋しくばかりお思い出しになっては、気心の知れた女房や乳母などをたびたび里にお遣わしになり、若君の様子をお尋ねになる。

〔二一章〕野分めいた強風が吹いて、急に肌寒さを感じさせる夕暮のころ、帝は常にもましてお思い出し遊ばすことがいろいろおありになって、靫負命婦（ゆげいのみょうぶ）という女房を更衣の里にお遣わしになる。

夕月の美しい時刻に命婦をお出しやりになって、ご自身はそのままぼんやりと物思いにふけっておられる。このような夕べには、よく管弦の遊びなどをお催しになったものだが、格別上手に琴の音をかき鳴らし、ふと帝のお耳にいれる言葉も、ほかの人とは違っていた更衣の様子や面ざしが、いま幻となってひたと身に寄り添っているかのようにお感じになるにつけても、夢とはいくらも違わぬと詠まれた「闇のうつつ」にはやはり及ばないのだった。

〔二二章〕命婦が更衣の邸に到着し、牛車を門内に引き入れるなり、そこにはしみじみとした哀愁が漂っている。母君はやもめ住みであるけれども、娘一人を大事に盛り立てなさるために、あれこれと手入れをして、見苦しくないように暮らしておられたのだが、亡くなった娘を思う悲しみにかきくれて泣き臥していらっしゃるうちに、草も高く伸び野分の風にたいそう荒れた感じになって、月影だけが雑草にもさえぎられずに射し込んでいる。

命婦を南正面に招じ入れて、母君もすぐには何もおっしゃれない。「今まで生き長らえておりますのが、まことに辛うございますのに、このようにあなたが使者として雑草の露を分けてお尋ねくださるにつけても、たいそう恥ずかしい気がいたします」といって、なるほどこらえきれずにお泣きになる。

〔二三章〕「お尋ねしてみると、たいそうおいたわしくて、魂も消え入るようでございますと典侍が奏上しておられましたが、私のように物をわきまえぬ者にとっても、いかにも堪えがとうございます」といって、命婦は少し気持ちを落ち着けてから、帝の仰せごとを申し上げる。

「あの折はこれは夢ではないかと途方にくれるばかりであったが、だんだん気持ちが静まってくるにつれ、覚めるはずもない悲しさはどうすればいいのか、それを問い合わせる人さえいないので、こっそり宮中にまいりませんか。若君のことがひどく気がかりで、涙がちの里で暮らしているのもいたわしくてならないので早く戻って来て……とはきはきと最後まで仰せになれず、涙にむせかえりになっては、それでも人目にお気弱なと思われるかと、気兼ねなさらぬでもないご様子がおいたわしくて、仰せごとを最後まで承らない有様で退出してまいりました」と口上を述べて、帝のお手紙をさしあげる。

【二四章】「悲しみに目も見えませんが、このような畏れ多い仰せごとを光といたしまして」といって母君は手紙をごらんになる。

時が経てば多少は紛れることもあるだろうと、それを心待ちに月日を過ごしてきたが、まったく悲しみが堪えがたいままなのはどうにもなりません。幼い若君はどうしているかと案じながら、あなたと一緒に養育できないのが気がかりなのです。今は、私を亡き更衣の形見と思って宮中に参られよ。

など懇ろにお書きになっている。

（帝）宮中を吹きわたっている風の音に涙が催されるにつけ、若君のことが思いやられてなりません。

という歌があるが、母君はとても最後までご覧になれない。

【二五章】「長生きが辛いものと身にしみて思い知らされるにつけても、あの長寿の高砂の松がどう思うかと、そのことでも気のひける思いでございますので、宮中に出入りすることなどなおさらはばかられます。もったいない帝の仰せごとをたびたび頂戴しながら、私自身はとても参内を思い立つことができません。若君はどこまでおわかりかわかりませんが、参内なさることばかりをお急ぎの様子ですので、それももっともなことと悲しく拝見しておりますなどと、内々に考えさせていただいていることをご奏上ください。不吉な我が身でございますので、こうしてここで若君がお暮らしになるのも、縁起が悪く畏れ多いことです」とおっしゃる。

〔二六章〕若君はお休みになられていたのでした。「お目通りして、そのご様子も詳しく奏上しとうございますが、帝もお待ちかねでいらっしゃるでしょうし、夜も更けてしまいそうです」といって帰参を急ぐ。

〔二七章〕「子を思う闇は堪えがたいのですが、その一端だけでも晴らすことができるように、あなたとお話ししとうございますので、勅使としてではなく私的にゆっくりお出ましください。この数年来、うれしく面だたしいような折にお立ち寄りいただきましたのに、こうした悲しい伝言の使者としてお目にかかるのは、返す返すも無情な我が命でございます」

〔二八章〕「亡き娘は、生まれた時から私どもが望みを託していた人で、故父大納言が臨終の際まで、ただ娘の宮仕えの宿願を必ず遂げてさしあげよ。私が亡くなったからといって、不本意に志を捨てるようなことがあってはならぬと繰り返し諭しておりましたので、しっかりした後ろ盾となる人もいない宮仕えは、なまじしない方がましとは存じておりますものの、ただ亡夫の遺言にそむくまいというだけのことで、宮仕えに出させていただきましたが、過分なまでの帝のお情けが何かにつけて勿体のうございましたので、人並みでない恥を忍び忍びして、お付き合いをしていたのですが、人様の妬みが深く積もり積もって、気苦労がだんだん多くなっていったので、ついに尋常ならぬ有様でとうとう横死してしまったのは、畏れ多い帝の御情けがかえって恨めしく存じられてなりません。これも子故の闇でございます」といいやることもできず、涙にむせ返っておいでになるうちに、夜も更けていった。

〔二九章〕命婦は「帝もそれと同じです。『我が心ながら人目を驚かすくらいに寵愛したのも、思えば長くは続かない仲だったからなのかと、今となっては辛い更衣との因縁だった。私は決して他人の気持ちを損ねるようなまねはしていないと思っているが、ただこの人のためにたくさんの受けなくてもいい恨みを買ったその挙句に、このように後に残され、気持ちを静めるすべもないのだから、たいそうみっともない愚か者となってしまったにつけて、どのような前世の因縁だったのか知りたいものだ』と繰り返し仰せられて、涙にむせんでばかりいらっしゃいます」と語って尽きない。泣く泣く「夜もたいそう更けたので、今夜のうちにご返事を奏上しましょう」と急いで帰参する。

〔三〇章〕月は沈みかけるころで、空は一面澄み切っており、風がたいそう涼しくなって、草むらの虫の声々が涙を誘うかのように聞こえるのも、実に立ち去り難い草の宿である。

（命婦）鈴虫が声の限りを尽くして鳴いても、秋の夜長でも足りないくらい涙がとめどなくこぼれ落ちてきます。

命婦は牛車に乗ることもできない。

「（母君）虫がしきりに鳴いているこの草深い宿においでくださって、ますます悲しみの涙を添えるあなたですこと。

と恨み言も申し上げたいくらいです」と女房に言伝をおさせになる。

華美な贈り物などすべき場合でもないので、ただ亡き更衣の形見ということで、こうした折もあろうかと残しておかれたお装束一揃い、それに髪上げの道具のようなものをお添えになる。

〔三一章〕年若い女房たちは、主人を失った悲しみはいうまでもないが、華やかな宮中の暮らしに慣れているので、里住みはたいそう心寂しく、帝のご様子を思い出すにつけ、若君に早く参内なさるようにお勧め申しているけれども、祖母はこのような不吉な身が若君に付き添って参内するのも世間体が悪かろうし、そうかといってしばらくでも若君のお顔を拝さないで過ごすとしたら、それもたいそう気がかりだろうと思って、すぐさま参内なさるようにはお運びになれないのであった。

〔三二章〕内裏に戻った命婦は、帝がまだお休みになられていなかったのだなあと、おいたわしく存じあげる。帝は前栽の植え込みがたいそう美しく秋の盛りであるのをご覧になりながら、奥ゆかしい女房四、五人ばかりお側に召して、お話をなさっているのであった。

このところ明けても暮れてもご覧になっている長恨歌の絵で、亭子院がお描かせになって、伊勢や貫之に和歌を詠ませになったものを、和歌でも漢詩でもこうした筋のものを明け暮れの話題になさっている。

〔三三章〕帝は命婦にたいそうこまごまと更衣の里の様子をお尋ねになる。命婦は憐れな様子をしみじみと奏上する。帝が母君からの返書をご覧になるとそこには、

たいそう畏れ多い帝のお言葉は、どのように頂戴したらいいのか、分別がつきかねております。このような仰せごとにつけても、心も暗く思い乱れるばかりでございます。

（母君）荒い風を防いでいた親木が枯れてしまったように、若君を守っていた更衣が亡くなってからは、残された小萩のような若君のことが案ぜられてなりません。

などと、取り乱して書かれているのを、今は気持ちの乱れている時だからと、帝は大目にご覧になるに違いない。

〔三四章〕帝はこうまで悲嘆に暮れた姿は見せまいと気持ちをお静めになるけれども、これ以上こらえることがおできになれない。更衣を初めてお召しになった当時のことまでが、あれこれと自ずから思い浮かんできて、生前は片時もお側にいないと気がかりでならなかったのに、こうして先立たれた後も月日は過ぎていくものなのだなあと、あきれる思いでいらっしゃる。

「故大納言の遺言を守って、更衣の宮仕えという本意をずっと持ち続けてくれたお礼には、その甲斐あったようにしてあげようと心がけてきたが、今はもう仕方のないことになった」と仰せられて、帝は母君の身の上を不憫に思し召される。「更衣は亡くなったけれども、自然と若君が成長したら、しかるべきよい機会もあるだろう。長生きしてその時の来

るのを願って待っていてほしい」などと仰せになる。

〔三五章〕命婦は母君からの贈物を帝にご覧にいれる。帝はこれが亡き人のすみかを探しあててきたという証拠の簪であったらと思し召しになるにつけても、まったく仕方のないことである。

（帝）亡き更衣の魂を探しにいく幻術士がいてほしいものである。そうすれば人伝にでもその魂のありかがどこかを知ることができるだろうから。

絵に描いてある楊貴妃の顔かたちは、どんなにすぐれた絵師でも、その筆力には限りがあるのだから、生き生きとした美しさに乏しい。太液池の蓮の花、未央宮の柳があって、いかにも美しい楊貴妃そっくりな容姿であっても、唐風の装いは端麗であったろうが、それに比べて更衣はやさしくかわいげだったことを思い出しなさるにつけ、花の色にも鳥の声にもたとえようがないものだった。朝夕の話の種に、比翼の鳥、連理の枝になろうとお約束なさったのに、その願いが叶えられなかった命のはかなさが、限りなく恨めしい。

〔三六章〕秋風の音や虫の音につけても、帝は無性に悲しく思われるのに、弘徽殿女御は長いこと上のお局にも参上なさらず、月が美しいので夜更けまで管弦の遊びをしておられるようだ。帝はそれを興ざめで不快にお思いになる。このごろの帝のご様子を拝見している殿上人や上の女房は、お気の毒なことと聞いているのだった。弘徽殿はたいそう気が強くとげとげしいところがおありの方で、亡き更衣のことなどまるで気にもかけず、こうした御振舞いをなさるのであろう。

〔三七章〕月も沈んだ。

（帝）宮中でさえ涙に曇ってはっきりとは見えない秋の月を、まして荒れた更衣の母君の宿では、どうして澄んで見られようか（どんなに悲しみにくれて過ごしていることであろうか）。

母君の悲しみをお察しあそばして、灯火をかきたてては、油の尽きるまで起きていらっしゃる。

〔三八章〕右近衛府の宿直奏の声が聞こえてくるのは、もう丑（午前一時過ぎ）になっているのであろう。人目をはばかられてご寝所にお入りになっても、うとうとお眠りになることもおできになれない。翌朝お起きあそばすにつけても、更衣存命中は夜の明けるのも知らずに眠っていたものをとお思い出しになるにつけて、今も朝のご政務は怠っておしまいになるようである。ご朝食もお召し上がりにならず、朝餉の間の食事もほんの形ばかりお箸をおつけになるだけで、昼の御座の食膳などはまったく手もつけられないありさまなので、お給仕に奉仕する蔵人などは、帝のおいたわしいご様子を拝して嘆息している。

〔三九章〕お側近くにお仕えする者はみな、男も女も「本当に是非もないことですね」といい合ってはため息をついている。「こういうことになる前世からの因縁がおありになったのであろう。大勢の人の非難や恨みをおかまいにならず、この更衣のこととなると物の道理をも顧みられず、亡くなられた今は今でこうして政務をも放棄されるようなありさまなのは、まったく不都合なことである」と、他国（中国）の朝廷の例まで引き合いにして、ひそひそとささやき嘆いているのであった。

〔四〇章〕月日が経って若君が参内なさった。以前にも増してこの世のものとも思えないくらい、気品高く成長していらっしゃるので、帝は不吉なことでも起こりはしないかと不安をお感じになる。

〔四一章〕翌年の春、東宮が定まるにつけても、第一皇子を飛び越えて若君をとお思いになるが、後見する人もないし、また世間も納得しそうもないので、かえって若君のために心配なこととご懸念なさって、そのことは顔色にもお出しにならなかったので、「あれほどおかわいがりになっていらっしゃっても、やはり定めはあったのだ」と世間の人も噂し、弘徽殿も安堵なさった。

〔四二章〕あの更衣の母君は、心の慰めとてなく、悲嘆にうちしおれていらっしゃって、いっそ娘のおられる所になりと尋ねていきたいと願っておいでになったしるしであろうか、とうとうお亡くなりになられたので、帝はまたそのことをたいそう悲しく思し召される。若君は六歳になられる年であるので、今度のことはよくお分かりになり、恋い慕ってお泣きになる。

祖母君は若君と長年馴染みなさっていたのに、その若君を残して旅立つ悲しみを繰り返し訴えておられたのであった。

〔四三章〕若君は今は宮中でばかりお暮らしになる。七歳になられたので、読書始めなどおさせになったところ、世に類なく聡明でいらっしゃるので、帝はあまりのことと、却って恐ろしくさえ思われる。

〔四四章〕「こうなっては、どなたも若君をお憎みにはなれまい。母君がいないということに免じて、かわいがってもらいたい」と仰せられて、弘徽殿などにお出ましになるお供にもお連れになっては、そのままお部屋の御簾の中に入れておあげになる。

たとえ人情など解さぬ武士や敵であっても、この若君を見るとつい微笑まずにはいられないほどの美しさなので、さすがに弘徽殿も遠ざけることがおできになれない。皇女たちがお二人、この弘徽殿腹にいらっしゃるが、この若君の美しさには比較にならないのであった。

〔四五章〕他の女御や更衣方も、若君に対してお顔を隠したりなさらず、まだ幼少の内から気品のある美しさで、こちらが恥ずかしくなるくらいなので、たいそう趣があって気のおける遊び相手であると、どなたも思い申していらっしゃるのだった。

正式の学問は言うに及ばず、琴や笛の音（演奏）でも宮中の人々を驚かせ、その他のことも数え上げると大げさすぎて、気味悪くなるようなご様子であった。

〔四六章〕その頃、高麗（渤海）から来朝した人の中に、すぐれた人相見がいるということを帝がお聞きになって、宮中に外国人をお召しになるのは宇多の帝の御戒めに背くことになるので、たいそう内密にこの若君を鴻臚館にお遣わしになった。御後見風にお仕えする右大弁が、我が子のように触れ込んでお連れした。

〔四七章〕人相見は驚いて何度も首をかしげて不思議がる。「国の親となって帝王という最高の位にのぼるはずの相がおありになる方だが、その相で見ると世が乱れ民が苦しむことがありそうだ。ただ朝廷の重鎮となって天下の政治を補佐する方として判断すると、その相も合わないようです」と言う。

右大弁もたいそう学才にすぐれた博士で、高麗人と言い交わしたいろいろなことはたいそう興味深いものであった。

〔四八章〕漢詩なども互いに作りあって、今日明日にも帰国しようという時、若君のようなすぐれた人に会えたことの喜び、かえって別れることの悲しみを趣のある漢詩に作ったのに対して、若君も実に興趣ある詩句をお作りになったので、人相見はこの上なく賞賛申し上げて、数々の立派な贈り物などを献上する。

朝廷からも多くの品々を高麗人にお与えになる。それが自然と世間に知れわたって、帝はお漏らしにならないけれども、東宮の祖父右大臣などは、これは一体どういうことかと疑念を抱いておられるのだった。

〔四九章〕帝は畏れ多いお心から、倭相を仰せつけられて、既にご存じでいらっしゃった筋のことであったから、今までこの若君を親王にもなさらなかったのだが、この高麗の人相見は実に賢明であったとお考え合わせになって、若君を無品親王で外戚の後見もないといった頼りない生涯を送らせることはすまい。ご自分の治世がいつまで続くかわからないのだから、若君を臣下として朝廷の補佐役を務めさせるというのが、将来も安心というものだろうとお思い定めになって、ますます諸道の学問をお習わせになる。

〔五〇章〕格別に賢くて、臣下にするのはまことに惜しいけれども、もし親王になられたら、世間の疑惑を招くのは必定なので、宿曜道の達人に判断をおさせになっても、やはり同じようにお答え申し上げるので、一世の源氏にしてさしあげることにお決めあそばした。

〔五一章〕年月が経つにつれて、帝は桐壺更衣のことをお忘れになることとてない。気持ちが紛れるかと、それなりの人をお召しになるけれども、更衣と同程度と思われそうな人さえいないものだと、世の中が厭わしくおなりになるところに、先帝の四の宮でご器量がすぐれていらっしゃるとの噂が高いお方がいらっしゃる。

〔五二章〕母后もこの上なく大切にお育てになっているお方で、帝に仕えている典侍は先帝の御代の人で、母后のところにも親しく伺候していたので、この四の宮を幼いころからお見かけ申し、成人された今もたまにお見かけすることがあって、「お亡くなりになった更衣のお顔立ちに似ていらっしゃるお方は、三代の帝にお仕えしてまいりました間に、お見かけすることとてございませんでしたが、ただ后の宮の四の宮だけは、たいそうよく似たお姿に成人されております。世にも稀なご器量良しでございます」と奏上すると、本当だろうかと帝はお心をおとめになって、懇ろに入内を申し入れになるのだった。

〔五三章〕母后は、「まあ恐ろしいこと。東宮の母女御がひどく意地悪で、桐壺更衣が露骨にないがしろに扱われた例が忌まわしい」と用心なさって、すぐさまご決心なさらないうちに、母后もお亡くなりになった。

〔五四章〕残された四の宮が心細い様子でいらっしゃるので、「ただ私の皇女と同列に御扱い申し上げよう」とたいそう懇ろにお申し入れになる。四の宮にお仕えしている女房たちや後見の方々、御兄の兵部卿宮なども、こうして心細くお過ごしになっているよりは、宮中に入内なされば、寂しさも紛れるに違いないとお考えになり、入内させなさる。

〔五五章〕藤壺と申し上げる。なるほどお顔立ちやお姿が不思議なほど更衣と似ていらっしゃる。この方は身分も高く、そのせいか申し分なくご立派で、どなたも悪しざまな態度はお取りになれないので、誰はばかることなくふるまっていらっしゃる。亡くなった更衣は身分が低くて誰も認めなかったのに、帝のご寵愛が不都合なほど深かったのであった。更衣への思いが紛れるわけではないが、自然と藤壺にお心が移って、格別にお気持ちが慰められるのも、人情というものであった。

〔五六章〕源氏の君は、父帝のおそばをお離れにならないので、時たまどころかしげくお通いになるお方は、なおさら源氏に対して恥ずかしがってばかりもいらっしゃれない。どのお方も自分は他の人より劣っていると思っている人などいらっしゃらず、とりどりにお美しいけれど、みな若い盛りを過ぎていらっしゃるところに、たいそう若くてかわいらしい藤壺が入内してきたものだから、懸命にお顔をお隠しになられるものの、源氏はそのお顔立ちを自然にお見かけ申し上げる。母君のことは面影すらも覚えていらっしゃらないけれど、「本当によく似ておいでです」と典侍が申し上げていたのを、幼心にもたいそう慕わしくお思い申し上げて、いつもおそばに参っていたい、親しくなれむつんでお姿を拝見していたいと思わずにはいらっしゃれない。

〔五七章〕帝にしても、この二人はこの上なく大切な方々なので、「この君をよそよそしくなさいますな。不思議にあなたをこの君の母にお見立てしてもよさそうに思われます。無礼だとお思いにならず、かわいがってください。顔つきやまなざしなどが本当によく似ていたのですから、源氏にとってあなたが母のようにお見えになるのも決して不似合なことではありません」などとお望みになるので、源氏は幼心にちょっとした四季折々につけて、お慕いしていることを藤壺にお見せ申し上げる。藤壺に格別の好意をお寄せなさるので、弘徽殿の女御は、またこの藤壺ともお仲はよくないので、これに加えて前々からの憎しみもよみがえって、二人の間柄を好ましからずお思いになる。

〔五八章〕この世にかけがえのないお方と見申し上げ、世間の評判も高くいらっしゃる東宮のお顔立ちに比べても、やはり源氏のつややかな美しさはたとえようがなく、たいそう愛らしいので、世間の人々は「光る君」と申し上げる。藤壺の方はこの君と肩をお並べになって、帝の御寵愛もそれぞれに厚いので、「輝く日の宮」と申し上げる。

〔五九章〕帝はこの源氏の童姿を成人の姿に変えるのを辛いと思し召すけれども、十二歳で元服なさる。帝はご自身率先してあれこれと世話をお焼きになって、定めのある儀式にそれ以上のことをお加えになる。先年の東宮のご元服、それは紫宸殿で行われたが、それに劣らぬ立派さで清涼殿で取り行われる。特定の場所で行われる饗宴なども、内蔵寮や穀倉院などが公的な仕事として調進するのでは粗略になりかねないと、帝から特別のお指図があって、最善を尽くしてご奉仕申し上げた。

帝がいらっしゃる清涼殿の東の庇の間に東向きに椅子を据えて、元服する源氏のお席と加冠役の左大臣のお席が椅子の前に置かれている。

〔六〇章〕午後三時過ぎに源氏が参殿なさる。少年の髪型（角髪）に結っておられるお顔だちや顔のつややかな美しさは、成人の恰好にお変えになるのがもったいない様子である。大蔵卿が理髪役をお勤め申し上げる。たいそう美しい髪を削ぐのは痛々しく感じられる。帝はこの様子を更衣が見ていてくれたらとお思いになるにつけても涙をこらえがたいが、気を強く持ってこらえていらっしゃる。

源氏は加冠の儀を済ませて、ご休息所にご退出になり、ご装束を成人用にお召し替えになって、東庭に下りて拝舞なさるご様子に、人々は皆涙を落としていらっしゃる。帝にしても、誰にもましてご辛抱おできになれない。お思いが紛れることもあった更衣とのことを、昔に立ち返って悲しくお思い出しになる。

こうも幼い年頃では、髪上げしたら見劣りしないかと心配されたが、源氏は驚くばかりに愛らしさがお加わりになられた。

〔六一章〕加冠役の左大臣が、内親王の北の方との間の娘でただ一人大事に養育している姫君、東宮からも内々御所望があるのを、どうしたものかと思案していらっしゃったのは、この源氏に嫁がせようというおつもりがあったからなのであった。帝からも御内諾をいただいていたので、「それではこの元服の後見とていないのだから、源氏の添臥しにでも」というご意向があったので、左大臣はそのつもりであった。

源氏はご休憩所に退出なさって、人々にお祝いのお酒がふるまわれている時に、親王たちのお席の末席にご着席になった。左大臣は源氏に娘とのことをそれとなくほのめかし申し上げるけれども、源氏は何かと恥ずかしい年頃なので、うまく返事することもおできになれない。

〔六二章〕帝の仰せごとを内侍が承って、左大臣に御前に参上するようにとのお召しがある。左大臣への下賜品は帝付きの命婦が取り次いで賜る。白い大袿に御衣一揃い、これは慣例通りである。帝から杯を賜るついでに、

（帝）幼い源氏の初めての元結には、左大臣の娘との末永い縁を約束する気持ちを結びこめたでしょうね。

ご意向をこめて左大臣に確認なさる。

（左大臣）深い心を結びこめた元結ですから、濃い紫の色が変わらぬように、源氏の心が変わらないことを願っております。

と奏上して、長橋から庭に下りて拝舞なさる。

〔六三章〕左大臣は左馬寮の御馬と蔵人所の鷹を鷹箱に止まらせて拝領になる。階段のもとには親王たちや上達部たちが並んで、それぞれ禄を身分に応じていただく。当日御前に供された折櫃物や籠物などは、右大弁が仰せを承って、調進させたものであった。屯食や禄の入った唐櫃などは所狭しと置いてあり、東宮の御元服の折よりも数が多く、かえってそれ以上に盛大である。

〔六四章〕その夜、左大臣の邸に源氏をお下がらせになる。源氏を婿に迎える儀式を例がないくらいに整えて、丁重におもてなし申し上げなさる。まだ子供っぽい様子でいらっしゃるのを、左大臣方では恐ろしいまでにかわいらしいと思い申し上げる。姫君は少し年上でいらっしゃるのに対して、源氏がたいそうお若くいらっしゃるので、似つかわしくなく恥ずかしく思っていらっしゃる。

左大臣の帝からの信任は厚く、姫君の母宮は帝と同じ后腹の妹宮でいらっしゃったので、どちらから見てもまことに結構でいらっしゃるが、この源氏までも婿として加わったので、東宮の祖父で将来は天下の政治を掌握なさるはずの右大臣のご威勢は、ものの数でもなく気おされておしまいになった。

〔六五章〕左大臣はたくさんのお子さんを妻妾の腹々に儲けていらっしゃる。姫君と同じ母宮の子は蔵人少将で、たいそう若くて美しい方なので、右大臣は左大臣とのお仲はあまりよろしくないがお見過ごしになれず、大事に養育している四の君の婿としてお迎えになられたのだが、右大臣は左大臣が源氏を大切にしておられるのに劣らず、蔵人少将を丁重におもてなししているのは、それぞれに申し分のない婿舅の間柄である。

〔六六章〕源氏は帝がいつもお召しになってお側をお離しにならないので、気楽に里住みをなさることもままならない。心の中ではただ藤壺のご様子をこの上ないとお慕い申し上げて、このようなお方を妻にしたいものだ、他に匹敵する人とていらっしゃらないことよ。左大臣の姫君は大切に育てられた美しい人とは思われるが、惹かれるところがなく思われて、幼心一筋に藤壺のことを思いつめて胸が苦しくなるくらいに慕っていらっしゃる。

〔六七章〕元服なさった後は、帝も今までのように源氏を御簾の中にお入れになることはないので、管弦の催しの折々に藤壺の琴に笛を合わせては心を通わせ、またかすかに漏れ聞こえてくる藤壺のお声を慰めにして、源氏は宮中でのお暮らしばかりを好ましく思っていらっしゃるのだった。

〔六八章〕五、六日ほど宮中にお勤めになって、左大臣家は二、三日ほどというように、とぎれとぎれにご退出なさるが、今はまだ幼いお年頃なので、咎め立てするほどのこともないと左大臣はお考えになり、丁重に源氏をお世話申し上げるのだった。お仕えする女房達は、並々でない者達を選りすぐってお仕えさせている。源氏の気に入るような催しをして、精一杯いたわっていらっしゃるのだった。

〔六九章〕宮中ではもとの桐壺を曹司となさり、故桐壺更衣にお仕えしていた女房たちを散り散りにならないようそのまま源氏にお仕えさせなさる。

　里の邸は修理職や内蔵寮に帝から仰せがあって、立派に改修させなさる。もともと木立や築山の配置などは風情があったので、それをさらに池を広く掘り起こして、申し分ないように造営する。源氏はこんな所に理想の女性を迎えて一緒に住みたいとばかり、胸を痛めて思い続けていらっしゃる。

〔七〇章〕「光る君」という呼び名は、高麗人が褒めてお付け申したのであると、言い伝えられている。

引歌一覧

《底本に指摘されているもの》

①はしたなきこと（三章）
　さもこそは夜半の嵐の寒からめあなはしたなの真木の板戸や　（源氏物語引歌）

②先の世にも（五章）
　君と我いかなる事を契りけむ昔の世こそ知らまほしけれ　（和漢朗詠集・新千載集）

③きずを求め（九章）
　なほき木に曲れる枝もあるものを毛をふききずを言ふがわりなさ
　（後撰集一一五六番）

④ことに出でて（一三章）
　ことに出でていはぬばかりぞ水無瀬川下に通ひて恋しきものを
　（古今集六〇七番・古今六帖・友則集）

⑤我かの気色（一三章）
　夢にだに何かも見えぬ見ゆれども我かもまどふ恋の繁きに　（万葉集二五九五番）

⑥むなしき御からをみるみる（一七章）
　空蟬はからを見つつもなぐさめつ深草の山煙だにたて
　（古今集八三一番・新撰和歌・遍昭集・大鏡・今昔物語集）

⑦灰になり給はん（一七章）
燃えはてて灰となりなむ時にこそ人を思ひのやまむ期にせめ（拾遺集九二九番）
⑧なくてぞ（一八章）
ある時はありのすさびに憎かりきなくてぞ人の恋しかりける（源氏釈）
ある時はありのすさびに語らはで恋しきものと別れてぞ知る（古今六帖）
⑨露けき秋（一九章）
人はいさことぞともなきながめにぞ我は露けき秋も知らるる（後撰集二八七番）
一人ぬる床は草葉にあらねども秋くる宵は露けかりけり（古今集一八八番）
⑩闇のうつつ（二一章）
うばたまの闇の現はさだかなる夢にいくらもまさらざりけり（古今集六四七番・古今六帖・金玉集）
⑪闇にくれて（二二章）
人の親の心は闇にあらねども子を思ふ道にまどひぬるかな（後撰集一一〇三番・古今六帖・兼輔集・大和物語）
⑫八重葎にもさはらず（二二章）
とふ人もなき宿なれど来る春は八重葎にもさはらざりけり（古今六帖・新撰和歌・貫之集・三十六人撰・新勅撰集）
八重葎しげれる宿のさびしきに人こそ見えね秋は来にけり（拾遺集一四〇番・拾遺抄八九番・恵慶集）

⑬蓬生の露（二二章）
いかでかは尋ねきつらむ蓬生の人も通はぬ我が宿の道
（拾遺集一二〇三番・拾遺抄四五八番・高光集）

⑭松の思はんこと（二五章）
いかでなほありと知らせじ高砂の松の思はむこともはづかし
（古今六帖）

⑮心の闇（二七章）
人の親の心は闇にあらねども子を思ふ道にまどひぬるかな
（後撰集一一〇三番・古今六帖）

⑯先の世ゆかしうなん（二九章）
君と我いかなる事を契りけむ昔の世こそ知らまほしけれ　（和漢朗詠集・新千載集）

⑰花鳥の色にも音にも（三五章）
花鳥の色をも音をもいたづらにものうかる身はすぐすのみなり　（後撰集二一二番）

⑱羽を並べ枝を交さむ（三五章）
生きての世死にての後の後の世も羽を交せる鳥となりなむ
（村上御集・大鏡・玉葉集）
あきになる言の葉だにも変らずはわれも交せる枝となりなむ
（村上御集・大鏡・玉葉集）

⑲明くるも知らで（三八章）
玉すだれあくるも知らで寝しものを夢にも見じと思ひかけきや

⑳初もとゆひ（六二章）
ゆひそむる初もとゆひのこ紫衣の色にうつれとぞ思ふ
（拾遺集二七二番・拾遺抄一七〇番）
（伊勢集・続後拾遺集）

《参考歌》

①恨みを負ふ積もりにや（二章）
あしかれと思はぬ山の峰にだにおふなるものを人の嘆きは
（和泉式部）

②世のためし（二章）
恋わびて死ぬてふ事はまだなきを世のためしにもなりぬべきかな
（後撰集一〇三七番・古今六帖）

③かしこき御かげ（九章）
筑波ねのこのもかのもにかげはあれど君が御かげにますかげはなし
（古今集一〇九五番）

④限りあらむ道（一四章）
かりそめのゆきかひ路とぞ思ひこし今は限りの門出なりけり
（古今集八六二番・大和物語）

⑤限りとて（一四章）
別れ路はこれや限りの旅ならんさらにいくべき心地こそせね
（道命阿闍梨集）

⑥猶おはする（一七章）
あるものと忘れつつ猶なき人をいづらと問ふぞ悲しかりける　（土佐日記）
⑦はだ寒き夕暮（二一章）
はだ寒く風は夜ごとになりまさる我が見し人はおとづれもせず　（曾丹集）
朝ぼらけ萩の上葉の露見ればややはだ寒し秋の初風　（曾丹集）
⑧しばしは夢かとのみたどられし（二三章）
かげろふのほのめきつれば夕暮の夢かとのみぞ身をたどりつる　（後撰集八五七番）
⑨宮城野の（二四章）
荒く吹く風はいかにと宮城野の小萩が上を露も問へかし　（赤染衛門集）
宮城野のもとあらの小萩露を重み風を待つごと君をこそまて　（古今集六九四番・古今六帖2）
⑩露おきそふる雲の上人（三〇章）
わが宿や雲のなかにも思ふらむ雨も涙も降りにこそ降れ　（伊勢集）
五月雨にぬれにし袖にいとどしく露おきそふる秋のわびしさ　（後撰集二七七番）
⑪浅茅（三〇章）
思ひかね別れし野辺を来てみれば浅茅が原に秋風ぞ吹く　（道済集・詞花集・新撰朗詠集）
はかなくて嵐の風に散る花を浅茅が原の露やをくらん　（高遠集）
ふるさとは浅茅が原と荒れはててよすがら虫のねをのみぞなく　（道命阿闍梨集）

⑫小萩が上（三三章）
荒く吹く風はいかにと宮城野の小萩が上を露も問へかし
（赤染衛門集）
宮城野のもとあらの小萩露を重み風を待つごと君をこそまて
（古今集六九四番・古今六帖２）

⑬かくても月日は経にけり（三四章）
身を憂しと思ふに消えぬものなればかくても経ぬる世にこそありけれ
（古今集八〇六番）

⑭幻もがな（三五章）
奥津島雲居のきしを行きかへり文かよはさむ幻もがな
（拾遺集四八七番・金葉集三五一番・奥義抄）

⑮浅茅生の宿（三七章）
九重の内だにあかき月影に荒れたる宿を思ひやるかな
（拾遺集一一〇五番・後十五番歌合・新撰朗詠集・玄玄集）

＊小学館新編日本古典文学全集『源氏物語一』所収の「引歌一覧」及び伊井春樹編『源氏物語引歌索引』（笠間書院）を参照した。

参考漢詩文

長恨歌

白楽天

漢皇重色思傾国　御宇多年求不得
楊家有女初長成　養在深閨人未識
天生麗質難自棄　一朝選在君王側
回眸一笑百媚生　六宮粉黛無顔色
春寒賜浴華清池　温泉水滑洗凝脂
侍児扶起嬌無力　始是新承恩沢時
雲鬢花顔金歩揺　芙蓉帳暖度春宵

(漢皇色を重んじて傾国を思ひ　御宇(ぎよう)多年求むれども得ず)
(楊家に女(むすめ)有り初めて長成す　養はれて深閨に在り人未だ識(し)らず)
(天生の麗質自ずから棄て難く　一朝選ばれて君王の側(かたわら)に在り)
(眸(ひとみ)を回(めぐ)らして一笑すれば百媚生じ　六宮(りくきゅう)の粉黛顔色無し)
(春寒うして浴を賜ふ華清の池　温泉の水滑(なめ)らかにして凝脂を洗ふ)
(侍児扶(たす)け起こすに嬌として力無し　始めて是れ新たに恩沢を承(う)くるの時)
(雲鬢花顔金歩揺(うんびんかがんきんぽよう)　芙蓉の帳(とばり)暖かにして春宵を度(わた)る)

春宵苦短日高起　従是君王不早朝
承歓侍宴無間暇　春従春遊夜専夜
後宮佳麗三千人　三千寵愛在一身
金屋粧成嬌侍夜　玉楼宴罷酔和春
姉妹弟兄皆列土　可憐光彩生門戸
遂令天下父母心　不重生男重生女
驪宮高処入青雲　仙楽風飄処処聞
緩歌慢舞凝糸竹　尽日君王看不足
漁陽鼙鼓動地来　驚破霓裳羽衣曲
九重城闕煙塵生　千乗万騎西南行
翠華揺揺行復止　西出都門百余里

（春宵苦だ短くして日高くして起く　是れより君王早朝せず）
（歓を承け宴に侍して間暇無く　春は春の遊びに従ひ夜は夜を専らにす）
（後宮の佳麗三千人　三千の寵愛一身に在り）
（金屋の粧成って嬌として夜に侍し　玉楼宴罷んで酔うて春に和す）
（姉妹弟兄皆土を列ねたり　憐む可し光彩の門戸に生ずるを）
（遂に天下の父母の心をして　男を生むを重んぜずして女を生むを重んぜしむ）
（驪宮高き処青雲に入り　仙楽風に飄ひて処処に聞ゆ）
（緩歌慢舞糸竹を凝らす　尽日君王看れども足らず）
（漁陽鼙鼓地を動かして来たる　驚破す霓裳羽衣の曲）
（九重の城闕煙塵生じ　千乗万騎西南に行く）
（翠華揺揺として行きて復た止まる　西のかた都門を出づること百余里）

六軍不発無奈何　宛転蛾眉馬前死
(六軍発せず奈何ともする無し　宛転たる蛾眉馬前に死す)
花鈿委地無人収　翠翹金雀玉搔頭
(花鈿地に委して人収むる無し　翠翹金雀玉搔頭)
君王俺面救不得　回看血涙相和流
(君王面を俺うて救ひ得ず　回り看れば血涙相和して流る)
黄埃散漫風蕭索　雲桟縈紆登剣閣
(黄埃散漫風蕭索たり　雲桟縈紆して剣閣を登る)
峨眉山下少人行　旌旗無光日色薄
(峨眉山下人行くこと少なり　旌旗光無く日色薄し)
蜀江水碧蜀山青　聖主朝朝暮暮情
(蜀江の水碧にして蜀山青し　聖主朝朝暮暮の情)
行宮見月傷心色　夜雨聞鈴腸断声
(行宮月を見れば心を傷ましむるの色　夜雨鈴を聞けば腸断ゆるの声)
天旋地転回竜馭　到此躊躇不能去
(天旋り地転じて竜馭を回す　此に到りて躊躇して去ること能はず)
馬嵬坡下泥土中　不見玉顔空死処
(馬嵬坡の下泥土の中　玉顔を見ず空しく死せし処)
君臣相顧尽霑衣　東望都門信馬帰
(君臣相顧みて尽く衣を霑ほす　東のかた都門を望んで馬に信せて帰る)
帰来池苑皆依旧　大液芙蓉未央柳
(帰り来れば池苑皆旧に依る　大液の芙蓉未央の柳)
芙蓉如面柳如眉　対此如何不涙垂
(芙蓉は面の如く柳は眉の如し　此に対して如何ぞ涙垂れざらん)
春風桃李花開夜　秋雨梧桐葉落時
(春風桃李花開くの夜　秋雨梧桐葉落つるの時)

西宮南苑多秋草　落葉満階紅不掃
梨園弟子白髪新　椒房阿監青蛾老
夕殿蛍飛思悄然　孤燈挑尽未成眠
遅遅鐘鼓初長夜　耿耿星河欲曙天
鴛鴦瓦冷霜華重　翡翠衾寒誰与共
悠悠生死別経年　魂魄不曾来入夢
臨邛道士鴻都客　能以精誠致魂魄
為感君王展転思　遂教方士慇懃覓
排空馭気奔如電　昇天入地求之遍
上窮碧落下黄泉　両処茫茫皆不見
忽聞海上有仙山　山在虚無縹緲間

（西宮南苑秋草多く　落葉階に満ちて紅掃はず）
（梨園の弟子白髪新たに　椒房の阿監青蛾老いたり）
（夕殿蛍飛んで思ひ悄然たり　孤燈挑げ尽くして未だ眠を成さず）
（遅遅たる鐘鼓初めて長き夜　耿耿たる星河曙けんと欲するの天）
（鴛鴦の瓦冷やかにして霜華重し　翡翠の衾寒うして誰と共にせん）
（悠悠たる生死別れて年を経れども　魂魄曾て来って夢にだに入らず）
（臨邛の道士鴻都の客　能く精誠を以て魂魄を致く）
（君王展転の思ひに感ずるが為に　遂に方士をして慇懃に覓めしむ）
（空を排き気を馭して奔ること電の如し　天に昇り地に入りて之を求むること遍し）
（上は碧落を窮め下は黄泉　両処茫茫として皆見えず）
（忽ち聞く海上に仙山有りと　山は虚無縹緲の間に在り）

楼殿玲瓏五雲起　其中綽約多仙子
中有一人字太真　雪膚花貌参差是
金闕西廂叩玉扃　転教小玉報雙成
聞道漢家天子使　九華帳裡夢魂驚
攬衣推枕起徘徊　珠箔銀屏邐迤開
雲鬢半偏新睡覚　花冠不整下堂来
風吹仙袂飄飄挙　猶似霓裳羽衣舞
玉容寂寞涙闌干　梨花一枝春帯雨
含情凝睇謝君王　一別音容両緲茫
昭陽殿裡恩愛絶　蓬萊宮中日月長
回頭下望人寰処　不見長安見塵霧

（楼殿玲瓏《れいろう》にして五雲起り　其の中綽約《しゃくやく》として仙子多し）
（中に一人有り字《あざな》は太真　雪膚《ぷ》花貌参差《しんし》として是《それ》なり）
（金闕の西廂に玉扃《けい》を叩き　転じて小玉をして雙成に報ぜしむ）
（聞くならく漢家の天子の使《つかい》なりと　九華帳裡夢魂驚く）
（衣を攬《かか》げ枕を推し起《た》って徘徊す　珠箔銀屏《ぺい》邐《り》迤《い》として開く）
（雲鬢半《なかば》偏して新たに睡《ねむり》覚めたり　花冠整はず堂を下って来たる）
（風は仙袂《せんぺい》を吹いて飄飄として挙る　猶霓裳羽衣の舞に似たり）
（玉容寂寞として涙闌干たり　梨花一枝春雨を帯ぶ）
（情を含み睇《ながしめ》を凝らし君王に謝す　一別音容両《ふたつ》ながら緲茫《びょうぼう》たり）
（昭陽殿裡恩愛絶ゆ　蓬萊宮中日月長し）
（頭《こうべ》を回して下のかた人寰《じんかん》を望む処　長安を見ずし

て塵霧を見る）

唯将旧物表深情　鈿合金釵寄将去

（唯旧物を将って深情を表はす　鈿合金釵寄せて将って去らしむ）

釵留一股合一扇　釵擘黄金合分鈿

（釵は一股を留め合は一扇　釵は黄金を擘き合は鈿を分つ）

但令心似金鈿堅　天上人間会相見

（但心をして金鈿の堅きに似さ令む　天上人間会ず相見む）

臨別殷勤重寄詞　詞中有誓両心知

（別れに臨んで殷勤に重ねて詞を寄す　詞中に誓有り両の心のみ知る）

七月七日長生殿　夜半無人私語時

（七月七日長生殿　夜半人無く私語せし時）

在天願作比翼鳥　在地願為連理枝

（天に在ては願はくは比翼の鳥と作らん　地に在ては願はくは連理の枝と為らん）

天長地久有時尽　此恨綿綿無尽期

（天は長く地は久しきも時有りて尽く　此の恨みは綿綿として尽くる期無からん）

おわりに

桐壺巻をめぐって、多彩な視点から詳しく分析してみた。従来の固定的な読みを打開したかったので、敢(あ)えて戦略的な読解を提示していることも少なくない。『源氏物語』に関しては、正解は決して一つに限らないということと、まだまだ研究すべきものがたくさん残されているというのが今の正直な感想である。

重要な成立論に関しては、煩雑を避けて意識的に言及を避けた。むしろ興味の中心は、描かれざる〈桐壺帝即位前史〉とも称すべき部分にある。玉上琢弥氏の「描かれたる部分が描かれざる部分によって支えられている」(『源氏物語研究』角川書店)という御提言が認められるならば、桐壺帝の背景には物語の世界を無限に拡大しうる裏面史が隠されていることになる。それを丹念に紡ぎ出す作業は非常にやっかいだが、今後とも多角的に続けられるべきであろう。またここにいささか紡ぎ出したように、一見華やかな後宮生活が、その実権力闘争の喩(たとえ)・縮図であることが明確になれば、『源氏物語』の読み方もかなり変容するのではないだろうか。

桐壺更衣と藤壺に関しては、物語のヒロインとして、侵し難い人物である。しかし私は、表面的な理想像とは大きく異なる両者の、後宮に生きる女性の宿命にも似た使命を設定し、むしろ目的に向かって〈したたか〉に生きた女としてとらえなおしてみた。これも従来の研究に対する挑戦として受け止めていただきたい。

この分析の作業を通して私が最も強く感じたのは、『源氏物語』は主人公光源氏の物語というだけでなく、まさに藤原氏と政権獲得をめぐって繰り広げられる源氏達の苦闘の物語であるということだった。しかも物語の理想は天皇親政であり、そして皇族による補佐であった。これはもう疑いなく藤原摂関政治批判の物語なのである。それを道長全盛時代に彰子のそばで書いたのだから、紫式部もかなりしたたかな女であったことになる。あるいは藤原氏も源氏に取り込まれているのかもしれない（道長も皇族の一人?）。

最後に、三谷邦明氏の「桐壺巻は、源氏物語の世界全体を一巻に内蔵する小宇宙であるといえよう。その意味でいえば、この巻について論じることとは、源氏物語全体を語ることに他ならないのである」（「桐壺―源氏物語の方法的出発点として―」『源氏物語講座三』有精堂出版）という御提言を紹介して、この桐壺巻の試みは幕を閉じることにする。

本書の刊行に際して、KADOKAWAの竹内祐子さんには大変お世話になった。末尾ながらお礼申し上げる。そしてもし可能ならば、私の好きな巻（夕顔・若紫・玉鬘・橋姫等）についても、同様の試みを行ってみたい。本書が、多くの源氏物語の愛読者に読んでいただけることを願っている。

令和三年正月吉日

吉海直人

本書は二〇〇九年四月に翰林書房から刊行された『源氏物語〈桐壺巻〉を読む』を大幅に改稿し、文庫化したものである。

源氏物語入門

〈桐壺巻〉を読む

吉海直人

令和3年 2月25日　初版発行
令和6年 10月10日　6版発行

発行者●山下直久

発行●株式会社KADOKAWA
〒102-8177　東京都千代田区富士見2-13-3
電話　0570-002-301（ナビダイヤル）

角川文庫 22572

印刷所●株式会社KADOKAWA
製本所●株式会社KADOKAWA

表紙画●和田三造

●お問い合わせ
https://www.kadokawa.co.jp/（「お問い合わせ」へお進みください）
※内容によっては、お答えできない場合があります。
※サポートは日本国内のみとさせていただきます。
※Japanese text only

ISBN 978-4-04-400637-2　C0195

◆◇◇

角川文庫発刊に際して

角川源義

第二次世界大戦の敗北は、軍事力の敗北であった以上に、私たちの若い文化力の敗退であった。私たちの文化が戦争に対して如何に無力であり、単なるあだ花に過ぎなかったかを、私たちは身を以て体験し痛感した。西洋近代文化の摂取にとって、明治以後八十年の歳月は決して短かすぎたとは言えない。にもかかわらず、近代文化の伝統を確立し、自由な批判と柔軟な良識に富む文化層として自らを形成することに私たちは失敗して来た。そしてこれは、各層への文化の普及滲透を任務とする出版人の責任でもあった。

一九四五年以来、私たちは再び振出しに戻り、第一歩から踏み出すことを余儀なくされた。これは大きな不幸ではあるが、反面、これまでの混沌・未熟・歪曲の中にあった我が国の文化に秩序と確たる基礎を齎らすためには絶好の機会でもある。角川書店は、このような祖国の文化的危機にあたり、微力をも顧みず再建の礎石たるべき抱負と決意とをもって出発したが、ここに創立以来の念願を果すべく角川文庫を発刊する。これまで刊行されたあらゆる全集叢書文庫類の長所と短所とを検討し、古今東西の不朽の典籍を、良心的編集のもとに、廉価に、そして書架にふさわしい美本として、多くのひとびとに提供しようとする。しかし私たちは徒らに百科全書的な知識のジレッタントを作ることを目的とせず、あくまで祖国の文化に秩序と再建への道を示し、この文庫を角川書店の栄ある事業として、今後永久に継続発展せしめ、学芸と教養との殿堂として大成せんことを期したい。多くの読書子の愛情ある忠言と支持とによって、この希望と抱負とを完遂せしめられんことを願う。

一九四九年五月三日

角川ソフィア文庫ベストセラー

万葉集
ビギナーズ・クラシックス 日本の古典
編／角川書店

日本最古の歌集から名歌約一四〇首を厳選。恋の歌、家族や友人を想う歌、死を悼む歌。天皇や宮廷歌人をはじめ、名もなき多くの人々が詠んだ素朴で力強い歌の数々を丁寧に解説。万葉人の喜怒哀楽を味わう。

竹取物語（全）
ビギナーズ・クラシックス 日本の古典
編／角川書店

五人の求婚者に難題を出して破滅させ、天皇の求婚にも応じない。月の世界から来た美しいかぐや姫は、じつは悪女だった？　誰もが読んだことのある日本最古の物語の全貌が、わかりやすく手軽に楽しめる！

蜻蛉日記
ビギナーズ・クラシックス 日本の古典
右大将道綱母
編／角川書店

美貌と和歌の才能に恵まれ、藤原兼家という出世街道まっしぐらな夫をもちながら、蜻蛉のようにはかない自らの身の上を嘆く、二一年間の記録。有名章段を味わいながら、真摯に生きた一女性の真情に迫る。

枕草子
ビギナーズ・クラシックス 日本の古典
清少納言
編／角川書店

一条天皇の中宮定子の後宮を中心とした華やかな宮廷生活の体験を生き生きと綴った王朝文学を代表する珠玉の随筆集から、有名章段をピックアップ。優れた感性と機知に富んだ文章が平易に味わえる一冊。

今昔物語集
ビギナーズ・クラシックス 日本の古典
編／角川書店

インド・中国から日本各地に至る、広大な世界のあらゆる階層の人々のバラエティーに富んだ日本最大の説話集。特に著名な話を選りすぐり、現実的で躍動感あふれる古文が現代語訳とともに楽しめる！

角川ソフィア文庫ベストセラー

平家物語
ビギナーズ・クラシックス　日本の古典

編／角川書店

一二世紀末、貴族社会から武家社会へと歴史が大転換する中で、運命に翻弄される平家一門の盛衰を、叙事詩的に描いた一大戦記。源平争乱における事件や時間の流れが簡潔に把握できるダイジェスト版。

徒然草
ビギナーズ・クラシックス　日本の古典

吉田兼好
編／角川書店

日本の中世を代表する知の巨人・吉田兼好。その無常観とたゆみない求道精神に貫かれた名随筆集から、兼好の人となりや当時の人々のエピソードが味わえる代表的な章段を選び抜いた最良の徒然草入門。

おくのほそ道（全）
ビギナーズ・クラシックス　日本の古典

松尾芭蕉
編／角川書店

俳聖芭蕉の最も著名な紀行文、奥羽・北陸の旅日記を全文掲載。ふりがな付きの現代語訳と原文で朗読にも最適。コラムや地図・写真も豊富で携帯にも便利。風雅の誠を求める旅と昇華された俳句の世界への招待。

古今和歌集
ビギナーズ・クラシックス　日本の古典

編／中島輝賢

春夏秋冬や恋など、自然や人事を詠んだ歌を中心に編まれた、第一番目の勅撰和歌集。総歌数約一一〇〇首から七〇首を厳選。春といえば桜といった、日本的美意識に多大な影響を与えた平安時代の名歌集を味わう。

伊勢物語
ビギナーズ・クラシックス　日本の古典

編／坂口由美子

雅な和歌とともに語られる「昔男」（在原業平）の一代記。垣間見から始まった初恋、天皇の女御となる女性との恋、白髪の老女との契り――。全一二五段から代表的な短編を選び、注釈やコラムも楽しめる。

角川ソフィア文庫ベストセラー

土佐日記（全）
ビギナーズ・クラシックス 日本の古典

紀 貫之
編／西山秀人

平安時代の大歌人紀貫之が、任国土佐から京へと戻る旅を、侍女になりすまし仮名文字で綴った紀行文学の名作。天候不順や海賊、亡くした娘への想いなどが、船旅の一行の姿とともに生き生きとよみがえる！

うつほ物語
ビギナーズ・クラシックス 日本の古典

編／室城秀之

異国の不思議な体験や琴の伝授にかかわる奇瑞などの浪漫的要素と、源氏・藤原氏両家の皇位継承をめぐる対立を絡めながら語られる。スケールが大きく全体像が見えにくかった物語を、初めてわかりやすく説く。

和泉式部日記
ビギナーズ・クラシックス 日本の古典

和泉式部
編／川村裕子

為尊親王の死後、弟の敦道親王から和泉式部へ手紙が届き、新たな恋が始まった。恋多き女、和泉式部が秀逸な歌とともに綴った王朝女流日記の傑作。平安時代の愛の苦悩を通して古典を楽しむ恰好の入門書。

更級日記
ビギナーズ・クラシックス 日本の古典

菅原孝標女
編／川村裕子

平安時代の女性の日記。東国育ちの作者が京へ上り憧れの物語を読みふけった少女時代。結婚、夫との死別、その後の寂しい生活。ついに思いこがれた生活を手にすることのなかった一生をダイジェストで読む。

大鏡
ビギナーズ・クラシックス 日本の古典

編／武田友宏

老爺二人が若侍相手に語る、道長の栄華に至るまでの藤原氏一七六年間の歴史物語。華やかな王朝の裏の権力闘争の実態や、都人たちの興味津津の話題が満載。『枕草子』『源氏物語』への理解も深まる最適な入門書。

角川ソフィア文庫ベストセラー

ビギナーズ・クラシックス 日本の古典
新古今和歌集
編／小林大輔

伝統的な歌の詞を用いて、『万葉集』『古今集』とは異なった新しい内容を表現することを目指した、画期的な第八番目の勅撰和歌集。歌人たちにより緻密に構成された約二〇〇〇首の全歌から、名歌八〇首を厳選。

ビギナーズ・クラシックス 日本の古典
方丈記（全）
鴨　長明
編／武田友宏

平安末期、大火・飢饉・大地震、源平争乱や一族の権力争いを体験した鴨長明が、この世の無常と身の処し方を綴る。人生を前向きに生きるヒントがつまった名随筆を、コラムや図版とともに全文掲載。

新版 徒然草
現代語訳付き
兼好法師
訳注／小川剛生

無常観のなかに中世の現実を見据えた視点をもつ兼好の名随筆集。歴史、文学の双方の領域にわたる該博な知識をそなえた訳者が、本文、注釈、現代語訳のすべてを再検証。これからの新たな規準となる決定版。

ビギナーズ・クラシックス 日本の古典
堤中納言物語
編／坂口由美子

気味の悪い虫を好む姫君を描く「虫めづる姫君」をはじめ、今ではほとんど残っていない平安末期から鎌倉時代の一〇編を収録した短編集。滑稽な話やしみじみした話を織り交ぜながら人生の一こまを鮮やかに描く。

ビギナーズ・クラシックス 日本の古典
宇治拾遺物語
編／伊東玉美

「こぶとりじいさん」や「鼻の長い僧の話」など、ユーモラスで、不思議で、面白い鎌倉時代の説話（短編物語）集。総ルビの原文と現代語訳、わかりやすい解説とともに、やさしく楽しめる決定的入門書！

角川ソフィア文庫ベストセラー

ビギナーズ・クラシックス 日本の古典
紫式部日記
紫式部
編／山本淳子

平安時代の宮廷生活を活写する回想録。同僚女房や清少納言への冷静な評価などから、当時の後宮が手に取るように読み取れる。現代語訳、幅広い寸評やコラムで、『源氏物語』成立背景もよくわかる最良の入門書。

ビギナーズ・クラシックス 日本の古典
とりかへばや物語
編／鈴木裕子

女性的な息子と男性的な娘をもつ父親が、二人の性を取り替え、娘を女性と結婚させ、息子を女官として女性の東宮に仕えさせた。二人は周到に生活していたが、やがて破綻していく。平安最末期の奇想天外な物語。

ビギナーズ・クラシックス 日本の古典
御堂関白記 藤原道長の日記
藤原道長
編／繁田信一

王朝時代を代表する政治家であり、光源氏のモデルとされる藤原道長の日記。わかりやすい解説を添えた現代語訳で、道長が感じ記した王朝の日々が鮮やかによみがえる。王朝時代を知るための必携の基本図書。

ビギナーズ・クラシックス 日本の古典
梁塵秘抄
後白河院
編／植木朝子

平清盛や源頼朝を翻弄する一方、大の歌謡好きだった後白河院が、その面白さを後世に伝えるために編集した歌謡集。代表的な作品を選び、現代語訳して解説を付記。中世の人々を魅了した歌謡を味わう入門書。

ビギナーズ・クラシックス 日本の古典
太平記
編／武田友宏

後醍醐天皇即位から室町幕府細川頼之管領就任まで、史上かつてない約五〇年の抗争を描く軍記物語。強烈な個性の新田・足利・楠木らの壮絶な人間ドラマが錯綜する南北朝の歴史をダイジェストでイッキ読み！

角川ソフィア文庫ベストセラー

論語
ビギナーズ・クラシックス 中国の古典

加地伸行

孔子が残した言葉には、いつの時代にも共通する「人としての生きかた」の基本理念が凝縮され、現代人にも多くの知恵と勇気を与えてくれる。中学生から読める論語入門！ はじめて中国古典にふれる人に最適。

老子・荘子
ビギナーズ・クラシックス 中国の古典

野村茂夫

老荘思想は、儒教と並ぶもう一つの中国思想。「上善は水のごとし」「大器晩成」「胡蝶の夢」など、人生を豊かにする親しみやすい言葉と、ユーモアに満ちた寓話を楽しみながら、無為自然に生きる知恵を学ぶ。

陶淵明
ビギナーズ・クラシックス 中国の古典

釜谷武志

自然と酒を愛し、日常生活の喜びや苦しみをこまやかに描く一方、「死」に対して揺れ動く自分の心を詠んだ田園詩人。「帰去来辞」や「桃花源記」ほかひとつ一つの詩を丁寧に味わい、詩人の心にふれる。

李白
ビギナーズ・クラシックス 中国の古典

筧久美子

大酒を飲みながら月を愛で、鳥と遊び、自由きままに旅を続けた李白。あけっぴろげで痛快な詩は、音読すれば耳にも心地よく、多くの民衆に愛されてきた。豪快奔放に生きた詩仙・李白の、浪漫の世界に遊ぶ。

杜甫
ビギナーズ・クラシックス 中国の古典

黒川洋一

若くから各地を放浪し、現実社会を見つめ続けた杜甫。日本人に愛され、文学にも大きな影響を与え続けた「詩聖」の詩から、「兵庫行」「石壕吏」などの長編を主にたどり、情熱と繊細さに溢れた真の魅力に迫る。

角川ソフィア文庫ベストセラー

易経
ビギナーズ・クラシックス 中国の古典
三浦國雄

陽と陰の二つの記号で六四通りの配列を作る易は、「主体的に読み解き未来を予測する思索的な道具」として活用されてきた。中国三〇〇〇年の知恵『易経』をコンパクトにまとめ、訳と語釈、占例をつけた決定版。

唐詩選
ビギナーズ・クラシックス 中国の古典
深澤一幸

漢詩の入門書として最も親しまれてきた『唐詩選』。李白・杜甫・王維・白居易をはじめ、朗読するだけで風景が浮かんでくる感動的な詩の世界を楽しむ。初心者にもやさしい解説とすらすら読めるふりがな付き。

史記
ビギナーズ・クラシックス 中国の古典
福島正

司馬遷が書いた全一三〇巻におよぶ中国最初の正史が一冊でわかる入門書。「鴻門の会」「四面楚歌」で有名な項羽と劉邦の戦いや、悲劇的な英雄の生涯など、強烈な個性をもった人物たちの名場面を精選して収録。

蒙求
ビギナーズ・クラシックス 中国の古典
今鷹眞

「蛍火以照書」から「蛍の光、窓の雪」の歌が生まれ、「漱石枕流」は夏目漱石のペンネームの由来になった。礼節や忠義など不変の教養逸話も多く、日本でも多く読まれた子供向け歴史故実書から三一編を厳選。

白楽天
ビギナーズ・クラシックス 中国の古典
下定雅弘

日本文化に大きな影響を及ぼした白楽天。炭売り老人への憐憫や左遷地で見た雪景色を詠んだ代表作ほか、家族、四季の風物、酒、音楽などを題材とした情愛濃やかな詩を味わう。大詩人の詩と生涯を知る入門書。

角川ソフィア文庫ベストセラー

ビギナーズ・クラシックス 中国の古典
十八史略
竹内弘行

中国の太古から南宋末までを簡潔に記した歴史書から、注目の人間ドラマをピックアップ。伝説あり、暴君あり、国を揺るがす美女の登場あり。日本人が好んで読んできた中国史の大筋が、わかった気になる入門書！

ビギナーズ・クラシックス 中国の古典
春秋左氏伝
安本　博

古代魯国史『春秋』の注釈書ながら、巧みな文章で人々を魅了し続けてきた『左氏伝』。「力のみで人を治めることはできない」「一端発した言葉に責任を持つ」など、生き方の指南本としても読める！

ビギナーズ・クラシックス 中国の古典
詩経・楚辞
牧角悦子

結婚して子供をたくさん産むことが最大の幸福であった古代の人々が、その喜びや悲しみをうたい、神々への祈りの歌として長く愛読してきた『詩経』と『楚辞』。中国最古の詩集を楽しむ一番やさしい入門書。

ビギナーズ・クラシックス 中国の古典
菜根譚
湯浅邦弘

「一歩を譲る」「人にやさしく己に厳しく」など、人づきあいの極意、治世に応じた生き方、人間の器の磨き方を明快に説く、処世訓の最高傑作。わかりやすい現代語訳と解説で楽しむ、初心者にやさしい入門書。

ビギナーズ・クラシックス 中国の古典
孟子
佐野大介

論語とともに四書に数えられる儒教の必読書。人の上に立つ者ほど徳を身につけなければならないとする王道主義の教えと、「五十歩百歩」「私淑」などの故事成語の宝庫をやさしい現代語訳と解説で楽しむ入門書。

角川ソフィア文庫ベストセラー

大学・中庸
ビギナーズ・クラシックス 中国の古典
矢羽野隆男

国家の指導者を目指す者たちの教訓書である『大学』。人間の本性とは何かを論じ、誠実を尽くせと説く『中庸』。わかりやすい現代語訳と丁寧な解説で、今の時代に生きる中国思想の教えを学ぶ、格好の入門書。

貞観政要
ビギナーズ・クラシックス 中国の古典
湯浅邦弘

中国四千年の歴史上、最も安定した唐の時代「貞観の治」を成した名君が、上司と部下の関係や、組織運営の妙を説く。現代のビジネスリーダーにも愛読者の多い、中国の叡智を記した名著の、最も易しい入門書！

墨子
ビギナーズ・クラシックス 中国の古典
草野友子

儒家へのアンチテーゼとして生まれ、隆盛を誇った墨家。その思想を読み解けば、「自分を愛するように他人を愛する＝兼愛」、「自ら攻め入ることを否定する＝非攻」など、驚くほど現代的な思想が見えてくる！

荀子
ビギナーズ・クラシックス 中国の古典
湯浅邦弘

2300年前、今の「コンプライアンス」につながる考え方を説いていた思想家・荀子。「青は藍より出でて藍より青し」など、現代に残る名言満載の、性悪説にもとづく「礼治」の思想をわかりやすく解説！

書経
ビギナーズ・クラシックス 中国の古典
山口謠司

四書五経のひとつで、中国最古の歴史書。堯・舜から秦の穆公まで、古代の君臣の言行が記されており、帝王学の書としても知られる。教えのもっとも重要な部分を精選。総ルビの訓読文と平易な解説の入門書。